EXPO'87

TaKu
MAyUmuRa

眉村卓

P+D
BOOKS
小学館

（前略）このすさまじい競争を反映してか、各企業は、ますます分厚いベールで、おのれをかくそうとしている。

先日も、休日ドライブをたのしんでいた本紙記者が、東京都西多摩郡奥多摩町を通りかかったところ、何かの起工式らしい風景にでくわした。

最近では、至るところに企業の研修所が建てられているので、本紙記者もはじめ、そうではないかと思ったのだが、よく見ると、敷地が異様に広い。といって、工場か研究所だとすれば、こんな淋しい場所に建設されるはずがない。

ふしぎに思った記者は、同乗のガールフレンドを車に残して、取材にかかろうとした。

しかし、その場に居あわせた人々には、厳重な嵌口令がしかれていたらしく、誰ひとりとして、記者の質問にこたえようとはしなかったという。

これほどまでに神経質になる必要があるのだろうか。これでは従業員の士気に対しても、決してよくはあるまい。

過ぎたるは及ばざるがごとしという、古いことわざもある。各企業はこんな小手先の防衛策を考えるよりも、もっと根本的な体質改善にかかるべきであろう。

――一九七五年八月十日付、関東新聞(点滅)欄より

目次

第一部

'84

1　シンクロ・ニュース

【'84―10―22《月》、17時40分版】

★東海道万国博協会は二十日、大阪のキングホテルで出展調整会議をひらいた。これは去る四月から九月にかけて受付けた出展申込みのなかに、内容のいちじるしく類似したものが三種七件もあり、このままでは万国博の運営に種々の支障をきたすと予想されたためである。

★会議は出展者それぞれの思惑や利益問題もからんで紛糾し、興奮のあまり倒れる者も出る始末だったが、結局、もっとも整備された水準の高い計画が優先的に扱われ、他の出展者はおそくとも本年中に、変更計画書を提出することに落着く見込みである。

2　大阪レジャー産業

まる一週間に及ぶ下請会社工作のスケジュールをほとんど眠らずに片づけ、岡山駅から山陽新幹線に乗りこんだときには、さすがの豪田忍もぶっ倒れそうになっていた。いつの間に眠りこんだのかさえ覚えていない。気がつくと随行の社員がしきりに彼を揺りおこしていた。

「映話です。専務、映話がかかってます」

「何やと」

虚空に目をひらくと、やわらかな車内アナウンスが流れていた。

「……豪田様、大阪レジャー産業の豪田様、大阪からご映話がかかっております」

まだ頭の中で渦を巻いている幻覚を気力だけで押し潰すと、豪田はゆっくり立ちあがった。

とたんに足がもつれる。

「ほっとけ」

支えようとした随行の社員をどなりつけてから、豪田は映話室へ急いだ。

「わしや」

「ああ専務」十センチ平方の目の粗いスクリーンに総務部長の土屋庄二の顔がうかんでいた。

「えらく探しましたよ。岡山の内山下《うちさんげ》プレイランドで、やっとこの列車に乗りはったということを聞いて……」

「用はなんや！」

「大変です……ついさっき社長がキングホテルで倒れはりました」

豪田の胸がつめたくなった。

「なに？」

「えらい血を吐きはって」うろたえきった表情だ。「すぐに堂島の第六大学病院へかつぎ込んだんですが、どないしてもきょうじゅうに専務に話したいことがあると言われて……それで」

「それで？」

「ですから……大阪へ着かれたらまっすぐ病院のほうへ」

「よし、そうする。で、社長の具合は？」

「一刻も早く手術したほうがええという話です」土屋は泣かんばかりだった。「その後も当分は動きまわったり神経使うたりしたらあかんそうで……こんなときに」

「しっかりせえ！」

豪田は一喝をくわせた。「きみは総務部長やないか。え？　総務部長がそんなざまではただでさえ不安動揺している社内がいったいどないなるかわからんのか。腹に石でもぶち込んでしゃんとせえ。しゃんと」

叩きつけるように映話を切って戻る豪田の顔は、しかしセラミックスさながらに硬かった。車内、だらしなく口をあけて眠る老人も、着飾った女子供も、目を据えているビジネスマンも、いや……窓の外を時速二百六十キロでかすめ飛ぶ樹々も町も山々も、豪田の目には何ひとつ映ってはいなかった。

「何かありましたか」

席を立って通り道を作りながら訊ねる随行社員へ、豪田は簡単にいった。

「社長が倒れた」

いいながら席に巨体をおとす。

すっと白くなる社員の顔。

「まさか……それでは」

「だまっとれ！」

豪田は宙に視点を据えた。もう眠るどころではない。目の前で何かが崩れはじめている感じなのだ
たちまち豪田の脳裏にさっき見たばかりの内山下プレイランドの光景と、沖泰介たちの顔がよみがえってきた。


内山下プレイランドは純粋な意味でのプレイランドではない。本当は開発工場に附属した試作品展示場にすぎないのだが、その反響を見るために一般に開放して、直営プレイランドの形態をとっている。

入場料を支払ってコンベアーゲートにはいると、人々はそこでたちまち光と色と音楽のまっただなかにいることに気づく。目の前を光の点や絵や線がとび交い、よく知られたマーチを自動的に組みあわせた派手な曲が全身をひびかせるのだ。

二十メートルほどのそのゲートをすべって行くうちに人はしかし、しだいに熱狂的な気分になって行く。というのも、ゲートをはさむ数十組のスピーカーは重合多段ステレオをなしていて、第一、第二段スピーカーのハーモニイと、第二、第三段のそれとは、すこしずつかわり、

ゲートを出るときには、まったく別の、急調子でクレージイな眩惑に満ちた興奮を生みだすものになっているのだ。

メイン・ハウスを正面に見る広場には、巨大タイプと呼ばれる野外用設備がひしめき並んで、その色と形状の集積が、動く怪物城を思わせる。場内には決して客の気分を冷やすまいと、至るところにウーハーやツィーターを含むスピーカー群がはめこまれ、あるいはスピーカー車に載せられて動きまわっていた。奔流の激突にも似た音のしぶきとその虹と、全体として形成されるごうごうとしたひびきが場内を包みこんでいるのだ。

この音楽と称する化物に呑まれたくなければ、至る所で売っている弱音帽をかぶって、無線で仲間と話しあうか、でなければ、無音室へ金を払ってとびこむほかない。

が、そんなことをしても、結局は同じことになるのだった。たえまなく起伏する音響にひとたび馴れた人間は、ほんの数分で帽子をかなぐり捨て、無音室からとび出して行く。プレイランドの場内音楽は、たしかに音楽と呼ばれていいだけの質と、それから肉体にしみ込む卑俗なリズムの習慣性を共有していた。

場内には、男も女も子供も、そして老人ホームから憑かれたようにやってくる人々も、飾り立てた案内ガールもいた。みんなが沸きかえる音と色と光の中で、勝手に動きまわっていた。

「たしかに巨大型のスリリング・マシンの需要は根づよいし、ますます刺激的なものになっています」

メイン・ハウスへの道、右や左に並ぶ巨大タイプのレジャー設備をゆびさしながら開発技師長の沖泰介はいった。頭の回転は悪くないが、妙に卑屈な感じで、こっちの顔色を窺いながらしゃべる癖がある。「しかし、自殺契約特認法が成立せず、使用料だけで償却しなければならないという条件がある間は、所詮ああしたものは遊園地時代の延長に過ぎませんよ。そうじゃありませんかね」

事実、沖のいうとおりだった。

右手にはするどい刃のプロペラを、七、八段平行に重ねて回転させている高さ十メートルぐらいのタワーがあった。うなりながらまわるプロペラの間をぬって、隣りのタワーから突き出されたカーゴが上から下へ、下から横すべりしてまだ上へと動いているが、カーゴに乗っているのは若い母親と赤ん坊で——声はきこえないが笑いに笑っていた。厳密な計算と接触防止装置のせいで、決して危険のないことを承知しつくした笑いである。

その先には、振りおろされる十数箇のハンマーの下をこまねずみのように動きまわるボックスがある。轟音をあげて前後左右に打ちつけられるハンマーを見ながら、ボックスの孤独そうな老人は、うっそりと微笑をうかべていた。

「何千回に一回かは、本当にあの頭蓋骨を叩き潰すのなら作り甲斐もあるんですがね」沖はしきりに唇のはしを舐めた。「使っているほうだって退屈なはずですよ。私はこんな無害な遊び道具を利用する人間なんかみんなどこかへ行ったほうがましだと思いますね。退屈だ。まことに退屈ですよ」

そのほかにも沖たちが作ったレジャー設備がいくつか並んでいる。くねり立つ太いミルク色のチューブの中をカプセルが突っ走るフライング・カプセルや、砂時計形のタンクに酸素ボンベをかついだ人間が入ると、水が渦をまいて下へ落ち、全部落ちつくすと転倒する錐もみタンク、数十枚の銅板の上を飛びまわりながら互いに相手の立っている板の番号スイッチを押して軽い電撃を与えあうスパーク・ランド……。

が、それらは正常に作動する限り決して生命の危険のない、ただの遊び道具にすぎなかった。大阪レジャー産業では、ときどき特定の設備をえらんで、死亡事故が出たが闇から闇に葬ったという噂を流してはいるものの、ある程度現代のエレクトロニクス技術の水準を知っている者は、そんなことがあり得ないのを知っていたし、万一本当に死者が出たりすれば、得たりや応と財閥系の競争会社が非難をはじめ、ひっくり返しにかかってくるのはあきらかだった。

いちばんいいのはアメリカの一部の州で施行されている自殺契約特認法――本人が自殺の意志を持ち、この遊びで死んでも異存ございませんと一札を入れれば、それがいかに形式的なものであろうと責任問題は発生しない――が出ることだったが、今の政府を握っている大企業が、大阪レジャー産業のような財閥系外単独企業に有利になるそんな法案を出すわけがない。たしかにテレビ、ラジオなどの旧型情報産業からも、ショーのために、自殺契約特認法実施の要望がないわけではないが、そのためにはもう少し世論コントロールの必要があるし、今のように曲りなりにも大阪レジャー産業が、レジャー機器トップメーカーの座にある間は、決して政府のほうから動きだすはずがないのだった。

といって、本社の若い企画部員らがしばしば提案する即物的なストレス解消設備は、維持費の大きさという点で問題にならなかった。本物そっくりの血や肉を仕込んだ人形を物蔭から連続的に起きあがらせて、日本刀で斬り捨てる早斬りランド案や、ラジコン戦闘ロボットをあやつって決闘するというチャンピオンR案や、建築物をレーザーや爆薬で破壊するというゲームは、ある程度流行はするだろうが、どんなに使用料をとっても引き合わないはずである。

それに何といっても大阪レジャー産業は本質的にはメーカーなのだ。最近でこそ直営のプレイランドに力を入れているが、他の興行屋のように見世物じみたもので客を呼ぶことは、企業イメージをそこなう懸念もあった。

「ま、どっちにせよ、ろくに金を持たない老人や子供づれの若夫婦がよろこぶようなものはもう駄目ですな」

沖は声をはりあげ、メイン・ハウスの近くにあるピンク色のドームをさした。「あそこにあるノータッチゲームはエネルギーを持てあましている連中をあてこんで作ったものです。磁力を応用した簡単な設備ですがね、今のところは結構利用されていますよ。……ちょっとごらんになりますか？」

中へ入ると防音壁のせいで場内音楽は遠くなる。

コントロール室にはちょうど、はやりの馬鹿っ派手な服を着込んだ少年少女が十名ばかり入ったところだった。かれらは沖と豪田を異端者でも見るような目つきで見たが、すぐに無視して自分たちのたのしみをはじめた。

「イク、きょうはおまえの番だぜ」

「お待ち兼ね！」

イクと呼ばれた十五、六歳の少女は、豪田たちに挑戦的な目を向けてから、するすると服をぬいだ。「うまくぶつけて泣かせてね！」

いうと、コントロール盤の横にあるすべり口に入った。

少年たちにはかれらなりのルールがあるらしく、割当を決めてから、いろんな色のついた操縦台に走り寄った。「おれは赤がツイてるんだ！」「おれ、きのう黄色でチカコをつかまえたんだ。そうだろ」「まあね！」少女たちがしなだれかかるまま、それぞれが各自の席についた。

コントロール盤からは、やや低くなった円型のフロアーが見える。百平方メートルほどのそのフロアーの周囲は、直径二十センチぐらいの穴が至るところにある壁だ。

少女はもう全裸でフロアーの中央に立っていた。

軽く片手をあげて合図する。

次の瞬間、壁の穴のひとつから、真紅のボールがはげしい勢いでとび出してきた。

少女はかるく跳躍した。

つづいて別の穴から黒いボールが、さらに他の穴から白いボールがあらわれる。少女が、馴れた身のこなしでかわすと、ボールはたちまち反対側の穴に吸い込まれた。と、ほんのわずかな間をおいてその穴からは別の色のボールが、今度はぐっとうかびあがって天井ちかい壁の穴にとび込んで行く。

少女は、壁の一方に身をつけ、床に這い、跳躍しては避け、さらに走り、ころがり、ボールのコースを見さだめては天井からさがっているつりかわにぶらさがる。つりかわは一秒たつかたたない間に下へさがり、少女はまたフロアーを走りまわるのだ。その肉感的な四肢や腹部は、みるみる汗で濡れはじめた。

壁のタイム・ウオッチが刻々と秒数をかえて行く。6、7、8……10、12、14……。

「能なし！　時間になるわよ！」

フロアーの少女は全身汗だらけになって動きながらあざけった。

「わたしをひとりにさせるつもりなの？　やりたくないの？　ほら！」いいながら自分の乳房を両手でつかみ、両足をひらいて見せた。「ほら！　ほら！」

少年たちは欲情に目をぎらぎら輝かせて何とか自分の色のボールを少女に当てようと、必死でコースを定めボタンを押している。

「惜しい！」「あわてるんじゃないわ。あんた十日もお独身でしょ」少女たちは騒ぎながら少年たちをはげました。

ついにボールのひとつが少女の背中にあたった。薄い金属皮がいくつかに割れると、中からテープがあらわれて少女に降りかかった。

同時にフロアーがくらくなり、少年のひとりが服をぬぎすてるとすべり口におどりこんだ。

「行きましょう」

沖が豪田を突いた。「あと十五分間はスピーカーしか作動しないんです」

「あらもうお帰り？　おじいちゃん」

外へ出ようとするふたりに、少女のひとりが声を投げた。「十九になったらまた来てね。待ってるわよ！」

どっと笑声。

「若い奴らはいろんな遊びかたを考え出しよるもんやな」

憮然とした面持の豪田を、沖は目の隅でちらりと見た。

「なに、あんな連中は初心者ですよ」再び襲いかかる音楽のなか、舌なめずりをした。「あのフロアーは水をためることもできるし、ボールももっと重いものを用意してるんですがね。本当のマニアになると、あんなゲームはやらず、フライング・カプセルの中でセックスをやりますよ。げえげえ吐きながらやっています。馴れてくるとその匂いがたまらなくいいんだそうで。相手があれば私だってやってみせますがね」

それからふっとわれに返って、

「しかし、ああいう積極的な連中はあまり多くありません。たいていは与えられるものをそのまま当然のように使うだけですな、家畜の反応とあまりかわりゃしません」

不意にけたたましく笑いだすと、ぴたりとやめた。「ま、加工度の低い巨大タイプはもう限界です。レジャー・マシンはやはり高性能でコンパクトなものが本当ですよ」

「そういうこっちゃ」

豪田は同意した。「そやから今度の万国博でも、みんなコンパクト・タイプの組みあわせで勝負しようとしてるんや。毛唐の会社がじわじわと勢力をひろげとるちゅう理由で、業界統合の話も出てるくらいやしな。ここでよそよりも質の悪いものを出したら一巻のおわりやで。パイオニアもくそもない。簡単にいかれてしまう。強腰で政府の勧告をはね返すためにも、今度の万博でコンパクト・タイプで日本一という評判をとらんとあかん。それ以外にうちが巻き返す錦の御旗はあらへんときているしな。……そいで、出展準備はちゃんと進んでるんやろな?」

沖の顔にちらと臆した色がうかんだのを豪田は見のがさなかった。

「どうやねん」

「今のところは順調ですが……しかし」

「しかし何や?」

「とにかく」

沖は正面に見えるメイン・ハウスを片手で示した。「とにかく見ていただいたほうがいいんじゃないかと思いますが」

正面に円柱を植えた一見ギリシャ神殿ふうの（ということは大阪レジャー産業直営プレイランド共通の形状ということでもある）メイン・ハウスには、超集積回路群と最良の材料――高張力鋼やホイスカー網組込材やポリ四弗化エチレンから有機半導体まで――をふんだんに駆使したレジャー機器群が、広場とは打ってかわった静かなBGMのもとに公開陳列されている。

ここにあるものには、いわゆる消耗産業系列の主役である量産細粒焼結鋼や、低価格プラスチック類は、ほとんど使われていなかった。つまり一般に、リース産業系と呼ばれる高精度製品にほぼ匹敵するくらいの耐久力をそなえたものばかりなのである。こうした機器群はそれゆえにこそ、ある程度量産がきくわりには故障もすくなく、継続的に愛用するマニアも多いのだ。従って売却の場合クレームがついたこともなく、保守も容易、賃貸のときでも相手から確実に定期的に使用料をとれる――そうした安定性で、利益率は高いがリスクも多い巨大タイプと、補完関係にあった。

一階は完全自動化された経営ゲーム室や疑似戦場などの、判断力と指揮力を競う大部屋だ。二階はほんのときたま芸術家気分をあじわい、しかも、上達のたのしみも得たい人々のため、開発された機器を収容する小部屋の群。恣意抽出による組合せで小説やドラマを作成し、印刷し、製本までしてくれるボックスや、思いつきのメロディーを型にはめてオーケストラに仕立てる演奏ルーム。有名画家の手法を記憶している投影指導絵画機などのほか、インスピレーションという伝説を信じ求める者のために、立体抽象動画を映し、異様な音を聞かせる自動前衛劇場という名のショック・ルームまで用意してある。

三階はもっと若い年代のためのフロアー。各種スポーツ練習機や加速剤服用闘技場、それにトランプやルーレット、花札などの愛好者を相手にして賭博するギャンブル・マシン(チエスや将棋の対戦機もあるが、利用者がかならず負けるので手直しちゅうである)それらにくわえて人間を強制的に眠らせ、短時間で必要睡眠をとらせる熟眠装置を備えてある。

以前、ここにはソフトセックスという名の自慰機を置いたことがあるが、習慣性があるといいだした頭の固い医師のおかげで世間がさわぎだし、量産寸前でストップして廃棄処分になってしまった。

「メイン・ハウスのほうはこの前来られたときとほとんど変っていないはずです」

斜面コンベアーで四階へのぼりながら沖はいった。「部分的改良をしたいのもあるし、あたらしいアイデアもあるんですが、まだ需要はおとろえないから、そのままです。第一、巨大タイプに力をさくのがやっとで、研究陣は総力あげて今度の万博展示物にかかりきりですからね」

〝関係者以外立入厳禁〟

そうしるされた重いドアを押しあけると、仕事中の技術者たちが振りむいた。

「――ほう」

豪田は目をみはった。

広い室の中央には、東海道万国博大阪レジャー産業館の精巧な模型が置かれていたのである。しかもそのミニチュアは設計どおりに発光板をともし、人形をのせたコンベアーがゆっくりと動き、その上、各フロアーからはかぼそい声で案内者の説明さえ洩れてくるのだ。その模型の手前で微妙に点滅しているのは、大阪レジャー産業の出展テーマ〝時間旅行・日本の歴史〟の文字であった。

「うまいもんやな」

豪田は一応称賛したが、いつまでも玩具に心を奪われてはいなかった。

「何か本物はないんか?」

「大部分は工業ルートにおける最適加工手順計算のため工場に持って行っていますが、ちょうど実感装置の試作セットがあります」

「実感装置が出来た?」豪田は目をまるくした。「そらええ、それだけでええ。今度の万博は実感装置の出来ひとつできまる。そうか、もう出来たんか」

「ええ」

沖はいったが、なぜか、ふと投げやりな目になった。「あちらの、フレキシパネルのむこうがわです」

「そうか」

豪田は大股に、試験用の機器や、小型チッププレス加工機などの間をとおって、パネルドアをあけた。

分厚いカーテンがあったので、それをかいくぐる。

その小さな部屋は、まだ作業がつづいていることを示すように、加工用具や部品が床にちらばっていた。

中央には超集積回路の複合セットや、ワイヤーや、附属品をいっぱいくっつけたヘルメットのようなものや、それらすべてをからみつかせた大きな椅子がある。椅子といっても形がそうだというだけで、ほとんどフレームといったほうがいいくらいだ。

椅子の真正面には、小さな透明材をぎっしりと純白の薄板に植えつけた、広い壁のようなものが立っている。いわずとしれた立体投写スクリーンだった。

そして投写装置が椅子のうしろに二台、スクリーンのむこうに一台。

それだけだった。

「この装置を人間工学にもとづく本格的な椅子に仕込むのはこれからですがね」二、三人の技師をつれて入ってきた沖はいった。「ともかく一応実感装置と呼べるようなものを作るのが精一杯だったもので……どうかおすわり下さい」

いってから、椅子に目をやり、無造作に上衣をぬいで豪田の尻があたるはずの部分にひろげた。

豪田は腰をおろした。

きゃしゃなフレームは軋みながらぐっとたわんだ。

「いろいろ考えてみましたが、結局、社長説をとらざるを得ませんでした」

部下に合図して、自分も投写装置の調整をはじめながら沖は説明した。「客を密閉ボックスに入れてそこで環境を作りだすほうが、コントロールもやさしいし、本物らしいんですが、閉所恐怖症の人間には耐えられないし、エア・コンディションが狂うと死亡事故をおこす可能性もあります。それよりも、せっかく今まで研究されてきた疑似感覚生起現象とその技術というものがあるんだから、そいつを利用すべきだという結論に達したんです。これならうちにも多少実績があるし、第一、金さえ握らせれば大学の研究室のデーターをいくらでも使えますからね」

豪田は黙ってうなずいた。技術者である熊岡社長とちがい、営業マンあがりの豪田は、専門家にはなるべくさからわないようにしている。といってもそれは別に専門家を尊敬しているわけではない。彼の考えによれば、専門家には使えるのと使えないのとの二種類しかなく、いったん使えるとわかったらとことんまで利用する、そんなものなのであった。経営者はかれらの話のアウトラインをつかんで活用すればいいので、その仲間になろうとするのは失格者だという持論だったのである。

「では、はじめますか」

調整が終ると、沖ははばの広いテープを部下に渡した。「脳刺激テープはまだ、試験的に作ったこの一本だけしかありません」それからどこのプレイランドでも売っている精神不安定化剤のアンプルを出した。「おのみになりますか?」

「いや、いらん」

「そうですか」

沖はアンプルをズボンのポケットにしまった。「じゃヘルメットをつけてください。……はいスタート」

部屋がくらくなった。

闇の中でヘルメットがささやきかけてくる。（きちんと着用されましたか？　位置がずれると弱超音波による脳刺激部位がずれて、不愉快な結果になることがあります。今からテスト刺激をおこないますから、あなたの右手がひとの手を握っているような感触があるように着用しなおして下さい）

同時に、豪田は自分が右手を伸ばして誰かと握手しているような感覚をおぼえた。細いつめたい、女のものらしいきゃしゃな感触である。

が、それはまもなく終り、正面のスクリーンがうかびあがった。実感装置と同調した立体映画がはじまったのだ。

突然、豪田は自分がパンツ一枚になっているのを感じた。手には何かをはめている。

顔がうかびあがった。黒人の顔だった。立体だった。腕をあげ構えながらこちらへ進んでくる。

汗の匂いがした。

まわりは、そう、ロープを張りめぐらしたマット……リングなのだ。ボクシングのリング。

豪田は自分が後退したのを感じた。

黒人選手は肉迫する。

バン！　と右の頬に衝撃があった。目の前で火花が散った。

つづいて左！　豪田は手をあげて防ごうとしたが相手のほうが速かった。腹にフックが入って息がつまった。

すさまじいアッパーカット！

目の前がくらくなった。

豪田はマットに倒れている。汗の匂いとマットの感触のなか苦痛に顔をゆがめて耐えている……。

と、何もかも消えた。

あたりはあかるくなっていた。沖たちがこちらを見ていた。

「いかがでしたか」

「痛い……」豪田は腹をおさえてうめいた。「まだ痛む、それに顔がこんなに……」

それからぼんやりと顔をあげた。「あれは……幻覚やったんやな？」

「しばらくは痛みがつづくかもしれません」沖はこともなげにいった。「打たれた部分が本当にはれることもありますが、なに、神経作用ですからすぐにおさまります……いかがでしたか？」

「えらいもんを作りよったな」

「はっきりいえばいろんな技術の寄せ集めですよ。われわれはそれをまとめあげただけのことでしてね。いや、もちろんいくつか独創的なアイデアもあります。たとえばヘルメットの同調刺激をおこなうきわめて弱い超音波のランク別ハーモニーについて……」

「痛かったで」豪田は荒い息をついた。「ほんまにひどかった。なんであんなボクシングみたいなもんにした？　万博に出すのは日本の各時代の有名な事件のはずやのに、なんであんなにおかしなものをテープに入れたんや？」

「……」

沖たちはちらっと目くばせをかわした。

「どないしたんや」豪田はじりじりしてくるのをおぼえた。「はっきりせえ」

「実は……」沖は覚悟をきめたようにしゃべりだした。「実は実感装置はこれ一台でおしまいになりそうなんです」

「え？」

豪田はぽかんとしたが、すぐにかっと目を開いた。いつものかんしゃくをもう押えることができなかった。

「何でや！　これだけちゃんとしたものが出来ているのに……ちゃんと説明せんとわからんやないか！」

「この実感装置が成功したのは最新の超純粋金属をフルに使ったからです」沖は豪田の顔をち

らちらと見ながらいう。「いろんな超純粋金属の特性を使いわけたのがよかったのです。それも今までのようなティーン・ナインクラスではなく、もっと純粋な金属でなければならなかったのです」

「……」

「ところがきょう、専務がこちらへ来られる前、本社から連絡があったんです。超純粋金属のメーカーが品不足を理由に、うちへの出荷をことわってきたと」

「出荷を？　ことわった？」

「すくなくともあと一年ほどはどうにもならないということです。本社では何とか交渉してみるとはいっていますが、メーカーの名古屋特殊金属は先月、丸の内重工業の系列に入ったばかりだから、ほとんど不可能だろうというんです」

「外国からは？　ほかの会社にストックはないのか？」

「どちらも駄目です」沖はまるでよそごとのような口調でいった。「いま超純粋金属は引っ張りだこで、あたらしいルートから入れると、ほとんど十倍近い価格でないと手に入らないそうで」

「十倍？」

豪田は吠えた。「暴利だ！　そんな値段があるものか」

「問題はそれだけじゃありません」

「まだあるのか？」

「テープが作れないんです」沖は顔をゆがめてみせた。「今のはモニターを雇ってボクサーになぐらせ、その感覚を再生したんですが、本当の企画では厳正に過去を再現するはずでしたし、そのためにセットを組み、歴史考証を入念にやった上で、ビッグ・タレントにいっさいをまかせてテープに入れることになっていましたが……きょう社長から連絡があって、どういうわけか今朝いっせいにことわってきたということなんです。しかも代りもみつからない……どうもよその万博のブレーンとしておさえられたらしいと……」

「馬鹿な……そんなこっちゃ、どないもならんやないか」いいかけた豪田は、突然、沖をにらみつけた。「何で今までそれを黙っていた？　何で、わしが訊ねるまで、そのことをいわなんだんや！　どなりつけられるのがそんなにいやか！」

だが、沖は答えなかった。

うつむいたまま貝のように黙っているばかりだった。

「——もうええわ」豪田は肩で息をついた。「つまり……うちの万博出展は非常にやりにくくなったということやな？」

「事実上不可能なのです」

「何が不可能や！　何とか手が打てるはずやないか！　いや、それで済ますつもりか？」

技師たちはそっと顔を見あわせた。その頬にはひそかな軽蔑——技術というものを知らぬ人間にかれらがしばしば見せるあの表情がうかんでいた。

「今さらやめるわけには行かんのやで」

不眠によるめまいに耐えながら、豪田は技師たちを見まわした。「うちが昔のうちになるかどうかは、今度の万博の評判ひとつできまるというてもええ。出展せなんだり妙なもんを出したりしたら、はっきりいうておしまいや。本社へ帰ったらわしは社長と相談するし、あっちこっちにも当ってみる。そやからきみらもそんな気にならずにやるだけやってもらわなあかん。――頼むで」

それからすぐ岡山駅へ向ったのだった。

新大阪駅で降りた豪田は混みあって時間のかかる新御堂筋通過を断念して、地下鉄で梅田へむかい、そこから第六大学病院の特別病棟へ急いだ。

病室へ入るとすぐ、血の気のない熊岡社長の顔が見えた。ここ数カ月の心労ですっかり痩せて威圧感まで失った上に、もろもろの雑念まで吐き出して、あとはただ眼光だけでおのれを支えているといった感じである。

「みんな出ろ」

熊岡社長は細い声でいった。「わしはちょっと豪田と話したいことがある」

「でもあなた」

いいかけた夫人に、熊岡は横になったままぐいと目を剝いた。「仕事の話やぞ」それから頰をけいれんさせた。「すぐに済むわい。済んだら手術でも何でもさせてやる」

「どないです?」ふたりきりになるとすぐ、豪田は訊ねた。「あんまり無理しはるからでっせ」

「いたわるつもりか?」熊岡は底光りのする目をむけた。「おまえに似合わん真似せんでええ。どうせただの潰瘍や。会議があんまりけったくそ悪かったんでちょっとひっくり返っただけじゃ。そう簡単にくたばらんわい……それよりも豪田、もっと近くへ来い」

熊岡は声をひそめた。「実はな、うちの社内にどうやらスパイがいるらしいんや」

「え?」

「もちろん会社の内部に産業スパイがようけもぐり込んどるのはわかってる」熊岡は薄く笑った。「そやけどそんな連中は下っ端の青二才や。こっちもマークして大切な仕事にはさわらせへんようにしてる……ところが、どうも重要ポストの誰かが、丸の内財閥系と通じとるらしいんやで」

「……」

「きょうわしは万博の調整会議とやらへ行った。ところがどうや。丸の内商事の系列の日本興業機械な、あそこのプランがうちとそっくり同じやないか。それもうちが提出したものと同じやいうだけやないんやで。こっちが隠しとくつもりやったあの実感装置まで、ちゃんと書類にしとったんや。内山下で聞いたか知らんけど、超純粋金属をおさえたりビッグ・タレントに手をまわしたのもそのためやろとわしは思う……わしは頑張ったけどな、相手は丸の内財閥や。勝てるわけがない。結局完備した資料を出した日本興業機械が通り、うちは作り直しということにされてしもた」

「……」

「とにかくスパイはおまえやないことだけははっきりしとる。うちの株を握ってるのはわしとおまえやさかいな……ということはほかの奴なら誰でも寝返り打つということや」

「そういうことでんな」

「しかし今さわぎ立てて社員の士気を低下させるのはよくない」熊岡は鼻腔をふくらませた。「とにかくわしが会社を離れている間は、おまえに実際の仕事をやってもらうほかはないんやが、そのことだけはようく頭に入れといてほしいんや」

「——よろしおま」

「頼むで」

熊岡はいった。「今がいちばんだいじなときや。仕事と、そいから万博と……いうまでもないことやけど、今度の万博でうちが頑張っていることを示さんと、何もかもおしまいや。わしも出来るだけ早うこんなところを飛び出すけど、それまで、ほんまに頼むで」

豪田の頭の中から、戦力としての社長の名札が剝ぎとられた。もはや泣きごとを並べているときではない。産業再編成が加速度的に進んでいる今、しだいに下降線をたどっている売りあげや上昇一途の労賃や、日ごとに強くなる外部からの圧迫など、いっさいをひっくるめて突っ走る従業員千二百名の大阪レジャー産業の、そのすべての問題をひっかぶってやり抜くのは、彼自身のほかにはないのであった。他へ膝を屈さずに万国博でみずからの旗を高くかかげるためにも、彼自身がやるほかはないのだった。ＡＡＭやグランドキャッスルやＩＭＣなどの海外企業、それに財閥をバックにした日本興業機械などの日本企業群のイメージが、火のように頭の中を走り抜けて行くのを感じながら、しかし豪田は腹の底から出る声で答えた。

「まかしとくなはれ」

3 背景

——一九八四年秋。

すでに日本総人口の五割以上を呑みこんだ東海道メガロポリスは、なおも爆発的に膨脹をつづけていた。東京湾口へ伸びる丸の内セクターや密集化の進む新宿セクター、それに渋谷や池袋や上野はもとより、横浜をも内包した東京文化圏は、名古屋、京阪神などをも翼下にくわえた巨帯都市の様相をくっきりとあらわしつつ、消費景気のまっただなかにあった。

各密集地区に試験的に作られたムービングロードには日焼けした軽装の男女があふれ、ショーウインドにはほんのわずかな特徴の差を売りものにした豪華な商品が、これでもかこれでもかと並べ立てられ、片っ端からさばかれて行く。

狂ったように拡げられたハイウエイ網でさえ、それ以上に増えるガソリン車やガス・タービン車の前に限界に達し、新幹線のコースを軸にした自動管制道路網が突貫工事で建設されるいっぽう、空前の繁忙に悲鳴をあげる空港を横目に、マグネット列車の計画が強引に押し進められていた。

あらゆる地区にエレクトロ・ルミネッセンスをちりばめたプレイランドが乱立し、週に二日ないし三日の休日をもてあます人々のために自動体育器やスリリングマシンなどの刺激のつよい娯楽が提供されていると思えば、港では真昼、旅客を満載した白い原子力船が、しずかに埠頭をはなれてゆくのである。

十年前、二十年前に開発された技術は次々と一般に普及し人々の生活をかえながら陳腐化して行く。それは買手の、ことに都市に住む買手の側に立つかぎり、たしかに天国といっても差支えなかった。猛烈な販売競争やサービス攻勢をともないながら、商品は氾濫し、新製品は続々と登場してくるのだ。二十世紀後半にしてはじめて実現されたこれは消費者の天国であった。

都市時代であった。

しかし。

前代から残されたままの問題や社会構造の歪曲による矛盾は、何ひとつ解決されていなかったのもまた事実である。いや解決されるどころか、さらに深刻な課題を無数に生み出していたというのに、対策はろくに立てられようともしなかった。

できなかったのだ。

そんな余裕がなかったのだ。

この繁栄とは、実は資本自由化による海外資本と日本産業のすさまじい格闘と、その結果による反映に過ぎなかったのである。

一九六〇年代なかばからじりじりと進められてきた日本の貿易自由化は、ＯＥＣＤ参加、日米通商条約の締結にくわえ、ヨーロッパ市場の満腹状態をバックに、しかも東南アジアの第一次産業革命進行中という悪条件を背負いつつ、一九七〇年代に入るか入らぬうちにとうとう資本自由化という最終段階に突入しなければならなかった。

海外、ことにアメリカの大資本がぞくぞくと上陸してきた。三社あわせて世界総生産の六十パーセント以上のシェアを誇るＧＭ、フォード、クライスラー、世界供給量の七十パーセントを占めるスタンダード・オイル、二十世紀アメリカの繁栄を背負って立つＵ・Ｓスチールをはじめとして、電機のゼネラル・エレクトリック、化学のデュポンなど、いずれも売り上げを兆の単位でかぞえる大会社から、吸収合併で知られた産銅のアナコンダ、無借金をかざしてそびえたつ製紙のインタナショナル・ペーパーその他ありとあらゆる会社がそれぞれの戦略を使って日本市場へなだれ込んできたのである。

それは、かつてのインスタント・コーヒーや化粧品メーカーによる販売シェアの奪い合いなどとは根本的に違っていた。ひとたび誤れば日本産業全体がひっくり返る可能性のあるものであった。

有望な業種や、有名な会社が片っぱしから狙い撃ちされた。以前から存在したなまぬるい合弁会社形式はもう時代遅れだった。巨大な資本とマジソン・スクェアの宣伝技術とずば抜けた特許をフルに活用する百パーセント外資会社が市場を席捲するいっぽう、経営にガタがきた日本の会社を金の力でごっそりと買い取って行った。

次から次へと白旗をかかげる企業が続出した。ついこの間までぬるま湯につかって、家族的経営の良さとか年功序列制の再認識などという寝言をつづけてきた会社がいくら歯をくいしばってみたところで——もちろん、徹底的に自己本位のたよりない消費者たちが足をひっぱったせいもあるが——いったい何ができるというのだ？　山のようなストックを抱えたまま有能な社員を引っこ抜かれ、金融機関にそっぽを向かれて首を吊った経営者は、五人や十人ではなかった。

が——それにもかかわらず、概して日本の企業群はよく頑張った。早くから資本自由化の危機にそなえ、創造的開発力とか革命的技術とか鉄の組織とか、とにかく筋金入りの——それも公取委の意向など腹の底でせせら笑いながら調子をあわせ、系列群を作ってきた会社は、あるいは特殊化することで、あるいは日本の風土に密着することで、あるいはキメのこまかいやりかたで、とにかく生き残っていた。

やがて。

海外企業の進出のテンポが落ちた。日本市場の特異性という背景を認識したのか、短期決戦は長期にわたる持久戦の様相を呈し、それとともにやがて、それぞれが自分の判断で日本企業の諸系列と結びつきはじめた。

日本企業は黙ってそうした申し出と妥協した。実はひそかにかれらを排除する計画を練っているという噂もあったが、とにかく外見的には共存の形をとりはじめたのである。

しかし、それは各系列間内での共存に過ぎない。ついこの間まで盟友であった各産業群は今度は一転して、再び大規模なたたかいの敵にかわったのである。あたらしい産業編成がしだいに姿をあきらかにしはじめていたのである。

スケールこそ違うが、むろん景気振興策としての週休二日制をバックに伸びてきたレジャー機器産業界だって事情は同じだった。海外諸企業が丸の内、日本橋、中之島の三財閥系の企業と提携――もちろんお互いに寝首を掻くためであるが――をすればするほど、この世界のパイオニアでありかつてのリーダーだった大阪レジャー産業は苦境に立つことになるのである。今まで大阪レジャー産業がひっくり返らなかったのは本拠が大阪にあって地方性を武器にしたことと、他のメーカーと違い自営のプレイランドを地方都市にたくさん持っていたせいにすぎないのだ。

だが、それも時間の問題であった。東海道メガロポリスの一体化につれて競争規模が拡大し、地方都市の空中分解が進行している現在、ジリ貧は必然的であった。放っておけば坂をころがるビヤ樽のように加速度的に崩壊がやってくる。吸収合併か倒産か、とにかく大阪レジャー産業は消えてしまうのである。

対策が、あらゆる対策が必要だった。下請企業への支配強化、プレイランドの振興、新しいマシンの開発と工業化、労賃の負担の軽減、セールスプロモーション、従業員への信賞必罰、マーケティングの活用、製造コストの低減などの無数の方法と、そして士気をふるいたたせるための目標。

目標。

そうなのだった。合言葉が、具体的な対象が必要なのだった。その日までは歯をくいしばってすべてのノルマを消化して自社のイメージをあげるそのような目標がどうしても必要なのだ。熊岡たちはそれを万国博に置いた。ここで力を示し、一丸となって巻き返すことを決意したのだ。

そして、その開催日——一九八七年三月十五日まで、もう九百日も残っていなかったのである。

4 プラニング・センター

山科信也は、いつもの落着いた足どりで細い階段をのぼって行った。黒いスーツがよく似合う中肉中背の身体だが心もち猫背で、その目はどことなく疲れている。

午後の、濃色を帯びた感光性ガラス壁に沿っていちばん奥、シン・プラニング・センターと書かれたドアを押す。

「あら、チーフ」

北島未知が花が咲くように顔をあげた。手はまだ映話のボタンにかけたまま、

「いま連絡があったんですけど……奥さんが」

山科信也の口許がほんのかすかにけいれんした。「先生が、どうかしたのか？」

「自殺ですって」

「自殺？」

「――未遂ですけど」

「死ななかったのか」

山科は壁から椅子を引き落して、その中に陥ち込んだ。「いろいろやってくれるもんだな」

「文芸四季の記者が発見して、すぐに医者を呼んだそうです。睡眠薬をお飲みになったということですけど、生命には別条ないだろうという話です」

「なるほど」

この女はどうして妻の話をするときだけこんな風にていねいないいかたをするのだろう……

山科はそう思ったが、別居中の妻のことについては、今さら考える気にはなれなかった。

「すぐお見舞には行かれないんですか？」

「あわてることはないよ」

意味ありげな未知の視線を避けて、山科は事務所を見まわした。「まともなニュースはないのかい」

「関東急行と大阪レジャー産業から映話がありました」

もうデスクの前までできていた福井宏之が手のメモに目をおとした。「ええと関東急行ですがね。この間、うちでヒントだけちらつかせた沿線再開発の具体的プランを、あすの十七時までに持ってこいといっています」

「ひどくせっかちだね」

「時間までに持ってこないと、今後の見積りメンバーから外すかもしれない、なんて匂わせていましたよ」

山科は薄く笑った。

「いつもの手だな」

「ビデオをとってあります。見ますか?」

「いや結構」デスクの半透明の多層天板を指でリズムをとって軽く叩きながら、「あちらには頭がからっぽだが、実行力だけはうんと備えた東都アドという立派なエージェンシイがくっついていらっしゃる。プランを盗まれる危険をおかすより、相手が全面的に寄りかかってくるまで待つべきじゃないかな」

だが、福井はやはり関東急行という名前に未練があるらしかった。

「プランだけは組んでおいたほうがいいんじゃないでしょうか」

「一応はね」

山科はとにかく肯定してやった。「でもたぶん無駄だろうよ。あの会社はもとから費用を立替えさせておいて、あとからちびちび払うのがお上手だ。小さな仕事ならそれもお愛嬌だが、今度の計画を本気でやるとしたらまず一億か一億一千万……とてもじゃないがうちにはそんな余裕はない」

指の動きをとめた。

「もうひとつは?」

「大阪レジャー産業ですか……どうもあの映話は大阪からかけてきたようですがね、何でも万国博について話したいからこの金曜日——ってえと二十六日ですか——その十三時に東京支社へ来るか来ないか即答しろってんですよ」顔をしかめて鼻と口を同時に鳴らした。「とりあえずお伺いしますと返事はしましたがね。なに、どうせいつものように話すだけ話させておいて涙金を出し、あとは知らん顔だ。行く必要があるとは思えませんね。だいたいあの会社ときたら……」

「待ちたまえ」

山科はしずかに制した。目が何かをとらえかけている。「たしかに……万国博といったんだね？」

「ええ、そうです」

思い出すと腹が立つのか、福井は口をとがらせた。「おそろしく高圧的な態度でした。地方会社のくせしやがって、うちを何だと思っているんだろう」

「相手の態度にいちいちむくれていては、栄養はとれないよ」

山科は、軽くたしなめた。が、本心はそういいたかったのではない。たしかに、全国九市場マージン銘柄の関東急行と、上場もしていない大阪レジャー産業は、知名度という点で比較にならなかったであろう。しかし、会社の実力とか内容とかいうものは、大衆が名前を知っているかどうかということと、何の関係もないのだ。一流好みの福井の気持は判るが、プランニング・センターのメンバーとして、そんな単純な考えかたをしてもらいたくなかったのである。

といっても、判ってくれたかどうか——。

「ところで、映話をかけてきたのは、何という人間だった？」

福井は、メモを見た。

「豪田——とか、いっていましたね」

「豪田か」

山科は頬に微笑をともした。「……なるほど」

「どうかしたんですか？　その豪田の旦那に心当たりでもあるんですか？」

「豪田……豪田と。豪田忍……これね」

山科が口をひらく前に、もう北島未知が棚から紳士名鑑をおろして繰り、カードを抜きだしていた。「豪田忍。大阪レジャー産業専務取締役」声がぱっとひらいた。「こいつはショック！専務じゃないの」

「まさかァ」

福井が妙な声を出してカードの写真を覗きこんだ。「本当だ。あんな男が専務とはね。やっぱり田舎の会社だ」

未知は構わず読みつづけた。「一九四二年大阪生れ……とすると四十二歳か、ずいぶん若いのね。えーと第二大学中退。現住所、大阪市住吉区帝塚山中二の二。映話と電話の両方を持ち、妻と一男一女……」

「熊岡社長の義弟。業界でのニックネームがライオン」

山科がつけくわえたので、未知は首を斜めにした。

「おや。先刻ご承知で？」

「あの業界では有名な男なんだ」山科はきまじめな表情で説明した。「今まではあまりおもてに立たなかったんで、一般にはそれほど知られていないがなかなかのやり手でね、おととい万国博の調整会議の席上、熊岡社長がひっくり返ったため、当分の間、彼が大阪レジャー産業を動かすことになる」

「へえ、おどろいた。くわしいんですね」

「なに、手品のタネはこれさ」

山科はポケットからきちんと折り畳んだ紙片をとりだした。主なターミナルに同調印刷販売機があって、十円玉を入れると指定の面だけが出てくるシンクロ・ニュースの、その第四経済面だった。

「もちろん、ほかにもいろいろ聞き込んだがね。ここにその簡単な経緯と豪田の紹介が載っている」

「なんだ。そんなことなら早くそういって下さいよ。チーフもひとが悪いな」

福井がそういい、ニュースを受取ってひろげた。未知のほうは、一瞬、山科を探るように見てから、これもおくれて覗きこむ。

山科はそこに、ふたりの差を見せつけられたような気がした。このニュースをみつけ出したのは決して偶然ではないのだ。四六時ちゅう鋭敏に嗅覚をはたらかし、たえずニュースに気をつけていて、少しでも仕事に関係がありそうなものを発見すると、とことんまで調べあげる山科がやっと拾い出したニュースなのだ。そんなことにまったく無頓着に、簡単に利用しようとする福井と、どんな細部についても、山科のやりかたを身につけようとしている未知と……同じ二十四歳でいろいろ違うものだなと思ったのである。

「なるほどね」

福井と未知のうしろから、席を立って覗きに来た弁護士の山田たちが嘆声を発した。

「それで、うちに連絡して、万国博のあたらしい企画を拾い出そうというわけか」

「はっきりしてやがる……大阪商法という奴ですな」

「大阪商法なんてそんなもの、まだ残っているんですかね？」福井が肩をすくめた。「でも、それにしてはこの金曜日にこいというのは変ですよ。悠長すぎやしませんか？　あそこは万国博なんか、それほど重視していないんじゃねえのかな」

「そうかしら」

未知がふわりとさえぎった。「わたしはむしろ逆じゃないかと思うわ」

「逆？」

「じゃない？　だってあのくらいの規模の会社にとって、万国博へ出展するというのは大変な負担になるんでしょ？　それをあえてやるとすれば、想像以上に真剣なんじゃないかと思うな」

「そうだろうな」

公認会計士の増尾がうなずくのを見て、未知はつづけた。「ひょっとすると、大阪レジャー産業の豪田氏は、今まで多少ともつながりのあったエージェンシイやプロダクションやプランニング・センターのすべてか一部か知らないけど、片っぱしから呼び寄せてプランを出させ、いいものがあれば利用しようと考えているんじゃないかしら。うちはそのスケジュールに従って、金曜日の十三時を割りあてられたんじゃないかな」

「ありそうなことだ」

「……馬鹿にしてやがる」

「そういうところだろうとぼくも思うね」山科が引きとっていった。「というよりも、そのくらいの覚悟で仕事にかかったほうが安全だろうな」

「とするとチーフ」

福井が顔を向けた。「チーフは、大阪レジャー産業のために、プランを組もうというのですか?」

「もちろんだよ。こんな絶好のチャンスを逃がすこともないだろう」

「チャンス?」

福井は妙な顔をした。

いや、福井ばかりでなく、専門家たちの幾人かも、不審げな表情をうかべている。

山科の胸に、つめたいものが落ち込んだ。

(二、三年前までの、シン・プラニング・センターは、こんなに鈍くはなかったがな……あの頃は、うちの専門家はそれぞれ一流の――時代が時代だったら、独立して事務所をひらける能力を持った連中ばかりだったが……)

しかし次から次へと有能なメンバーを大企業に引き抜かれた今では、専門家といってもただのスペシャリストというだけの人間ばかりしか残っていないのだ。足らなくなった部門を補充するために契約した弁護士も公認会計士も弁理士も経営コンサルタントも……ほとんどが、ただ資格を持っているというだけに過ぎないような連中だった。それも八方奔走してコネを求め説得して掻き集めなければならないのである。

「そういえば、チャンスかも知れないな」
一、二秒置いて、福井が、ゆっくりといった。「あたらしい実権者を、いまつかんでしまえば、大阪レジャー産業を、顧客にしきることはできる……でも、それをやっていいものかどうか、ぼくには、まだ疑問ですよ」
「といっても、仕方ないんじゃないの」

未知が眉をあげた。「いい仕事か、悪い仕事かは、やってみなくちゃ、判らないわ」

「何だか、泥沼のような気がするんだ」

福井は呟いた。

しばらくして、目をあげる。

「チーフは、やるべきだというんですね？」

「じゃ、決行だ」

山科はかすかに頷いてみせた。

福井は、もとの断定的な態度に還った。「調子のいいインスタント・プランを並べましょう」

「だめよ」

未知が、首を振った。「きょうのような連絡では、呼び立てられたプロダクションやエージェンシイは、情勢をつかむつもりで、ほとんど準備らしい準備もせずに、あの会社に顔を出すのじゃないかしら。全部が全部そうではないとしても、ほとんどは、軽い気持で出向くはずよ。とすれば——自尊心の強い大阪レジャー産業は気分を害しているはずだわ」

「その間隙につけ込む？」

「そう、こっちははじめから完全なプランを作りあげ、あらゆる準備をととのえて、一挙に勝負をつけるべきだわ」

山科を見た。

「どうでしょう」

「一応、ご正解ということにしよう」

山科は答えた。

本当なら、この程度の作戦は、瞬間に頭の中に閃いてもらわねばならないのだ。すくなくとも山科の片腕になるためには……。

いや、無理はいわないことにしよう。

「それじゃ」

山科は一呼吸置いて畳みかけた。「今日の仕事は十七時までにはきりをつけておいてほしい。十七時から三十分置いて、ブレーン・ストーミングをはじめる。北島くん」

「はい」

「きみは同社のデーターを集めにかかってくれ」

「わかりました」

「福井くんは隣りの記録室へ行って、ブレ・スト用の機器を点検しておいてくれないか」

「いつもの通りでいいんですね。やっておきます」

「ほかの人は、その棚に各社の万博プランと関係資料があるから、手がすきしだい利用して各自プランを作ってみてほしい。メモだけで結構。できるだけたくさんあるほうがいいのもいつもの通りだ」

それだけいうと、山科はハーフコートをひっかけた。

「おや、どちらへ?」

「一時間ほど熟眠装置に入ってくる」山科は疲れた表情に還った。「どうも……このごろよく眠れないんでね」


シン・プラニング・センターができてこれで七年になるが、最近はその経営状態は目に見えて悪くなっていた。

もともとシン・プラニング・センターは、その名称の示すとおり、経営コンサルタントである山科信也が作った総合プロダクションとでも呼ぶべきものである。各分野の専門家と契約し、経営能力の弱い企業や専門家の不足に悩んでいる会社をみつけては、そこの総合ブレーンを引受けるのが仕事だった。つまり、法律事務所でもあり会計事務所でもありマーケティング研究所でもあり、さらには特許事務所や建築事務所や健康相談所や広告プロダクションでもあるような、そんなセンターを作りあげるのが山科の狙いだったのである。

しかも、狙いは当った。

というのは、設立当時は、まだ大企業に従属していない有能な専門家というのがたくさん残っており、ひとりで事務所はひらかないまでも、自由な立場で仕事をやって行きたいと考えている人間も多かったし、いっぽう、ワンセットで資格のある専門家を使えるのならすぐにでもとびつきたいという状態の中小企業もかなり存在していたからだ。

はじめは五人か六人でスタートした山科たちは、じきに人数をふやし、事務所も新宿西口の近くにあるこのトヤマビルに移した。小さなビルではあるがトヤマビルは、そのころ増えてきた〝ニュータイプ〟の建物で、ビル全体で使える電子頭脳やアイドホールや映話自動交換機、予備部分を持つマイクロフィルム図書館などのほか、熱眠装置や熱気浴室まで備えていて、山科たちの要求に充分こたえてくれるだけの有機性を持っていた。

当然、家賃は高い。昔ふうのビルとくらべると優に七倍か八倍になる。

それでも、二年か三年は面白いようにもうかった。家賃ぐらいはたいした負担にならないくらい客があったのである。

だが、二年ほど前から、ようすはしだいにおかしくなってきた。つまり、資本自由化による攻防が長期化するにつれて中途半端な規模の──ということは山科たちにとっていちばんいい客だということだが――会社が加速度的に減りはじめたのである。大会社に吸収されたり倒産したり、とどのつまりはシン・プラニング・センターは今まであまり関係のなかった有名企業へも注文を貰いに行かなくてはならなくなってしまった。

それればかりではない。

専門家というものが使いかたしだいでまことに便利だと知りはじめた大会社が、センターのメンバーを引き抜きはじめたのだ。大会社の厚生設備はいろいろそのマイナスを指摘されながらも以前よりはずっとよくなっているし、給料も優秀な人間には思い切って多額を提供する。

ひとり、またひとりとメンバーが去って行くたびに、山科は捕充を探さなければならなかった。メンバーの質が段々落ちてゆくのにたまりかねた山科は、それまでの専門家になれそうな人間を育てることにした。すでにレッテルにすぎなくなっている学歴などにこだわらず、独立心が強く頭の回転のいい若者を探したのである。

採用したのは五人だった。

半年のうちに三人がやめ、二人が残った。

北島未知と福井宏之である。

北島未知はそれまで、業界二位とされるある広告代理店でコピーライターをやっていたのだが、ハードワークのために身体をこわして退職し、今度は三流のエージェンシイに引っ張られたのはいいが、そこの最大のスポンサーの広告担当者の二号になるよう強要されて、飛び出したという経歴を持っている。大局的なものの見かたは不得手だが、カンがするどく熱心だった。

福井宏之のほうは、第一大学を出ているれっきとした秀才で、しばらく軽金属加工メーカーの企画部門に籍をおいているうちに会社が倒れ、顔なじみの山科に身のふりかたを相談に来て、そのままここのメンバーになった男だった。今のところはまだ第一大学出という意識が強く世間に対する甘えが目立つが、そのうちにはスケールの大きなリーダーになるかもしれないと山科は思っている。

が、こうした対策をとったところで、社会の大勢がかわるわけではない。シン・プラニング・センターは、何とか活路をひらかなければならないのだった。それもできればかなりの期間、センターを維持するに足るだけの仕事をつかまなければならない。山科はセンターのメンバーに売りあげをあげるためとはいったが、実のところそんなものではなかったのである。

大阪レジャー産業はそうした意味でまことにいい客になる可能性があった。もちろん山科はレジャー機器メーカーというものがどのくらいきたないやりかたをし、出入りするプロダクションというプロダクションが、結局はうまく利用されてろくに利益も出せないままに手を引くという話を何度も耳にしていた。

が、それだけに、うまく立ちまわればかえって相手を食いものにすることだって可能なのだ。

相手に利用しようという下心があればあるほど、逆に骨までしゃぶってやることだってできるはずだ。いや、ぜひともそうしなければならない。うまく大阪レジャー産業をつかみ、せめて万国博まで食いつながせてもらわないことには困るのだ。

そう山科は考えていた。

十七時二十五分。

ブレーン・ストーミングの用意は完全にできていた。事務所の隣の記録室には会議用のビジネス・ファニチュア、ビジネスマシンの類が壁に沿ってぎっしりと並び、それぞれ待機の状態にあった。

それは、壁ひとつおいた隣りのオフィスの感じとはまったく違っていた。オフィスのほうはどちらかといえばカラー・コンディショニングを考え、見た目にあざやかなツートンの近代的な椅子や机の類がきちんと並んでいるだけで、昔ながらの事務所のイメージがまだふんだんに残っている。というのも山科は、シン・プラニング・センターにくるような客は中小企業の、それも年配の連中が多いせいで、あまりにも現代的なオフィスに客を入れることは、かえって相手に不安を抱かせると考え、つとめて古風な印象に統一していたのであった。

が、記録室のほうはそれでは困る。ここに顧客に覗かせることはないのだから、できる限り能率本位に作られていた。

机がない。

机のない事務所というものが本当の事務所だという説を山科は持っている。事務所ごとに会議をしたり打合せをしたりするようなところはなまじ机があるとかえって休息的な感じになると信じていた。ものを書いたり資料を展いたりするのは、椅子の肱かけの部分にとりつけられた小さな平板を使うだけで充分だ。車椅子に似たその椅子は、スイッチひとつで前後左右に行き来できる。ブレ・ストの最中、椅子をはなれることは原則として禁止されていた。

もちろんブレ・ストそのものも、昔とは大幅に違っている。昔のブレ・ストは何の準備もなしに人々があつまり、自由な雰囲気のうちに固定観念や先入観を捨てて、次々と思いつくままにアイデアや意見を出して行く、その際、批判的発言は絶対にやってはならないというだけのものだったが、今ではそんな風に潜在意識にたよるような漠然とした方法では使いものにならなかった。だから山科もブレ・ストはブレ・ストでも、自分なりのやりかたを作って、それを使っている。

席について見まわすと、今日の出席者は全部で六人だった。インテリア・デザイナーと技術士と公認会計士と、それに福井、未知、山科の三人である。もう一、二人、できれば建築士と弁理士がほしいところだが、かれらは今日は出勤日ではないし、急ぐのだからやむを得ない。

出席者の椅子には、それぞれナンバーライトがついている。発言のさいにはそのナンバーをいうのがルールだが、今日は六人しかいないのだから、その必要はなさそうだった。

十七時二十九分になると、山科は壁ぎわへ自分の椅子をすべらせて、つい最近購入した逆行性記録装置のスイッチを入れた。これは構造はふつうのワイヤレコーダーあるいはテープレコーダーと同じことだが、何分か前にさかのぼったところからボタンを押した時点までの記録が増幅されて残るように仕組まれたものだ。つまりいい意見だったということがわかってから、その全部をはじめから増幅記録することができるのである。しかも記録は会話そのものよりはるかに低いサイクルで残されるので、あとで早送り再生によってダイジェストを聞くことができる。ひとつの会議の内容をまとめるために会議そのものと同じぐらいの時間をかけてテープを聞いたり、速記者がふつうの文章に書き直したりするのは、数年前からすたれていた。

逆行タイムは二分ぐらいでよかろう。

「時間です」

山科はいった。「きょう番号づけはいりません。では、はじめます」

ちょっと間をおいて、

「その一。大阪レジャー産業の出展テーマについてのアイデアを並べて下さい」

同時に、室内が薄ぐらくなり、機器を並べてあるのと反対側の壁にスクリーンがうかびあがった。投射装置の横にはもう未知が椅子を走らせて、いつでも必要なデーターを映しだせるようにしている。

一秒か二秒、沈黙があった。

「参考資料の一」

未知の声。同時にスクリーンにはあざやかな東海道万国博のシンボルマークが浮きあがった。つづいて万博テーマ〝人類自身のための文明〟の文字。

サブテーマ。

国際博覧会条約抜萃。

博覧会のひらかれる名古屋・安城市の敷地。

誰もが、すくなくともここにいる人間なら誰もが知っていることばかりだ。それを二分の一秒か三分の一秒ずつぐらいパターンとして抽出し、印象を叩きこむのである。思考にひとつのアウトラインを与えておく山科流のやりかたであった。

合成された騒音が低く流れだした。人間の脳は何の刺激もないときには能力低下をきたす。適当な刺激のあるほうがかえっていいという、〝ながら族〟として育った山科の発案だった。むろん、発言があり活発に意見が出はじめるとそれに呼応して騒音は小さくなるようにセットされている。

「文明って、何だろうな」

ひとりが呟いた。

「装備じゃないかしら」

たちまち、声が応じる。「人間ひとりを生存させるための装備という問題に置き直せるかも知れないわ」

「——装備率といういいかたがあるかも知れん」

「それも、快適な環境への、ね」

「もっともらしい言葉を使えば、文明係数というところか」

「文明係数ね」

山科は、逆行記録ボタンを押す。

「でも……その快適が問題だ」

「そう。特殊な環境にあるときだけでは何にもならない」

「日常感覚かな」

福井だ。「一般的な、ふつうの生活をつらぬく感覚として——平均レベルを考えなければ……」

「それは私生活だけのものでいいのかな」

「むろん公生活も含めて」

「あいまいだな」

技術士がいう。「文明というものを個人単位の視点で見ながら、また集合的な概念をひっぱり出すのは、無意味じゃないか」

「そう、意識の高さの問題がある」

インテリア・デザイナーが、ひびきにこたえるようにいった。「やっぱり——宗教が出てくることになるよ」

「せまいね」

「拡大したほうがいい」

「宇宙と行こう」

「そうそう。宇宙の中での、人間の問題と行こう」

「チェック！」

これは、未知だった。「一九六二年シアトル万国博のテーマは、〝宇宙時代の人類〟です」

「人間が作り出す環境の限度は、どこにあるのかな」

「人間によるでしょう。横断よりは、むしろ縦断のほうが——」

「そう。空間よりも、時間重視の発想のほうが——」

「過去から未来への広角レンズが必要だね」

「魚眼レンズの手法で、文明というものをつかむのが面白いかも判りません」

「人類と、人間の違いだな。共同体と、共同体の一員と——」

「そうした人間の限界から、逆に導出できるんじゃないか？」

鐘が鳴った。

十秒休みである。

山科は仄《ほの》ぐらい空間に浮いた感覚のまま、椅子の肱かけを握っていた。

よくない。

どうもよくないのだ。

このやりかたを彼は〝集団連想〟と呼んでいた。ひとつのイメージをころがしころがして集団で連想して行くうちに、何か不分明なものが生れ、みんなの気持がまとまりはじめてくる。これを一回か二回、あるいは数回くり返してから、今度は全然対立する概念を持った考えかたをぶつけあう。〝非連想ショック〟というやつだ。こうしておいてからはじめてアイデアを連発しあうほうが質のよいプランを集めることができるということを、山科は経験で知っていたのである。

だが、そのためにはこの予備作業は計算どおり進んでいなければならなかった。適当に疲れて考えかたがぼんやりとした輪廓を作るのを待って一挙にストーミングに入ることが必要なのだ。それにしては今日のスタートは抽象的すぎる。やはり準備期間がみじかかったので熟していないのだろう。

鐘。

再び同じ作業がはじまった。

山科はその仲間にくわわりながら、照明の強さをかえ、色彩を部屋に投写させ、騒音レベルを調節しつづけた。どんなことがあろうと、大阪レジャー産業を納得させ、乗り出させるようなアイデアを、今夜のうちに生み出さねばならないのだ。今夜生み出されたアイデアをあすのうちに各分野の専門家たちに可能性を検討させてまとめてから、音声タイプで企画書に作りあげねばならない。

時間はないのだ。

重い気分をむりやりふるい立たせて——だが山科はいつのまにかいつもの通り、ブレ・ストの一員になり切っていた。

5 夜

フロアーの電源を切り、山科たちはくらい階段を降りて行った。

もう二十三時に近い。

それでも、トヤマビルの三階から下は昼間と同じようにあかりをともし、若い男女がショッピングをやっている。うすい緑色の間接照明の中をただようかれらは、いま流行の大きな淡色縞の服のせいもあって、そのまま深海魚のように見えた。

ビルを出ると、秋の夜風が流れてきた。二十四時間休息することのないこの新宿西口のビル群は、昼間よりももっとはなやかにわが身を飾り立てて、一種独得の虚構世界を作りあげており、そこかしこの露地にたまった闇も、ただの闇ではなく泥絵具をこねるだけこねたような黒色になっているのだが——そうなればなるほど風はひややかでくらいのだった。ビルの上部を結びあわせているチューブによって、空はほんのわずかしか見えないが、その忘れられた空からの使者にも似て、風は敵意を抱いているようであった。

原色の散乱粒子の中を専門家たちが思い思いに去って行くと、あとには山科と福井と未知が残った。

「チーフ、どちらまで?」

旧式のガソリン・カーを持っている未知が訊ねた。「まだ東京湾口のリースルームを使ってるんですか?」

「いや、あそこはきのうで契約が切れた。さしあたって今夜は宿なしということになるな」山科は軽い溜息をついた。「どこかそのへんのリースルームと契約するよ」

「奥さんをお見舞に行かれたほうがいいと思います」未知は山科から目をそらすようにしていった。「どうせわたし、福井さんを送るついでに目黒を通るんです。たしか奥さん、目黒エレクトローポにいらっしゃるんでしょう?」

「そうだな」

山科は口の中で呟いた。どうせ一度は見舞に行かなければならないのだ。このまま放っておけばそれだけ義務感が重くなるばかりかもしれない。それに、今夜はいつもよりもっと空しい気持になっていた。「じゃ、そうしてもらおうか。済まないね」

「いいんです」

未知は福井にうなずいてみせた。「じゃ、車を出してくるから、そこで待ってて」

「このごろはガソリンを入れるのも大変なものよ」

車をスタートさせると、未知は助手席の福井に愚痴をこぼした。「ガソリンスタンドを探してもなかなかみつからないことが多くなったし、今まであったはずのところまで、みんな充電スタンドにかわって行くんだから……そのうちに都市専用車条例でも出ようものなら、この車も一巻の終りということになりそうね」

「都市専用車条例なんて決して出やしないよ」

福井が答えた。この男は大局的な問題になるとなかなか洞察力に富んだ考えかたをするのだ。

「条例なんか出さずに、なし崩しにかえて行こうというのが政府やメーカーの腹じゃないかな。現にもうここ数年、自動車メーカーは従来のガソリン・カーの製造設備に償却と補修以外、一円も投資していないんだ。全資本を自動管制車か電気車のほうへ転換ちゅうなんだから、そのうちに気がついたらガソリン・カーは中古車ばかりということになり、それから部品がたらなくなって、いつの間にか姿を消してしまうということになるさ。第一、資源利用の見地からすれば、そもそもこんなに有機化学が発達してきているのに、まだ石油を燃やすために使おうというのがおかしいぜ」

「でも、わたしはせめて、乗れる間でもガソリン・カーに乗るわ」

未知がはね返した。「あんなちゃちな電気車に乗って時速二十キロやそこらで走ったってちっとも面白くないし……といって、自動管制車を持てるのはまず企業体か、でなければよほど収入のある階層だけだもの。それに都市内と郊外で、違う種類の車に乗らなければならないなんて……」

「仕方がないさ、分極化は時代のいきおいだからな」と福井。「だからこそリース産業系列なんていうものが発達してくるのさ。きみはリース制度がきらいなんだろ？」

「制度としては悪くないけど……でも、一部の人が所有しているかぎり、わたしもやっぱり賃借せずに所有したいわよ」

「女性的独占本能だぜ。そいつは」

「そうかしら……いけない？」

「いけなかないけど、無理だろうな」福井は溜息をついた。「これからはリース用として作られたものを所有するのは最上層のごく一部の人々になるだろうな……多分、パワーエリートクラスかそのあたりの……」

「パワーエリート？」未知はハンドルをきった。「パワーエリートなんてそんなものいるのかしら。いまは集団の時代、組織の時代でしょ。一部のエリートが個人として富を持つのはもう不可能なんじゃない？」

「今は過渡的時代さ」

福井はあくまで悲観的だ。「エリートのない時代なんて人間集団にはあり得ないよ。今は経営者やそのロボットの政治家でも以前ほど楽じゃないらしいから、かれらをエリートと呼ぶわけには行かないにしても、いずれは本物のエリートが登場してくるよ。いや、もう姿をあらわしているかも知れないな」

「それは誰？」

未知は挑むように福井を見た。「第一大学出身者？」

「とんでもない。レッテルはつまるところ、ただのレッテルさ」福井は第一大学出らしい無関心さで答えた。「学歴なんて、もう意味がない。複線教育の時代だからな」

「じゃ何？　ビッグ・タレント？」

「あれはアウトサイダーの怪物というだけのことさ」

「それじゃ専門家的ゼネラリスト？」

「かも知れないな。でも……ぼくにはわからん」

「福井さんにもわからないことってあるの？」

未知が皮肉にいう。「面白いものね」

こうした話のあいだじゅう、山科は後部座席にもたれて窓の外を見るともなく眺めていた。小さな電気車やガソリン・カーなどのそのヘッドライトがぎらぎらと目を灼いては過ぎて行く。その感覚を意識しながら荒涼とした東京の夜をぼんやりとみつめていた。高層ビルがまばらに立つその脚下、うずくまりかすかに照らされている樹々や、うす桃色の発光板をかかげるひそやかなレストランなどの荒々しい静けさと、特有の淋しさがいつか心を領して行くのをおぼえていた。

（いつの夜も同じなのだな）と山科は思う。（東京はいつの夜も同じ貌《かお》を持っているのだ。そしてそれはいつも横顔で、こちらを向いてはいないのだ）

そう。

シン・プロダクションのメンバーに、はじめて引き抜きがかかり、その男がついに山科と別れることを決意した夜、そいつと話しあいながら見た夜の東京も、東海道新幹線の脱線事故で山科の両親が同時に死に東京駅へ駈けつけるときに見た夜の道も……いま見るものとまるで同じではなかったか？　あのときも、このときも……つねに東京は同じ横顔の夜しか見せなかったのではなかったか？

そして紀美子。

きょう自殺をはかったという紀美子がまだ山科の良き妻であったころも、作家として独立しついで奔放に生きはじめたころも、それから別居して間もなく、さまざまな男との噂をきかされていたころも、そして紀美子たち自由業作家の没落があきらかになりだしたそのころも……つねに夜につながるその記憶の断片の、膨大な集積を綴りあわせた――彼の東京の夜の貌は、いつもこうではなかったか？

「チーフ」

未知が呼んでいた。「チーフ、このへんでよろしいですか?」

目をあげると、そこには俗悪な色をまとった円筒形の巨大な建物——目黒エレクトローポの姿があった。

ひとつ頷いて山科が降りると、未知と福井を乗せたガソリン・カーは、広い、死人の灰色を横たえた夜道を去って行った。

山科はふと、未知と福井がどのような関係なのかを考え、その想像にかるい嫉妬を感じた。いつも反目しながら適当に協力するあのふたりは、ともに山科には失われたひとつのもの——若さを持っている。こちらの気がつかないうちに山科はかれらから疎外されているのかもしれない。あの未知がこれから福井と——。

山科は苦笑して、目の前の建物に近づいて行った。

ドア・チャイムを鳴らしたが、中からはしばらく何の反応もなかった。

眠っているのだろうか。

しかし、未知のいったことが本当なら、誰かひとりぐらい看護か見舞いのために来ているはずである。

山科はまたチャイムをひびかせた。

「どなた？」

顔を探査用の赤外線がかすめるのを感じたとき、女の声がした。

「今ごろ、どなたですか？」

聞きおぼえのない声だ。

「山科信也です」

「山科信也？」声は反問した。「と、すると山科紀美子さんのベターハーフですか？」

「ベターハーフかどうか知りませんが」馬鹿馬鹿しかったが、そういうほかはなかった。「すくなくとも戸籍上の夫ですよ」

「……ちょっとお待ちを」

すぐにドアがあけられて、四十がらみの婦人が顔を出した。「紀美子さんはいまよく眠っておられます。ご用件は――お見舞なのですか？」

この女はいったい何者だ？　何の権利があって干渉するんだ？

だがいった。

「ええ。そういうところで」

「どうぞ」

ちょっとためらってから中へ踏みこんだ山科は、玄関の異様な光景に思わず棒立ちになってしまった。

女はひとりではなかったのだ。すくなくとも十名以上、それも二十七、八から五十代近くまで、いずれもじっとこちらをみつめて腕を組んでいるのだ。

刺すような視線だった。

「今も申しあげたように奥さまは眠っておられます」はじめの女がいった。「でも、目をさまされてもすぐにお会いさせるわけには参りません。山科信也さん、でしたね。あなたにその資格があることがわかった上でなければ」

「――なるほど」

何がどうなっているのやら訳がわからなかった。わからなかったが、ともかく相手のいうとおりにしたほうが無難だろう。何といっても相手は女たちなのだ。

「奥へどうぞ」

山科はむっつりしたまま、女たちにとりかこまれるようにしてサロン・ルームに入って行った。ソファに腰をおろす。今までにも三、四回、紀美子と話をつけるためにここへ来たことのある山科には勝手の知れた室であった。

が――今夜はどこか違う。まるでちがう感じなのだ。

その理由を、彼はすぐに悟った。あらゆる家具が磨き立てられ、整然と片づけられているのだ。

かつてシン・プラニング・センターが好調のころ、紀美子がねだるまま、思い切って買い入れたこの目黒エレクトローポは、当時としては最高のエレクトロニクス設備を持つコーポのひとつだった。直接発電装置によるブロック別冷暖房はむろんのこと、超音波皿洗機やプログラミングをしておけば料理をしてくれる自動調理機、連結できる帯磁壁内収容家具群や自動照明調整や――その他もろもろの、アイドホールカーテンやマイクロリーダーセットまでをそなえた最高級の住居であった。山科はそれを紀美子への愛情の表現と信じて、かなり無理をして買ってやり贈与税まで支払ったのである。しかしそれが若気のあやまちであったことを彼はあとになって悟らねばならなかった。完備した環境に置かれた紀美子はしだいに暇をもてあまし、やがて小説を――といっても男と女がどうしたとか、罪の意識がどうこうとかいう他愛もないお話だが――書きだしてうまく当てたのだ。芸術家意識なるものにめざめた紀美子と、そうしたものを時代錯誤として排斥する山科とはことごとに対立し口論しあい、結局山科はひとりでここを飛び出してしまったのである。

もともとルーズなところのある紀美子は、そうなってしまうとこれらエレクトロニクス機器を利用するだけで、ほとんど保守らしい保守もしていないようであった。ものを使うにはそれだけの手間が必要と信じている山科は、ここへ来るたびにやり切れない思いを抱いたものである。

それが昔のように整備され、かがやき、正常な状態にあるのだ。

「わたしたちはみな一級家庭管理士の資格を持っているんですよ」

妙な表情の山科に、はじめの女は挑戦的にいった。「あなたがた男性はそうした資格を笑いとばしているけれども、非常にレベルの高いものなのです。わたしたちにまかせればここの家具の整備ぐらい何でもありません」こっちをまっすぐに見ると強い語気で迫った。「なぜあなたはベターハーフを放っておいたのですか？　なぜ自殺を図るようになるまで見捨てていたのですか？」

そのときになってはじめて山科は、その婦人たちの胸に赤い太陽の形のバッジがついているのに気がついた。原始、女性は太陽であった、という有名な文句に由来する家庭党のバッジなのだ。社会はすべて家庭のしあわせのためにあると主張し、いま急速に勢力をのばしつつある家庭党……。

「返事は？」

「冗談じゃない」この連中と論争しているような心のゆとりはなかった。「見捨てられたのはこちらですよ。それより――他人の家庭に干渉するような真似はやめていただけませんか」

「わたしたちは党員の記者に事情を聞き、奥さんを保護しに来たのです」女はぴしゃりといった。

「あなたの責任は重大ですよ。家庭を破壊し、ひとりの婦人の生命を危機にさらした。はずかしくないのですか」

「われわれは告発する準備をすすめているんですよ」別のひとりがいった。「事情はいろいろ調べましたが、要するにあなたがここを放り出したことは事実です。奥さんは最近あまり仕事がなくここを維持するだけの収入がなかったことも判っています。なぜ放っておいたのですか？」

「わたしたちはすこしだけど国会に議席を持っているのですよ。ほかの分野にも同志はたくさんいます。あなたがこれからも今のように家庭より仕事をだいじにするのなら——」

「いい加減にしてくれませんか」

山科はいった。「ぼくは自分の妻を見舞いに来たんだ。ぼくは妻にうんざりしてはいるが、それでも来るのが礼儀だと考えたから来ただけなんですよ。あなたがたにそんなことをいわれる理由はありません」

「男性のエゴイズムの典型ね」

「こんな男がいるかぎりわれわれはたたかいをやめるわけにはいきません」

「あなたはここにずっといると誓いますか?」ひとりが訊ねた。「ここで——仕事を必要最小限にして、奥さんが立直るまで見守ると誓いますか?」

「馬鹿馬鹿しい」山科は呟いた。「気違い沙汰だ。それで生活できると思っているのか」

「みんながむしゃらに働かなくなれば家庭の平和は戻ってくるのです。わたしたちは毎日きちんと家を出てきちんと帰ってくるおつとめまでは否定しません。それは精神衛生上有効だからです。もちろん家事を平等に分担するという条件つきでね」

「きみたちにいったい何がわかるんだ?」

山科は辛抱しきれなくなって叫んだ。「きみたちには社会機構も産業構造も何もわかってやしないじゃないか。視野のせまいそんな考えかたをわれわれに——押しつけようとするのですか」

女たちは答えず目をつむった。

「女性時代を」とひとりがいい、あとの女がいっせいに口の中で「女性万歳」といった。

（狂っている）

山科はぞっとしながら思った。家庭党員に会ったのはこれがはじめてだったが、これほど偏執的なものとは思ってもみなかったのである。（歪んだムードの中にいると、人間は自分でも気のつかないうちにおかしくなって、それが自然だと考えるようになってしまうんだ）

待て。

不意に山科の頭に何かが閃いた。これだ！　これと同じことをやればいいのだ。大阪レジャー産業を射落すにはこれしかない。この線で行くほかはない。しだいに意識の中でかたまりはじめたアイデアを育てながら、山科は自分でも知らぬうちに立ちあがっていた。

「どこへ行くのです！」

「まとめるのだ」と山科は口走った。「何とかこれをまとめてものにしてやるぞ」

ドアをあけて出るとき、騒然として追ってきた女たちが口々に「告発よ！」「きまったわ」とわめいているのも聞えなかった。自分が紀美子を見舞いに来たこともとうに忘れ果てていた。

どうせたかが女のひとり……仕事とは引きかえに出来なかった。

6　ビッグ・タレント

目をさましてほんの一、二秒ぼんやりしていた朝倉遼一は、すぐにベッドをとび降りると、昨夜のうちに服飾デザイナーが届けてあった服を着こんだ。顔を洗い水を飲み鏡の前でしばらく顔をマッサージして寝室を出るまでに七分。

参謀室にはもう筆頭マネージャーが来ていた。

「これが本日のスケジュールです」

マネージャーは紙片を出した。「催眠記憶をされる前にひととおり検分しておいてください」

「うむ」

スケジュールはほとんど分単位にきざまれている。テレビ出演が六本、シンポジウムがふたつ、講演がひとつ。そのほかに対談や面会や立体映画の監修がある。ところどころ抜けているのは加速剤を服用して執筆――といっても音声タイプを使った口述だが――の時間だった。

「こちらが情報ダイジェストです」マネージャーは厚い資料をさしだした。「必要項目にマルをつけておいて下さい。記憶機に入れておきます」それから朝倉を見た。「ゆうべの話ですが、先生の面会券のプレミアムがまたはねあがったそうですよ。現在のところ秒あたり七十三円になっています。発行枚数の多いことを計算に入れれば第一位です」

「結構」

朝倉は素早くダイジェストに目を通し、必要なものだけをチェックすると、まだ世間では貴重品の部類に属する催眠記憶機の前にすわり、ヘルメットをかぶった。日本興業機械に特注の高性能ヘルメットである。

マネージャーは記憶機のスイッチを入れると、今度は追跡装置を作動させた。これで朝倉がどこにいるか手にとるようにわかる。それから東海道メガロポリスの主なところに待機している一般マネージャーのうち、本日の予定にあたっている場所の担当者に行動命令のためのボタンを押した。ビッグ・タレントの朝倉遼一は一秒といえども無駄な動きをしてはいけないのだ。最大効率で動くようスケジュールを組み実施に移すのが、筆頭マネージャーの大切な仕事であった。

ビッグ・タレント

それは、人々が個性を喪失し画一化されて行く現代に残された最後のヒーローなのかも知れない。

実際に社会を動かしている連中が、そのままスターであるような、そんな状態はとっくに終っていた。かれらはカリスマ的存在としての座を保てないと知るや否や、その機能を他の人間に委託し、影である代行者をあやつることで、自分自身の地位を守り抜く。職業的有名人というものは、多かれすくなかれこの代行者としての役割を演じて来た。

それは、マスコミの発達とともに、しだいに肥大しはじめた。活字を通じて、あるいは写真を通じて、有名であることがそのまま自分の存立を決定するような、そんな人々が続々と登場しはじめたのは、それほどあたらしいことではない。

この事情は、大量販売の印刷物によって、さらにテレビの普及によって、飛躍的に進んだのだ。まだ平面のしかも白黒テレビの時代に、ブーアスティンは、すでにこのことがもたらす作用について指摘している。マスコミ媒体によって作りあげられる幻影は、それが幻影であるか否かを問わず、現実そのものを動かすようになるというのだ。

たしかにそれは事実だった。人々は、マスコミに乗るものが、そのマスコミ媒体に接している人間が多数だということで、すなわち有名であり、社会をおおっているのだという風に信じるようになって行ったのである。

今でもまだ記憶にあたらしい、テレビタレント全盛の時代は、こうした事情を反映していた。つい七、八年前まで……何と多くの、いわゆるタレントが、マスコミを横行していたことであろう。ほんの一芸一能に秀でたというだけでもっとひどい場合には、ただ、たまたま何かの拍子で有名になったというだけで、ありとあらゆるマスコミ媒体に登場し、莫大な収入をかせぐ連中が、わんさといたのだった。

かれらは、いずれも、かつてのアレキサンダーやシーザーや、ナポレオンやヒットラーのように、自分たちがヒーローであるように振舞った。本当はそうではないことをみんな知りつくしていたけれども、そうしなければならなかった。そして、人々が期待するとおりの像になり切るように、懸命に頑張ったのだ。そうしない——リンドバーグのような——自分に誠実な人物は、たちまちマスコミからそっぽを向かれるという時代が、しばらくつづいた。

が……やがて人々が、この、有名人を作り出すからくりに気づきだすと、かれらの活躍できる年限は、ちぢまりはじめた。誰もかれもが、すでに、消耗品であることを隠さなくなって行った。

たしかに、その中には幾人か、現在の自分の名前を利用して、別の——政界などの分野に進出しようとしたものもいるし、自分の有名さを、何とか本物の名声に定着させようと努めたものもいる。

だが、それは一部の例外を除いて、不毛の努力だった。あとからあとから、目先をかえたはなやかな、しかもそれゆえにはかない生命しか持たぬ連中が追いかけてくるのだ。タレントたちは死にものぐるいで、自分の座を確保しようとひしめきあい、ポストを奪いあった。

それでも——まだその頃までは、そうすることに、一応のメリットはあったのだ。みじかいあいだだけでも世に時めけば、ふつうに働く何十倍、何百倍もの収入をつかむことができる。そのあいだに一生分のものを獲ておけるのなら、いいではないか。競争は激化するばかりであった。はじめ流行歌手とかちゃちなドラマに出る連中を意味したタレントという言葉は、まもなく、高収入を得る画家や音楽家や作家などに対しても使われるようになってしまった。

この傾向は、むろん日本でも同じだった。いや、日本のほうが、密集した地区にむかって放たれるだけに、よけいはげしかったともいえる。一九七〇年代の前半には、有名人貴族というような言葉さえ生れたぐらいだった。とにかく有名になりさえすればいいのだ。有名になってしまえば何とかなる——いくらかでも野心のある、ことに若い人々は、そう考え、マスコミ媒体に食い込もうと狂奔した。しかし、物事には必ず終りがある。

こうして次から次へと、無責任に生み出された〝有名人〟が、マスコミを通じて送り出すものは、派手な宣伝と飾りに満ちてはいたが、所詮、思いつきのインスタントなものに過ぎなかった。悪貨が良貨を駆逐するのたとえどおり、それは日を追って安っぽく、見るに耐えないものになって行ったのである。

やがて、人々は飽きはじめた。

それと共に、マスコミのほうも、こうした投資が割にあわぬことに気づきはじめた。

もちろん、このまま行けば、まだしばらくは、同じことが続いたであろう。しかし、企業間の競争が激化するにつれて、また、以前には自主独立という看板をあげていた情報産業（そのほとんどは、知名度に比較すれば、あきれるほどの零細企業だった）が、財閥系資本によって、あるいは秘密のうちにあるいは公然と吸収合併されるにつれて、馬鹿げたショーは、幕をおろすことになった。

そう。

一芸一能に秀でたというだけで有名になり専門外の分野にまで口を出していられる結構な時代は、産業構造の変化とともに終ったのだ。いささかの才能ある者はかつてミルズが指摘したそのままの方向をたどって企業に所属する専門家に変質して行った。

もはや、職業的有名人なるものの存在の余地はなくなったのだ。かれらにとっても、それを使う企業にとっても、割りがあわなくなってしまったのだ。

むろん、だからといって、マスコミに誰も登場しなくなったわけではない。

テレビあたりを賑わせた半素人タレントらしいものは今でも残っている。素人っぽさをご愛嬌とするそうした連中はしかし、完全なアマチュアであった。その程度のタレントなら、〝正業についた〟人々が幸運といささかの努力によってあぶくゼニをつかむためにほんの趣味的に出演することで間に合うのだ。

とはいえ——。

幾何級数的にマスコミに乗る情報量が増加し、しかも、マスコミどうし血で血を洗うような競争がおこなわれている時代に、それで済むわけはない。

やはり、《本物》は必要なのだ。それも、流行とはかかわりなく、あるいは多少流行に影響されても、そう簡単に消えないような連中による、本物の演技や唄や小説や音楽が、あるいは社会評論が必要なのだ。人々の生活が、より苛酷になってゆくのだから、よけいに必要なのだ。仕事が終ったあとの、いわゆる本来の人間にかえったときの愉楽のために、以前にも増して必要なのだった。素人じみた連中が横行し、潰れて行ったあとだけに、反動的に求められたのだ。
もちろん、供給者にはことかかない。前代にはとても考えられないくらい大勢いた。
自分には文化がわかっている、文化の創造者なのだ、ひとつの組織に隷属するのは人間のやることではないと信じている人々の大群のおそるべき競争……自分だけは依然として生き残れるはずだという自信どうしがぶつかりあい、やがて、姿をあらわしたのがビッグ・タレントなのであった。

いま日本に十名たらずしかいないビッグ・タレントと呼ばれる人々は、いずれも一流の俳優であり演奏家であり作家であり、あるいは画家であり作曲家であり映画監督でありながら、しかもしばしば第一級の建築家であり評論家であり、歴史学者でもあった。数名の専門家の能力をひとりで備えたスーパーマンなのであった。

奇妙なことに、こうしたビッグ・タレントの出現を可能にしたのは、日本の教育制度の形骸化という条件だったのである。学校を出るということが実生活とつながらぬレッテルという要素をますます強め、しかもその教養なるものがテストのための知識だけということになっている現代において、人々は正規の教育機関にかよいながら、別に社会適応のための学校にかよい卒業しては別の学校へ入るという——いわゆる複線教育を受けねばならなくなっていた。経営学校やデザイン学校などはもとより、マナー学校やガイド学校や、スポーツ選手を作る学校やセールス技術学校や、家計管理を教える学校や、はてはセックステクニックの学校や、それらの学校の入試の予備校まで含めたあらゆる種類の、それも教育期間十日から四十年までにわたるさまざまな学校を自由にえらびいくつかの技術を身につけるのが普通になろうとしていたのである。

ビッグ・タレントは少年少女のころすでに創造的才能があるとマークされていた者が注意ぶかく効率的にそれらの学校を選ぶことではじめて生れるのだ。二十歳をこえて可能性があるとされると今度は集中的に科学的機器を利用して叩きこむ。それから他のビッグ・タレントのアシスタントとしてスタートし、競争ののち世に出る時を待つのだ。そこでは、想像を絶したおそるべきあらそいを越えることが要請される。たった一度の敗北で、すべてを失うこともあるのだ。

しかし、この生存競争に敗れても、テレビあたりで職業的にクイズ番組に出場するクイズマンになったり、どこかの企業に入るなり、要するに骨を拾ってくれるところはどこにでもある。志望者は大企業のビジネスマンに対するほどではないにしても、とにかく掃いて捨てるほどはあった。

かれらは、他の時代から見れば、たしかに奇形児であった。尊敬を集めながらも、やはり猿芝居の猿であり、道化役者なのだ。

しかし、この時代には、これこそが最高の適応なのであった。現代の社会機構に不満を抱く人々にとっては、まぎれもないアイドルなのだ。ひっきょう、かれらは、一九五〇年から六〇年代にはなばなしく世にあらわれたいわゆるタレントの、ミュータントであり、それ以上でも、それ以下でもなかったというべきであろう。

その勝利者のひとりである朝倉遼一は、他のビッグ・タレントと同じように、百名近いルーム員――マネージャーやアシスタントやその他の分子で構成されている――をひきいていた。形は企業だったが、それはうまく行っても一代限り、へたをすると数年で四散する脆弱なものであり、それゆえにビッグ・タレントとそのルーム員は自分たちが世間並ではない組織体、人間性を無視しない組織体だと信じていたのである。

「時間です」

筆頭マネージャーの合図とともに、朝倉遼一は参謀室を出た。

頭の中はいま叩きこまれたデータで渦巻いている。ひとつ深呼吸をしてそれを意識の底に沈めると、朝倉は目の前で待っていた一般マネージャーにいった。

「行こうか」

ヘリコプターが舞いあがるとすぐ、そのマネージャーはいった。「ご存じでしょうが、きょうの〝朝の座談会〟のゲストはふたりの家庭党員です」

「わかっている」

「それからついさっき、紀の川信雄はからだの具合が悪いので、別のビッグ・タレントが出ることになったと、ＳＢＳから連絡してきました」

「む？」

紀の川信雄は朝倉にとってライバルだ。人気でも実力でも気をつけねばならぬ相手だし、むこうもそう思っているはずだ。もちろん世間も周知のことだ。だからこそ朝倉と紀の川のふたりが組んでいろんなゲストを迎える〝朝の座談会〟は面白いということになっている。

それがどうして？

たしかうちのルーム員が探り出した情報によれば、紀の川はこうした事態を避けるために自分のアシスタントのひとりを自分そっくりに整形手術させて待機させているはずだ。こんな朝倉と張り合うような番組を抜けるわけがないのだ。

理由は何だ？

目をつむって記憶をさぐる。紀の川信雄の昨日は――。

ない。

テレビ番組には出ていない。あの男はビデオがきらいでいつもナマ放送しか出ないということで押し通しているのだから（もっとも紀の川は俳優としては二流以下だからそれで済むのだが）きのう出ていないということはほかで何かをやっているということになる。

考えるより調べるほうが早い。

朝倉は追跡装置と連動している腕の交話器のスイッチを入れた。

「紀の川信雄が休むそうだ。原因をしらべてくれ」

「了解」

筆頭マネージャーの声が聞えた。「かれのここ数日の行動と……本日の番組の条件を走査照合します」

「SBSのヘリポートまであと二分三十秒」

こちらのマネージャーがいう。「到着すればすぐにリハーサルなしのスタジオ入りです」

交話器は答えなかった。

「――完了」

ほぼ一分ほどたったとき、筆頭マネージャーの声があった。「紀の川信雄は昨日丸の内重工業の本社で一日すごしています。それにこの五日間の面会券は全部同社が買い占めていたようです。本日、家庭党の党員と会うと具合がわるい事情があるとすれば、家庭党が反対している何かに関する仕事を、丸の内重工業と契約したという可能性がいちばん大きいですね」

「で、結論は?」

「万国博です」

筆頭マネージャーはいった。「万博敷地の強制収用に対する抗議自殺をやったのはご存じのとおり熱烈な家庭党員です。家庭党自体が万博そのものに対して反対意見を表明していますしね。その上、万国博協会長は丸の内重工業の会長と来ていますから……おそらく紀の川信雄はあそこの万博出展に協力することになったんじゃありませんか？」

「――わかった」

朝倉はスイッチを切った。

馬鹿な……こんなことがあっていいものだろうか。

紀の川には判っていないのか？　万博というものが今の日本に何を生み出すかわかっていないのか？

たしかに万国博は政府や大企業のいうとおり景気を刺激し、新技術を生みだすことだろう。それによって人々はますます物質的にはバラ色の未来を与えられ、現在形成されつつある産業社会をさらに高度のものにして行くことであろう。さらには、ひそかにささやかれているように日本産業が外資会社との長期戦でのイニシアチヴを握る可能性があるかも知れない。

しかし、それが何だというのだ？　それが本当の人間のためなのか？

一九六四年の東京オリンピックは？　一九七〇年の大阪での万博では？　あのあとの日本はいったいどうなったのだ？　なるほど東京オリンピックは成功した。大阪の万国博もみごとな成果をおさめた。日本はそうした疑似イベントを巧みに利用して世界での地歩を固めた。日本に対する信用は飛躍的に上昇した。

だが、そのあとは？

そのあとの不景気は……いや不景気などはどうでもいい。そのあとの日本はいったいどうなったというのだ。そうした〃金字塔〃を経るごとに体制は強化され、人々の自由は目に見えないうちに奪われつづけたのではなかったか？　そうした体制の力にもとづく行事は体制の力を認識させただけなのだ。ほんのときたま盛りあがる革新的な方向は、そうした行事を通じてみごとに空中分解させられたのではなかったか？

それればかりではない。

戦後のこの四十年（あえて戦後という古い呼びかたに従えば）のあいだ、いったん花を開いた個人の自由、個人の主観、個人の思考のその百花繚乱とした奔放さは一貫して影をひそめていったのではないか。産業社会と称する企業群の支配による社会は日一日と築きあげられて行ったのではないか？

たとえば自由業者だ。かつては輝ける個人のシンボルであった文化人は、今はどこへ行ってしまったのだ？　次から次へと没落を強いられ、産業社会のテクノクラートに組み入れられ変質して行ったかれらの、その大規模な転向の時代の背後には、つねに日本という名をかかげた疑似イベントがどす黒く突っ立っていたのではあるまいか？

そして、今度の万国博こそがその仕上げなのだ。そのときの人間は、もはや私生活においてでも真正の人間ではなくなってしまうのだ。

何とかしなければならないのだ。何とかこれを食いとめなければならないのだ。まだ間にあううちに……相手に力をかさないというような消極的な抵抗ではなく、今や積極的にたたかうときが来ているのだ。

よろしい……と朝倉は考えた。私はやってみせるぞ。

立体テレビのスタジオは、以前のそれにくらべると良質の材料を使ってしっかりと作られている。

立体像を得るためのライトの効率は飛躍的に向上していたが、それでもやはり強烈で、照明下の材料をすぐいためるほどである。

ひどく眩しい。

半円形のテーブルがせりあがり、椅子のカバーが沈むと同時に、司会者はうたうような調子でいった。

「では、これより〝朝の座談会〟をはじめます。きょうのゲストは家庭党員の恵利良子さんと、鳥井節子さん。レギュラーはおなじみの朝倉遼一先生と、新進の東小路忠春先生です」

朝倉はちらっと、他の出演者たちのほうを見た。

家庭党員のふたりはまだ二十歳をこしたかこさないくらいの、すばらしい美人だった。きっと家庭党では視聴者への印象を考えて出演者を厳選したのに違いない。

もうひとりの、紀の川のかわりに出ているビッグ・タレントの東小路は、白いのっぺりした顔だちの男だ。朝倉はこの三十歳にも満たぬ新進ビッグ・タレントが、売り出すための手段として徹底的に整形手術をやり名前もかえ、わざわざ躁病に近い状態にあるように専任医師にトレーニングしてもらっていることを突きとめていた。要するにやっとビッグ・タレントになったという、それだけの男だといっていい。これだけのメンバーならたいしたことはない。

足元を見ると推定視聴者層は女性のB上級を示している。この局のリサーチ力からみて、これはまず正しい判断としていいだろう。ということは、かなり気どった喋りかたをしなければならぬことを意味していた。

「さて、きょうのお話は、この間の万国博の敷地の強制収用にからまる問題についてでして」

司会者がよどみなく喋りだした。「まず家庭党員の恵利さん、いかがでしょうか」

「わたしは許せません」

家庭党員ははげしい口調でいいはじめた。それも、表情ひとつ変えずにである。へたに愛嬌をふりまいたりチャーミングであったりすると女性視聴者の反感を買うことを計算しているのだ。美貌の若い女が正義をまくしたてることによる効果を狙った、家庭党の作戦なのだろう。「わたしは——ああした強引なやりかたをとってまでも万国博をひらかなければならないのかということを、まずみなさんに訴えたいのです」

「そうです。その通りです」もうひとりのほうが叫んだ。「こんなひどいことって——わたし……」涙がどっと溢れてきた。あざやかな泣き女だ。しゃくりあげながら目はじっとカメラにむけている。「死んだのです……わたしたちの……ささやかな幸福がふみにじられるのを拒んだひとりの女性がついにたまりかねてみずから死をえらんだのです。この悲劇を……」

「――なるほど」

司会者がひきとった。「若い女性にとっては、本当に悲しいことでしたでしょうね」

「若い女性？」

家庭党員が司会者をにらみつけた。「とんでもない。これは全女性の、いいえ全人間の問題ですわ。なぜわたしたちが――」

「東小路先生」

「これには種々考究すべき問題が内包されていると思惟しますね」こういう番組があまりお得意でない東小路らしい会話形だった。「この複雑な条件を背負ったひとつの事件は現在の日本が置かれているその谷間の様相を連想させます。谷間は埋めるべきか橋をもって谷の存在を忘れるべきか――このへんは私どもの判断のタイプを考慮しつつ決定しなければなりますまい」

「朝倉先生、どうぞ」

朝倉はほんの一呼吸置いて、首を肩まで沈め、右手の中指を頰にあてておろしてからすっと背を伸ばした。目に力をこめて、かすかに唇に笑みをうかばせ、ついで歪めたのち、白い歯を見せていいはじめた。

「私は、万国博を産業の免罪符として扱うことがあやまちだと思うのです」あごを斜めに引いた。

「産業の原罪を忘れてルビコン川を渡るのは覆水盆に返らずの悔を残しかねないのではないで

しょうか。たしかに産業は、科学技術はバベルの塔でしょう。しかしバベルの塔で人間は天に達したでしょうか。そのことを考えるのが万国博でなければなりません。万国博のテーマは〝人間自身のための文明〟です。〝文明のための人類〟ではないのです。外面的な成功よりは人間ひとりひとりの胸に残るものを作るべきです。方向があやまっていれば悲劇は不可避といえます」効果を見さだめてから朝倉は不意に俗語会話形をとった。「私は、万国博に出展されるものすべてに対して、日本全部の——監視と規制をおこなわない限り無意味だと思います。それができないというのなら」ちょっと息を切った。次の言葉をいうにはやはり勇気が必要だったのである。「……できないのなら私たちはあすからでも、現在の万国博をもう一度白紙に戻すキャンペーンを開始するつもりです。日本の国際的立場よりは人間自身の幸福が本当だと考えるからです」

朝倉は黙った。この一言がいま視聴者の胸にしみこみ、ついで反響となってあらわれてくることは、ビッグ・タレント、現在のマスコミに君臨するビッグ・タレントである彼自身がいちばんよく知っていたのである。すくなくとも彼自身は自分が正しい道を踏んでおり、自分にそれだけの力があると信じていたのである。

音声タイプから流れ出てくるテープを編集機に繰り込み、反転された基版ができるとその段階で専門家たちに検討させる。修正が終った原本を、製本台と連結した静電印刷機に入れると、企画書の完成だ。

本来ならこんな面倒なことをする必要はない。テープそのものを外部の業者に委託すればそれでことは済むのだが、こうした企画書のたぐいが内容を盗まれずに戻ってくることはまずあり得なかった。従って今度の場合、はじめから終りまで自分のところで仕上げるほかはなかった。

こうして出来あがった六十四ページの企画書の効果を、しかし山科信也はあてにしていなかった。もともと企画書なんて頭でっかちのブレーンスタッフへの貢ぎものに過ぎないのだ。豪田忍のような実戦型の男に対してはやはり説得技術を駆使しなければならないのである。

7 説得

大阪レジャー産業が指定した、十月二十六日十三時のその十五分前、山科は福井宏之をともなってシン・プラニング・センターを出た。

トヤマビルをうしろにして電気自動車専用地下道の上を通り、帝王百貨店の盲目のような壁を左手に見ながら、山科と福井は新宿駅の南をすべるムービング・ロードに近づいて行った。

はば七メートル、全長四百メートルという簡易型の自走路だが、うまい具合にその終点が大阪レジャー産業東京支社のすぐ前に当っている。

ゲートで料金を払って動く道に立ち、弾力性のある手すりを握ったふたりは、そのままの姿勢で全身をこまかい震動にまかせていた。単一速度で、人間が小走りに走るくらいのスピードなのだが、それでも歩くのよりはかなり楽という、その程度のものである。眼下には国鉄や帝王電鉄や相模急行などの昔ながらのレールが見えているが、そうした軌条よりもかえってこのムービング・ロードのほうが古ぼけ、時代遅れのように感じられるのであった。いたんでいるせいもある。

十年ほど前、交通ラッシュを解決しようという意図で日本自走路建設公団（この名称の古さ加減はどうだ）が作られたとき、人々はまだこうしたあたらしい機械が、社会のひずみを緩和させるかも知れないと期待していた。

が……今は？

ベルト・コンベアーなんて所詮使いものにはならなかったのである。すくなくとも公共財産という観念を持たない日本人にとってはこうした文明の利器は無縁のものだったのである。ポリアミド樹脂の手すりには至るところに傷がつけられ、ベルト本体は乱暴な扱いやときには放尿によって痛めつけられて、補修しても補修しても追っつかなかった。最初のうち人を雇って手入れしていた公団は、やがて人件費の高さにねをあげて無駄な努力をやめてしまい、今ではただ運転するだけという状態になってしまっていた。

要するに、何もかもを自分のものか他人のものかにしか分けられない日本人にとっては、みんなのものというような概念は、ただの概念にすぎなかったのだ。

たしかに、ものごころついて以来ずっとコーポや団地などの集合住宅で育った人間は多少ともそういった共有感覚を持っているかも知れないが、しかし、都会地近郊では最高効率の形式であるはずの集合住宅を、自分が適応できないという理由だけで人間の住むところではないと信じ込んでいるパラノイアや、限られた条件のもとでいかに集合住宅を改良すべきかを考えるよりも、自分が金を握って庭つきの邸宅に住むほうが早いと考えている利己主義者（悪いことにはそうしたエゴイストは他人や全体のことなどに一顧もくれず、みごとに目的を達する率が高いと来ている）などの〝日本人〟が大手を振って横行しているという事実ひとつに徴してみても、ベルト・コンベアー方式が海外のように整然と運営されるわけがないのだ。もっとはっきりいえば、自分の欲求に理由づけをして人間の本性に仕立てあげ都合のよい体系を組みたてるのが得意な連中は、ムービング・ロードをいためるのはつまり程度の悪い民衆、モラルの低い阿呆どもだと断定してしまい、自分が集団の一員として直接手をくださずとも実はその原因のひとつになっているかも知れないということなど考えようともしないのである。

とまあ、そういうわけで、ムービング・ロードは盛りの時代に遭うこともなくしぼみかけようとしていた。これが再び生き返るためにはちょうど昔々の飛行機や今の電気自動車がそうであるように技術上の革新が必要なのだが、いまのところそうした兆候はなかった。

チン、と音がする
自動出口のバーが跳ね、山科と福井の身体は、ムービング・ロードの空転部分に立っていた。

山科は時計に目をおとす。

十二時五十一分。

「いいな?」

低くいう。

福井が黙ってうなずいた。すべての準備は完了している。

いよいよこれから説得なのだ。

ふたりは目の前に建つ、窓のないビルに近づいて行った。壁に嵌め込まれた表示板の文字が見えてくる。

大阪レジャー産業株式会社東京支社。

一見きわめてあけっぴろげな玄関に入るとずらりと並んだドアが見えた。つややかなくせにうすぐらい沈みをたたえているそのドアは、いずれも分厚い偏光ガラスでできているらしかった。

ドアにはそれぞれ分類札がかかっている。顧客様入口……当社依頼による来客入口……予告済来客入口……社員通用口……そして、その他の来客入口。

いかにもこの会社にふさわしいやりかただ。

山科と福井と苦笑をかわすと、当社依頼による来客入口というドアに近寄った。

「どなたでしょうか」

すぐさま、女の声が流れて来た。「お名前とご用件をおっしゃって下さい」

入口によって言葉づかいもかわるのに違いない。

山科が手みじかに名乗り、用件をいうと、スピーカーはしばらく黙ってから、すぐにいった。

「失礼しました。うけたまわっております。すぐにご案内いたしますから、どうかお入り下さいませ」

ドアが観音開きにひらいた。

それがエレベーターであった。他には客はいなかった。いや、ドアの奥に居ると思った相手さえいなかった。どうやら来客は、社内のどこかにある集中管理室のようなところでさばかれているものとみえる。

こうした、ものものしいがいかにも慎重でむしろこっけいなやりかたは、山科の予想が的をはずれていないことを示していた。レジャー機器業界の競争のはげしさは定評があるが、それでも表面にあらわれるものはごく一部で、裏ではさらに熾烈な駈け引きがおこなわれているはずだ。いちばん警戒しなければならない外来者に対してこの位の措置は当然といってもいいだろう。

ドアがひらく。

階数表示はなかった。

「いらっしゃいませ」

すぐ前に、うす茶色の制服をつけた若い女が立っていて、ふかぶかと頭をさげた。「どうぞ……こちらでございます」いうと、くるりと背をむけて、ほのかな光が縞になって洩れている細い廊下を歩きはじめる。

そのうしろについて足を運びながら山科は、廊下の壁のあちこちに装飾風の出っ張りがあるのに気がついた。おそらく隠しテレビが仕掛けてあるのだろう。そういえば長方形の板を敷きつめた固い床も、足をおろすたびにわずかに沈むように思える。これがスイッチの作用をしていて来客の位置を示すということはありそうな話だ。いや、それのみならず……山科は前方を進む若い女の背中をみつめた。何でもないようにしなやかに歩く制服の女の身のこなしは、たしかに彼女が合気道か柔道かとにかく武道に熟達した人間であることを悟らせるに充分であった。

いちばん奥のドアを開いてふたりに中へ入るように身振りで示すと、女はそこにたたずんだ。

広い部屋だ。

右手にふつうの扉がある。社内からの通路であろう。

左側は棚やスクリーンや機器類や――要するにシン・プラニング・センターの記録室と大差はない。

正面は大きな窓であった。風にそよぐ樹々や流れる雲が見えているところから推すと、それほど高い階まであがったのではないかも知れない。

窓の下には大きな机と、古色蒼然とはしているが金のかかった応接セットがあり、机には体躯偉大な、なかば禿げた男がいて、書類を片づけていた。日常業務にそんな形の書類を使うことはまずないからきっと肉筆の重要案件なのであろうが、それもふつうのやりかたではない。かっと目を開いて覗き込むと次の瞬間サインをするか、でなければ、叩きつけるように×を一杯に描いて、手近かの書類返却用の投入口らしいのにほうり込むのだ。どうやらそれで否決の意示表示にかえているらしい。ときどき、鼻の頭や額の汗を大きな掌でなぐるように拭きとっては、また次の書類をつかみあげる。

山科たちが入って来てからも三十秒ちかくそのゴリラのような男は仕事をつづけていたが、突然そばのタイム・チャイムが鳴りだすのと同時にぴったりと手をとめてこちらを見、うなるようにいった。

「ああ、シン・プラニング・センターのおかたやな? ま、そこにすわってんか」

それが豪田忍だった。

豪田の姿を見、その仕事ぶりを目にした瞬間から山科は心をきめていた。これはふつうの男ではない。ありあまるエネルギーを有しながらそのすべてを仕事にぶち込むという、現代では滅多にお目にかかれないタイプの人間だった。こうした人間に相対した説得技術者は、かずある定石の中からふた通りのコースのどちらかを選ぶほかはないのだ。

一般に説得理論応用の定石は、三十数種類あるとされている。相手の性格や教養や年齢や性別によるモデル分けと、説得内容、目的種別の組みあわせによって表現手段を決定するのだが、その表現手段も脅迫型や理づめや泣き落し、雰囲気包み、速射攻略、惹句誘引、催眠暗示、利益提供などいろいろあって、それを、与えられた時間の中で次々と変化させながらワンコースを完成させなければならない。そうしたコースのうち経験的に成功率の高いもの、あるいは成功率はそれほど高くなくても再攻撃の利く状態でコースを仕上げられるものが、定石として残っているのだった。

しかし今の場合、山科はとっさの計算で、使える定石はふたつしかないことを悟っていた。つまり、もっとも技巧をこらした方法をとるか、大ばくちをやるかの、ふたつにひとつなのである。

前者は専門家の間では〝ステップ法〟または〝8点法〟と名づけられている。まず相手の好意を獲得し、次に関心を惹き、さらに話の重要性を認めさせ、転じて相手の劣等感をかるく刺激し裏返して感情的気分におとし込み、一挙に行動意欲の喚起へひきずってゆくやりかただ。つまり階段をのぼるように既得メリットを積み重ね利用していくのだが、そのさい重要なのは、各段階において一〇〇パーセントの効果を狙わず、八〇パーセントぐらいにとどめて次へ移って行くことだ。そうすれば第一回の攻撃に失敗しても効果は残存するのだから、第二回攻撃の可能性を握ったまま引きさがることができる。むろん、第二回目の攻撃のさいの〝ひねり〟は

第一回目とはまるでかわっていなければならないのだが、一応説得技術者を自認する人間なら、類型反復法、逆説法、緩叙法、隠喩法、定義法などから地口法、誇張法、穴語法、語源法、さらに対話法、設疑法に至る二十一通りの使いわけぐらいはマスターしているのがふつうだから、そうした反復攻撃など何でもない作業なのだ。要するにステップ法は、いちばん安全率の高いしかも洗練されたやりかたなのであった。

それに対して後者は〝浦島の亀〟とか〝マーキュリイの靴〟とか呼ばれているもので、一言でいえば、相手と意気投合してしまう方法である。相手が考えていること信じていることを的確に察知し、こちらは相手の感情に理論的体系を与えつつ――つまり相手を自分の上に乗せた状態で――ひとつの共同体的イメージを作りあげるのだ。ひとたび成功すれば完璧な成果をおさめるが、ほんのわずかな読み違いでも一切がひっくりかえってしまう。おまけに成功率もよくないし、説得者自身が情熱的にならなければ絶対に失敗するというのが定説なのだ。それが証拠にプロの交渉代行マンですらこの方法をとるのはよくよくの場合に限られている。それほど危険な賭なのだった。

だが。

山科は賭のほうを選んだ。

今ここで失敗すれば、もう二度とチャンスはやってこないであろう。第二回、第三回の攻撃などはあり得ないのだ。即戦即決、できるだけ短時間のうちに相手を手中にしなければならない以上、洗練された安全性などは思いきりよく捨ててしまうべきであった。

これらもろもろのことを山科は、豪田が席を立って応接セットのほうへまわってくるまでに決心していたのである。

やるぞ。

山科は何気ない仕草で、右手の中指を左手の甲において二、三度叩いてみせた。〝マーキュリイの靴〟を使うというサインだ。福井の顔がさっと緊張するのがわかった。

「なかなか正確やな。時間どおりや」

豪田はどさりと腰をおとした。「景気のあんばいはどないや?」

「景気のことなど、どうでもいいのじゃありませんか?」山科は冷静な表情で、計算された強引なしゃべりかたをつづけた。「きょうお呼びになったのは東海道万国博についてのご相談のはずですが——こっちもそのつもりです。本題に入ってよろしいですか?」

おどろいたことに、粗野で鈍感なように見えていた豪田の顔は反射的に変化した。目に光が宿った。

が、その口もとがかるく歪むと、またはじめの表情に戻る。

「ま、だらだらと世界情勢の説明を聞かされるよりはましやろ。実務を知らん奴のお説教ちゅうのは退屈やからな」

「よろしいでしょうね」

「あんたは、強制してるんやな？」

「そういってもいいでしょうね。われわれは、あたらしいアイデアを持って来ましたよ」

「みんな、そういいよったわ。どんなアイデアや？」

「福井くん」

待ち構えていた福井が企画書をさしだすのを受けとって、

「内容をあててみる気はありませんか？」

「ど阿呆！」

豪田のサイドテーブルを平手でばしんと叩いた。灰皿が斜めに浮いた。「ふざけるのもええ加減にせえ！　あんたらはゲームにやりにここへ来たんか？」立つと、威圧するような声になった。

「もういい。用は済んだ。帰りなはれ」

山科は動かない。

これは予期した反応なのだ。というより、この効果を狙って相手の中へすべり込むつもりなのだった。ただ相手があまりにも型にはまった反応を見せるのが気になるが、そんなことまで心配してはいられなかった。

「もちろん私は、こんな企画書をここに置いて読んで下さいといって帰るつもりはありませんよ」

山科はぬけぬけという。馴れたやりかたなので、表情はまったく変らなかった。

「ここにあるのはおざなりの、どこにでもあるようなプランじゃないんです。こっちは本気です。頭の中に叩き込んでいます。私が自分の口で説明しますよ」

いうと、無造作にその企画書を裂いて、サイドテーブルの上に投げた。「私の考えによれば大阪レジャー産業がこの万博に投入する資金は九億から十一億の間です。その展示物は多分、巨大型ではなくコンパクト・タイプ中心になるでしょう。それも、最近開発ちゅうの実感装置を利用……とこういう条件にしたがって作ったのが、このプランです」

そこまでいうと、山科は一息ついた。

豪田は鼻腔をふくらませたまま立っていたが、ごく自然な動作でまた腰をおろし、両肱をソファの肱かけに置いて、するどく山科をみつめた。それからあごをしゃくって、

「つづけてみ」

「大阪レジャー産業は今度の万国博で第一級の企業イメージを確立しなければなりません。格調高いテーマを、採算を度外視してでもうたいあげねばやがて財閥系競争会社に押し潰されます(真相を明確に指摘せよ!)。しかも一方、その失費を埋めるだけの見返りが必要でしょう。この両方の条件を埋める方法として……」

「む?」

「最新の技術である実感装置——情報の出所を申しあげるわけには参りませんが——これを、いかにも輝かしい人類文明の勝利のようにあつかって打ち出すことです(相手はじりじりしはじめているのだ)。簡単にいいますと、今まで人間が手に入れることのできなかったたのしみ

を提供することです」

速射に入る。

「機械を使わずに空を飛ぶ感覚はどうです？　自分が花の精になった気持は？　宇宙全域を征服した勝利感はどうです？（ここで具体化）世界最上の料理をあじわい、美女を抱き、憎々しげな奴を叩き伏せる、そんなありとあらゆる快感は、実感装置ひとつあればあじわえるんです。歴史の再現などというけちくさい、奥歯にもののはさまったことをやらないで、もっと端的に、現在地上に存在するものしないものをひっくるめた快楽を片っぱしから提供しては、なぜいけないのです？」

豪田がにやりとした。なぜかは知らず山科はかすかな不安が胸をかすめるのをおぼえたが、そのままサイドテーブルにのしかかった。「むろんそれはその場限りの快楽です。しかし人間のよろこびで永続するものなんてどこにありますか？　実感装置は人間の経験を何倍にも、いや何乗にもしてやることができるはずです（肩の力を抜く）――とまあ、こうした快楽を実感装置で味わえることを匂わしておいて、万博後一挙に市場を席捲する準備をしておき、万博そのものは人間のあたらしい冒険ということで旗をかかげましょう。それもひとつの物語に仕立てて、見ている人間を英雄になったように錯覚させるんです」

序盤の仕上げだ。

「そのさい、勿論、習慣性が生じるようにしなければなりません。といった事柄をくわしくしるした実行可能なプランがこの企画書なのです」

同時に福井が、カバンの中からもう一冊用意してあった企画書をとりだした。

豪田の目が大きくなった。

効果はあったのだ。一応、序盤は的にあたったのだ。

が……どうしたことか、突然、なかば禿げあがった巨漢は全身をゆすって笑いだしたのである。波のような、太鼓のような、何もかも吹きとばすような笑いかたであった。

山科は瞬間、自分の感覚を疑った。といってやめるわけにはいかないのである。次の中盤に入らなければならないのである。

山科のサインで、福井が立って、カバンから出した図面をひろげた。

「これを見て下さい」と山科。「この建物の全部が大劇場です。席は一千。ひととおり原価計算はしました。実感装置に関する費用をのぞいて六億四千五百万円であがります。われわれは業者を使ってそれだけであげてみせます」

山科は福井の横に立った。「大体文明とは何です？　文明とはつねに人間のものであった。人類自身のための文明などといういいかたは要するに詭弁です。人間が持っているものはすべて文明と見做してはいけませんか？（豪田自身の考えかたを言葉にするのだ）いまの人間にとって、ではもっとも強力な武器といえば、それは科学技術にのっとった産業体制です。その産業体制に加われないからといって産業の悪をわめきたてるようでは最低です。産業そのものによってのみ可能なものを示すべきで――それが万国博でなければなりません。ＥＸＰＯ'87は、ＥＸＰＯ'70ではありません」

しかしこのとき――

「やめろ」

唐突に豪田はいった。低い声だがそれだけの強制力を備えていた。「もうええ。そんなにしゃべりまくることはないわ」いつの間にか、裂かれたあの企画書を開いていた。「なんぼ並べたって、わしらの考えているものに似ていることはかわらんわい」

「え？」

「ここへ来よった誰もかれもが、みんな同じようなやりかたでわしにまくしたてよる。企画書やぶるのも、もう三回も見た。もう結構や」

「……」

どっと襲ってくる崩壊感覚を表情に出すまいとしながら山科は相手を見た。

これは……どういうことだ。

そう。

豪田はむろん説得理論についてくわしいことは知らないであろう。が、体験的にそうしたものはつかんでいるはずである。しかも、豪田が特別なタイプだけに、豪田とぶつかった人間は程度こそ違え、山科と同じ攻撃方法をとることぐらい予想しなければならなかったのだ。説得対象に固定観念を持ったために何年かぶりに思わぬへまをやったことを山科は悟らなければならなかった。というより、シン・プラニング・センターの行末を考えすぎてかんじんのポイントを忘れてしまったのだ。

「そやけど、あんた、うちのことをよう調べたな」

豪田はソファにもたれ煙草に火をつけて、むしろ好意のこもった口調でいった。「そこまで調べて来たのはおたくがはじめてや。それだけは買える……ちゅうより、そうした協力者をわしは求めていたんや」席を立つと、山科の肩を大きな手のひらで叩いた。「面白いから聞いてたけど、うちの方針はもうきまっとる。あとはそれを使いもんになるようにまとめるところが欲しかったんやわ。……社内の阿呆どもはビッグ・タレントに頼むなんてぬかしよるがな、あんなおっちょこちょいには何もできやせん……ところで、そこまで本気になってくれるとしたら、うちに協力するつもりやろな？」

答を待たずつづける。「ないんやったら今すぐ帰ってんか。あるんやったら……あるんやろ？」

「それはむろん」

山科はようやく気をとり直していった。（何をがっかりしているんだ？　ちょっとした失敗じゃないか。それに事態は思いがけずうまくはこびそうなんだ）「全力あげてやらせて頂くつもりですよ」

「結構や。ほんまに結構」

豪田は机の前にまわると、一枚の紙きれを出して来た。「ほんなら、これにサインしてくれるやろな?」

サイン?

山科と福井が覗き込んだその紙は、契約書であった。万国博開催までの、あらゆる仕事に関するとりきめをしるした契約書なのであった。しかも、その契約書の片側には大阪レジャー産業の署名捺印があり、もう一方にはすでにシン・プラニング・センター代表者としての山科の氏名が書き込まれていたのである。

「ああ、その名前な」と豪田。「うちかてひととおりの調査網を持っとるんで、ちょっと調べさせてもろたんや」語調をかえて、「何もすぐにサインせんかてええんやで。帰りはってからでもよろしい。ただ、サインしてくれた以上は本気でやって貰わんと困る。そのかわりうちも資料を提供するし社内フリーパス券も出すつもりや」

山科はもう一度その契約書に目を通した。報酬はかなりの——予想以上の高額だが、義務条項も厳重だった。一種の会社提携に近い文面である。

「わしは万国博ばっかりやっているわけには行かんのでな」

そういう豪田の声を、山科ははるかに遠いもののように聞いた。先方はこちら以上に抜け目なく準備をととのえ、罠におちいるのを待っていたのに違いない。そして調査をしたという以上、最近のシン・プラニング・センターの経営状況も完全につかんでいるはずなのだ。逃げることはあるまいと知った上で呼び寄せたのだ。

きっと、豪田忍はほかのいろんなプロダクションやプラニング・センターとの契約書も用意していたのだろう。しかも、シン・プラニング・センターが大阪レジャー産業と契約したからといって、他のそうしたアイデアと技術を売る会社全部が失格したとは断言できないのである。豪田は、他のいろんなところとも同時に契約しているのかもわからなかった。

いいではないか。

何をためらっている？

たしかに、はじめ狙っていたものとこの契約書の内容は多少違っている。山科はこの出展に関するすべてのプランを握り、いっさいを自己の裁量で決定し監督し作成し運営することを目的にしていたのに、契約書のほうでイニシャチブは大阪レジャー産業が持ち、ひとつひとつの仕事についてもいちいちお伺いを立てなければならないことになっている。要するに大縄で頂くつもりが、小口のまとめにかかわっているのだ。しかもそのお伺い自体がなかなかパスできないような仕組みになっているのは、他のプロダクションと競争させて、いい方を採用しようという先方の腹を示している。はっきりいって契約としてはペテンなのだが、文面自体は完璧で、立派なものであった。

考えることはないじゃないか……山科はまた自分にいい聞かせた。おまえは、プライドをきずつけられたことにこだわっているのか？　専門家の誇りなど、どうでもいいではないか？

仕事だ。仕事をとればいいのだ。そうしているうちには、器量をさげたぶんだけ、相手から金で奪い返すことだってできるようになるではないか？

職人精神に徹すればそれでいいのだ。

「やりましょう」

「お、そうか」

豪田はうなずいた。「ペンはあるか？」山科がサインした契約書を受けとると、それを畳んで机のヒキダシにしまった。「さあ、これであんたはうちと取り引きすることになった。あしたからわしが呼ぶときには、いつでも出て来てくれるやろな？」にわかに傲岸な態度にかわっていた。

「ええ加減なことしたら、承知せんで」

（わかったよこのペテン師め）

山科は心の中で呟いた。（しかし、こっちだってこのままで済ませるつもりはないんだ。まあ見ているがいい、万国博が開かれたときに決算書がどちらにプラスになっているか……そのときのたのしみということにしておこう）

「さあ用は済んだ」

山科の気持などにお構いなく、豪田は大声でいった。「もう時間や。帰ってんか。わしはちょっと考えごとをするから」手をのばして、窓のそばのボタンに触れると、窓の風景はがらりとかわって、山頂から見おろす谷のそれになった。巧妙に作られた人工景色だったのだ。そうしたものを今までに何度も見ていながら……おまけに、ここへ入って来る前にこのビルに窓がないことに気がついていながら……山科はしずかに一礼すると、部屋を出た。

例の若い女がエレベーターまで案内する。

「ぼくは豪田忍という人物を見直しましたよ」

エレベーターの中で福井がいった。「あんな会社にはもったいない男だ」それからふっとわれに返ったらしく、ゆっくりといった。「成功ですね、チーフ」

「まあな」

山科はことばすくなくうなずいた。たしかに結果としては、大阪レジャー産業に食いこんだといえるだろう。しかしその経緯や内容となると……。

(気がつかないうちにシン・プラニング・センターも、坂道をころがり落ちているのかも知れないな)

外へ出ると日光が眩しかった。いや、眩しすぎるくらいであった。

8　家庭党

無季節調整装置の完備した目黒エレクトローポを出ると、午後の風は重く湿って、すこしひえびえとしている。

だが、山科紀美子は、この瞬間が好きであった。完全に調整されたエレクトローポの中のそれとは違って、外気には生きた匂いがあるのだ。季節季節とそれぞれの時間にしたがって、はるかな過去から現在に至るあらゆる記憶が漂い、ひとつひとつが身を切るような郷愁とともに、全感覚に殺到してくるのを知ることができる。それぞれがたしかに、いつどんな時に感じたものかは判らなくても、とにかく今ではない、昔生きていた時間の断片となって復活するのである。それゆえに紀美子は外気の一瞬の訴えかけを愛し、ときには耽溺《たんでき》したいほどの衝動に駆られることがあるのだ。

もっとも、そうした快楽に愉悦を見出しながらもなお、自分がエレクトローポの便利さを捨て切れないということも、彼女はよく知っていた。心の底では自分が忌み嫌っているはずの条件——環境のみならず、あらゆるかかわりを持つもの——によって支えられていながら、それらのうちには決して得られないものを恋うているということに、うしろめたささえ感じるときがあるのだった。

が——そんな想いはたちまち雪嶺をバックにうかぶ幾万の鷺の群のように消えうせ、彼女はいつものややかすかなアンニュイを帯びた貌で、コーポ専用の曇った石段をくだっていた。

三十代もとうになかばを過ぎたというのに、深紅色のバックスキンのコートをまとった彼女は、いまだにすれちがう男をはっとさせるほどの美しさを保っている。それは、うまれつきの魅力を本人は意識せずに慎重にねりあげた女だけが持つ、一種あどけない妖気といってもいい。

つねに満足しながらつねに飢えている女の生理というものを、彼女はみごとにひとつの武器にまで仕立てあげていた。

階段を降り切ったところに、三名の女が待っていた。家庭党のメンバーである。

「やはり党大会に行ってくださるのね——待っていたのよ」

ひとりが、敬意と馴れ馴れしさをまじえた口調で呼びかけた。

「お仕事のほうは大丈夫ですか？」

紀美子は微笑でそれに応えた。

「——ええ。まあ」

どうせ近頃は、追いかけられるほど仕事があるわけではない。

「先生はもちろん、党大会に出られるのはこれがはじめてですわね」

またひとりがいった。「わたしたち、すぐ偏見の目で見られるんですよ。世間がそれだけ固定観念を持っているんですね」

「——多分」

紀美子はまた微笑した。この連中にさからう気はなかった。

「すぐ、車をとめましょう」ひとりが道へとび出した。「わたしたちいつも国電に乗りますけど……山科さんはどうですか？」

「どちらでも」

紀美子は愛想よく応じた。時に応じて自分を先生と呼び、あるいは山科さんと呼ぶ、それがどうやらこの女たちと自分のあいまいな関係に由来するらしいことに、この間から紀美子は気がついていた。

「何でしたら電車でもよろしいんですよ」

「いえ、やはり車にしましょう」

相手はだしぬけに強い口調になった。「家庭党では党員が車に乗るのを禁止してはいないんです」

小さな電気自動車に押しあうようにして乗ると、粗末なボディははちきれそうにきいきいと悲鳴をあげた。

しかし運転手は黙って車をスタートさせた。家庭党のバッジにさからって面倒をおこすよりはそのほうがましだと判断したのに違いない。まぎれもなく、そうした意味で、家庭党は社会的な力を持っているのだ……と、紀美子は考える。以前ならば何でもない、ただの女が、こういうふうに力づくで物事を押しとおすなどということは、まず、あり得なかった。それが、家庭党のバッジをつけるや否や、後光をただよわせることができるのだ。（もちろん、それだけのことをするには、家庭党という組織の中で、よほど献身的に働き、実績をあげなければならないのであろうが、党内の地位がそのまま世間で通用するというのは、自然なかたちとはいえな

い。どこか、権力主義的な匂いがする）

だが――。

それがいいことか悪いことかは別にして、ともかく家庭党というものが、まだ偉い連中から蔑視されているにもかかわらず、それだけの実力を持っていることは、事実なのだ。

紀美子は、漠然とではあるが家庭党の成長過程を、耳にしていた。

家庭党そのものは、結成されて、いまだ三年にもならない。

が、その母体は、十年以上も前までさかのぼることができる。

あれは――たしか、一九七〇年に大阪で万国博がひらかれた、その翌年か、翌々年のことじゃなかったかしら。

万博景気という、いやに派手な時代がつづき、株があがり放題にあがり、ぜいたくな商品がどんどん売れていたのが、急転直下、奇妙な不況に落ち込んだ、そのころのこと――。

おかしな時代だった。

不景気といえば、ものの値段が安くなるかわりに、お金も動かず、品物があまって困るのだ――という程度の単純な考えしか持っていなかった紀美子にしてみれば、どうにも納得できなかった。ある商品は依然として値あがりをつづけ、別の商品はダンピングに次ぐダンピング……ぐんぐん伸びている会社の横で、閉鎖の札をあげる工場があるという、何ともアンバランスな時代だったのだ。

新聞やテレビは、これが、産業構造の急速な組みかえのせいだ。と解説していた、資本自由化とやらも手伝って、将来を約束されたものはいくらでも成長し、先の見えたものは片っぱしから駄目になるという。それも、同じ業種でも、会社によって成績がまるで違うそんな時代に突入したのだ、と、理路整然と分析していたのだ。

でも。

女たち、ことに、〝没落〟の運命にある産業につながる主婦たちにとっては、そんなことをいくら説明してもらっても、役に立ちはしない。

それまでに存在していた消費者団体は、しだいにヒステリックになり極端な言動を示すようになって行った。

直訴、陳情、デモ、署名運動……わたしたちの生活を守りましょう！　人間をなおざりにする政治や経済に、抵抗しましょう！

むろん、そんなことをしても何にもなりはしなかった。いくつかの個々の問題に還元しておこなわれるそうした抵抗は、たしかに部分的には効果をおさめたが、世界の情勢をバックにして変質して行く日本の産業構造をひっくり返すことはできなかった。

その上。

はたらく人々の生活のかたちが、日と共に苛酷になろうとしていた。無慈悲な競争原理の支配下で、誰もかれも身を粉にして働かねばならなくなろうとしていた。

もう、辛抱できなかった。

力には、力なのだ。

組織には、組織なのだ。

結果重視、成績優先の傾向の強い教育を受けた若い人々、ことに、家庭内で死にものぐるいで切りまわさなければならない主婦たちの集団が、体系化され、いくつかの組織に統合されて行った。全員合意の上で、消費者としての権利を主張する圧力団体が、いくつも誕生して行った。

やがて、この運動に理論的根拠を与える人々が参加した。

かつての主婦連よりもはるかに行動力に富んだ、はるかに科学的説得力を持ったあつまり——それが、お互いに手をつなぎ、産業構造の変化に抵抗しようとしたのだ。

それは、不可能なことだった。常識的に考えれば、できないことだった。

運動の中心になったのは、昔からこうした問題を扱っている婦人議員や、学者、それに、団体の代表者たちの数十人であったが、しかし、あえてそうした理論的可能性をかえりみようとはしなかった。

いや——本当は知っていたのだ。知っていたからこそ、目をつむり……精神的な運動へと転化して行ったのであろう。あるいは、それは、彼女らが女だったからできたのかも知れない。

はじめ、生活の合理化とか、くらしの知恵とか、要するに体験的な性格のリーダーで運営されていたこの連合体に、まもなく教育を受け、アジテートの訓練を受けたことのある人々が加わって来た。かつて学生運動などの革新的なグループに属していたが、実社会に入り、ついで家庭の人となって、おだやかな日常を送り、保守化していた〝能才〟たちが、今度は、自分たちのために、もう一度武器をひっさげて登場したのである。

彼女らは昔、あるいは座談のアクセサリーとして、あるいは教養として読み捨てられていたバージニア・ウルフやボーヴォワールや、多くの女性史を引用した。ただ単に消費者としての権利をつらぬくだけでは、いつまでたっても根本的な解決にはなりはしない。生産面にもタッチし、もっと人間らしく生きて行ける世の中にすることだ。といっても、そのためには、どこかに犠牲を出すことが求められる。彼女らはそれを、〝男性〟全体に置いた。もはや女は、第二の性として男に従属していてはいけない。女性中心の社会形態を作るのだ。そしてそのことが、大多数の男性にとっても、実はしあわせなのだ――という理論が、いくつも登場しはじめるようになった。

もちろん、いろんな内紛はあった。旧タイプのリーダーたちと、新タイプのリーダーたちとの感情的な対立が至るところでおこったが……しかし、世間の〝社会人〟である男たちが無視をつづけていることもあってこの運動そのものを潰すよりは、妥協のほうを選んだ。

マスコミは、もちろん、こうした動きにとびついた。

彼女らは臆せず自分たちの主張を、本気でしゃべりまわった。

そのころの多くのタレント――とにかく目立ちさえすればいいのだということで、突飛な行動をとって注目を集めたがる連中のなかで、彼女らは、いかにも野暮ったかった。

が。

そのことが、読者や視聴者を集めることにもなったのだ。

しかも。

自分たちが今後どこへひきずり込まれて行くのだろう、どれだけすさまじい毎日が待っているのだろうとおびえていた人たちは、はじめて希望に似たものを抱くことができたのである。

組織化された連合体は、人材を集めつづけた。そうなってしまえば綱領や目標の筋を通すことよりは、組織そのものの存続や伸張が大切になる。今までの問題のすべてをかかえ、整理されないまま、とにかく女性のための組織だという形で、勢力は大きくなって行った。

家庭党という名称で、これがはっきりと一体化したときには、この、もともとは別々の層や団体から出たリーダーたちは、集団指導のシステムを完成していた。昔、ある大学の学長をやったことのある老婦人を頭にいただき、そのカリスマ性をフルに利用することによって、ぐんぐんと拡張をはじめた。それは厳密に見れば、得体の知れぬ団体であったが、その存在自体は、否定することができなくなってしまったのだ。

政党としてはすっきりしないそうした状況を、いちばん利用しているのは、実はビッグ・タレントであるといっても差支えなかった。いや、ビッグ・タレントにいわせれば、反対のいいかたになるかも知れない。

社会体制の中にうまく位置を占めながら、自分は社会のアウトサイダーであり、それゆえに現在の機構に組み込まれる人々のアイドルであり得るのだと考えるビッグ・タレント。そして、何者をも失うことなく自分たち女性のための世の中を作りあげようとたくらむ家庭党の指導者たち。

お互いに、表面的には革新者の顔を持ちながら、今の社会に載っているのだ。ビッグ・タレントのファンは多くが潜在的な家庭党のシンパであり、その逆も、また同様であった。そうした人々を結びつけているのは、心の深いところにある妥協と共犯の意識でもあり、いっぽう、今の巨大な産業機構への反撥でもある。ビッグ・タレントも、家庭党の指導者たちも、そのことを悟っており、悟りながら利用していたのだ。

とはいえ――。

紀美子は、そこまで読みとっていたわけではない。

彼女が今まで家庭党に特別な関心を払わなかったのは、たったひとつの理由によるものであった。

わたしは、わたし。

それだけである。

何をするにしても、衆をたのむということを、彼女は本能的に嫌悪していた。そんなことをすれば、自分もまた、数の中の一員になってしまう。彼女自身のプライドが、そんな真似を許さないのだ。

といって、人々の上に立ち、人々に君臨し、女王になるというのも、またわずらわしい。

山科紀美子は、山科紀美子なのだ。

それでいいんじゃない？

わたしは、ここにいるこの人たちのように、バッジと自分自身を交換する人間じゃないのよ。

紀美子は膝を斜めにそろえたまま家庭党員たちを見たが、みんなひどく生真面目な顔で押し黙っているばかりだった。

紀美子は無感動にそんな女たちを眺めていたが、目をそらして窓の外を見た。

いったい、この人たちはどういうつもりなのかしら……党大会に行けばわたしのやりきれない気持が拭われるとでも思っているのかしら……。

出ては来たものの、彼女は何の期待もいだいてはいなかった。ただ、自分を熱心に看病しその後も何くれとなく世話をやいてくれた（紀美子は必ずしもそのことを感謝していたわけではない）家庭党の人々への義理で出席を承知しただけのことなのである。

どっちにしても大したかわりはないのだ。どうせ、女なんて、そんなものではないのだろうか。女が集まって、わかったようなことを叫び立てたところで、どうにもなりゃしないんじゃない？

女の力なんて、やっぱりたかが知れているんだわ。女は、女であることに満足し、あきらめるほかはないんだわ——紀美子は、脈絡のない気持を、追いつづける。

昔はわたしだって、そうは思ってはいなかった。女だって、男と同じ人間なのだと思っていた。山科と結婚したときには、そのことを信じ切っていたぐらい。

夫。

山科。

山科はたしかに、わたしを愛していたに違いない。わたしを大切にし、結構わがままも聞いてくれた。

でも、その愛情とは、第二の性に対する愛情ではなかったの？　男とその附属物で作られた小世界に生きることを許す、それだけのものではなかったの？　居心地のいい妻の座に落着いていて、ふっと気がついたとき、そのことがわかったんだわ。

そうじゃないかしら。

それが証拠に、わたしがわたしを確認しようとして小説を書きだしたころ、山科はどういった？

どうもいわなかったわ。小犬がじゃれるのを見守るような微笑を浮かべていただけだった。

お遊びだよ。ぼくは許してやるよといいたげな表情が浮かんでいただけだった。

だから——だからわたしが自分に忠実に、人間としてひとり立ちしようとしはじめると、彼は文句をいいはじめたのだ。

そんな仕事は、仕事とはいえないよ、紀美子——と、彼はいったわ、そんなものは生産構造とつながらぬただのお遊びなんだよ。きみ自身が考えるほど立派な仕事じゃないんだよ。

そうかしら。

わたしは逆らった。男と対等である人間として、自分の考えに固執した。

すると、どうだろう。山科はしだいにわたしから離れて行った。奴隷でない女はもう女じゃないんだとでもいうように、わたしとの紐帯を断ってしまった。

そんなはずはない、とわたしは思った。わたしは人間なのよ。男の付属物ではないはずよ。

わたしは家庭を捨てたわ。良き家庭なんてそんなものは幻想だと信じたから。わたしは女よ。人間なのよ。

わたしは思い切り仕事をし、思い切り遊んでやった。

でも。

哀しいことに、それは、結局わたしが男に従属する生物であることを思い知らされるだけだった。

そうよ。

女であることを武器にしなければ、仕事にはならなかったわ、男と対等にたのしむつもりが、いつのまにか男の腕の中であえぎ、男の肉体の下ですすり泣き、去っていく男を追っている。

それがわたしだったの。セックスというものを通じて男に支配される動物に過ぎなかったの。そんな自分がいやでいやでやりきれなくなったからこそ、薬を飲んでみただけ。

この人たちに、そんな気分が判るわけはない。

この人たちに、わたしを救う力などあるわけがない。

この人たちは山科を不誠実な夫として告発するという。それはどうでもいいけど、でもそんなことをしても、どうにもなりゃしないわ。

ぼんやりと考えに耽りながら、紀美子はしかし習慣的に、乱れたコートの裾をなおしている。それはそのまま、彼女が女であることから逃げられないのを象徴しているようであった。

二十数個の建物からなるいわゆる〝家庭党村〟に近づくと、はやくも異様な熱気が感じられた。行進曲やコーラスや、子供の笑い声などが一緒になったお祭り気分でありながらどことなく戦闘的なムードが至るところにただよっているのだ。

むろん、それらの建物のすべてが家庭党のものというわけではない。何度も手直しされた政治資金規制法が生きている現代にあって、そんなことは不可能なのだ。

建物はそれぞれ、もっともらしい名目の団体の所有になっていた。

全国婦人擁護連盟。

家庭管理士協会。
マイホーム推進協議会。
PTA良識同志会。
日本平和同盟。
良い子育成会議。
風俗規制国民連合。
世界母親の会。
その他。

これらの団体はしかし、通常の革新政党における下部団体とことなり、無条件に家庭党の方針を支持していた。というより、名目は別であり財政的には分離されていても、つまるところは家庭党を支えるために作られ発展を続けているものばかりなのである。一度ある団体が家庭党の方針に反対したことがあったが、十日とたたぬうちに九十五パーセントの会員がその団体を脱退した例がある。

すでに大きな広場には、すきまもないほどぎっしりと車が駐められていた。参加者の家族が乗って来たものだが、ほとんど全部が党推奨タイプの同じ型の電気自動車なので、壮観であった。ビルなどの恒久建築物やあちこちに作られたインスタント・ハウス、テントの類には人がいっぱいむらがっている。むろん女につられた夫と子供が大半だ。その間をぬってときどき白いエプロンに赤い太陽章をつけた実行委員が誇らしげに通り抜けるのだった。

これらの建物はみな何らかの催物をおこなっている。料理の基礎……消耗製品と耐久製品使いわけの実例……ホーム・マネジメント入門……男を入党させるために……正しい服装のありかた……これからの家庭のあり方……それらのテーマはあまりにも日常生活的であった。が、その日常生活的なものが、こういうふうに体系づけられ権威を与えられ莫大な財力で飾り立てられると、どうにも抵抗できない重さを持ってくる。おまけにそうしたものを必死で学びとろうとしている女や男や、その周囲できゃあきゃあと陳列物によろこんでいる子供を目にすると、これこそが現実なのだ、観念の上に世界が作られるのではない、こうした現実をふまえないような思想などは所詮言葉の遊戯だと思わせるまでの作用を持ってくる。

はじめのうち、いささか呆れ気味で抵抗をおぼえた紀美子も、いつかまわりのそうした陳列やショーの存在を許し、こうした考えかたもあるかも知れないという気になっていた。

突然、スピーカーの音楽が中断し、よくとおる女の声でアナウンスがはじまった。「あと三十分で党大会がはじまります。党本部へ急いでください。繰り返します――」

横の党員が紀美子にささやきかけた。「急ぎましょう」

「行きましょう!」

すでに群衆は建物群の中央の赤い巨大な切妻型の屋根にむかってゆっくりと渦まきながら動

きはじめていた。

拍手は怒濤だった。

大ホールを埋めつくした六千人の拍手である。いや、ホールの外には入りきれない一万人以上の人々がアイドホールを仰いでいるはずなのである。

正面のスクリーン、視角いっぱいのスクリーンに、どっと爆発がおこった。

戦闘の立体映画だ！　剣をふりまわす華麗な騎馬将校や、泥まみれの、バズーカ砲をかついだ行軍の兵士や、ジェット機に乗って発進する若者の……そうした、時代も場所も別々の群衆が重なりあいぶつかりあい、混乱して奔騰した――と思うと、ぽっかりとあいた空洞に、死んだ兵士の顔……犯されて殺された娘の死顔……首をもぎとられた、子供を背負った母親……餓死した老婆の……その暗く重い葬送の曲に、さらにダブってくるやりきれないシーン……そして現代の、そそり立つビルや機械のもとで目をつりあげて働きながら発狂して行く青年の……道で倒れる中年男の……その残された家族の……ついで、車にひき潰された幼児へ走り寄って行く母の……その声のない絶叫のクローズアップが、はたと静止した。

字があらわれた。一字ずつ増えて行った。

こ

れ

が男性支配の文明だ！

観衆は沼であった。声のない沼であった。

〈過去数千年のあいだ、わたしたちは人類の運命を男性の手にゆだねて来ました。男性に支配されてその文明の裏を受け持って幸福になろうとして来ました。でも幸福ですか？　あなたは幸福ですか？　あなたは自分の求めるたのしみのために自由に時間がとれますか？〉

それはスクリーンの文字ではなく、どこからともなくささやきかける声であった。

〈わたしたちは作らねばなりません。もうひとつの文明を作らねばなりません。いまの世界情勢では人類はいつ滅亡するかわからないのです。その前に女性的文明、女性の特質を生かした女性に合った社会をつくりあげようではありませんか。それが男性の幸福でもあるのです。あなたのお父さんやご主人や兄弟や息子さんに、平和な愛情でつつまれた毎日をプレゼントするために前進しなければなりません。全家庭・全女性がひとつになって間にあううちにもうひとつの文明を作らねばなりません〉

くらいスクリーンに真紅の文字があらわれた。左から右へ……と流れて行く。

赤は血の色
　血は、女の宿命のいろ
　　沈んだ裏の世界のいろ
あなたはいわれなかった？　さげすむようにいわれなかった？　女は残業ができない出張ができない論理的思考ができないだから——
だから社会人として役立たない。
違うのです
社会が男に有利なように作られている
それだけのこと。

何千年もつづいた——それだけのこと。みんなのためいきと泥と恨みで支えられてきた
——それだけのこと。

世の中のしくみが
　女性の能力を中心にして動けば
　　みんなの世の中ができるのよ
　　　不必要なあらそいも暴力もない
　　　　本当の文明がうまれるのよ
　　　　　女性の手による文明が
　　　　　　本当の文明なのよ

つづいて中央に大きく
みんなのしあわせのために
という文字が浮かびあがった。それは、

しあわせ
の字だけになった。
変色した。
かがやき、消えて行った。
再び、
本当のしあわせ
と、繰返されて数秒……すぐフェイド・アウトすると、また、文字が流れて行く。

それをつくるのは
みんなの　日本家庭党
党の力で　女性中心の家庭をつくろう
党の力で　全家庭が一体となろう
党の力で　家庭を通じて社会を動かそう

党の力で　女性型文明を作ろう。

その党の力をつくるのが
あなた　わたし
あなた　わたし
あなた　わたし
あなた　わたし

そう――――――――――――みんな
　　　　　　　　　　　　みんなの

第九回大会をはじめましょう！


同時に画面は花びらが散るはなやかな色にかわった。かわりながらスクリーンは引きあげられて行った。

コーラス。

照明がいっせいにともった。今まで抑圧されていた人々はわっと歓呼をあげ、ついで拍手を送っている。党首があらわれて中央の演壇へ進み出ていた。

「みなさん、こんにちは。お元気？」

と白髪のまじった女党首はいいはじめた。「わたしたちは前進をつづけています。わたしたちの力は日ごとに大きくなっています。

みんな、知っていますね？　低俗な番組をつくっているテレビ局がわたしたちの力でつぶれようとしているのを……深夜旧式のモーターバイクで走りまわる青年たちがわたしたちの力で身許を調べあげられ車をとりあげられたことを……新婚早々の社員を長期出張させようとした社長が、わたしたちの資金によって株主総会でやめさせられたのを……みんな知っていますね？　きょうも三百十四名の告発者の名があとで読みあげられます。その人たちを悔い改めさすのがわたしたちの仕事です。そう……わたしたちは前進しています。

それともうひとつ、あたらしく増えたわたしたちの使命をここで確認しましょう。ご存じないひとにとっても、それはすばらしい目標です。

東海道万博をやめさせましょう！

みんな、くりかえして下さい」

怪物にも似たどよめきが、党首の言葉を復唱した。

「そう……万国博の敷地の強制執行で犠牲が出たそのときに、わたしたちは最初の抗議をおこないました。

でも、わたしたちの力を怖れながら虚勢をはる日本産業の盲目的な指導者たちは、われわれの正当なこの抗議を無視したのです。

万国博とは何です？　万国博こそいまの世の中の、家族成員を切り離し、家庭連合体をばらばらにするその社会の象徴ではありませんか？

そんなものを許してはなりません。そんなお金があったらもっと立派な方向に使えるはずです。

この具体的な抵抗のスケジュールについてあとでくわしい指令がありますが、みなさんは協力してくれますね？　ご主人に対するストライキも含めて、みんなのために頑張ってくれますね？

すでにこのことでは、ビッグ・タレントの朝倉遼一氏のグループや、純学連のひとたちも立ちあがっています。いまや全国的に運動はひろがろうとしています。

わたしもやります。

これは、良心の声です。みんな、本当にお願い……やって下さるわね？」

耳もつぶれんばかりの叫び声が聴衆の返事であった。

柔和な、あまりにも柔和な微笑を保ったまま党首がひっこむと、プログラムがはじまった。

ソフトなアジ演説、党歌コーラス、幹部選任……

せまい椅子に腰をかけたまま、山科紀美子は、いつか、惹き込まれるのを感じていた。

最初のうちは、あまりに仰々しく、あまりに独善的に見えたこの党大会……。

ここには魔術がある、と、彼女は思った。自分たちと同じ考えを持つ人々だけをあつめ、一体感に盛りあげてゆくこの方法を、彼女は知識としては知りつくしていた。こういうふうに包み込まれてくると、異分子はまわりに同調せざるを得なくなり、形だけでも同調することが、いつのまにか心まで賛同者になってゆくのだ。

しかし、それはりくつであった。判っていても、女である彼女は、いつまでも孤立していることに耐えられなかった。しかも、ここでみんなが叫び立てているのは、彼女自身の心情に直接ひびいてくることばかりなのだ。

女であることを逆用して、女にしか判らぬ感情を武器にするのだ。以前にはお遊びと呼ばれ、弱さと呼ばれたことが、優者への近道になるのだ。

そして、それはたしかに出来そうな気がするのである。

家庭党員たちが、執拗に紀美子に大会へ出るようにすすめたのは、このためだったのに違いない。口先だけの説得では、とてもこうした気分を味わうことはできないからだ。現実に目の前に展開され、陶酔しなければ決して判らなかったからなのだ。

一群、また一群と、舞台には家庭党員が登場する。そのたびに人々は、あらん限りの声でわめきたてた。

紀美子も今は、素直に拍手を送る気持になっていた。いや、もう少し積極的に——何なら、力を貸すぐらいのことはしてもいいとさえ考えはじめていた。

9 十二月

全身をあらわしたつめたい空を、大きな雲が裂けて行く午後。

名古屋市を出て国道一号線を東南へ、四台のガス・タービン車が走っていた。東海道万国博の旗を風に鳴らす、黒塗りの国産車である。

その三台目の後部シートに、丸の内重工業会長で、万国博協会長でもある五十嵐貞衛がすわっていた。同じ車にいるのはやはり丸の内重工業総合計画室長の古橋荘一郎と、丸の内財閥から出向している万国博事務局長植田香子《たかこ》である。この車だけでなく、他の三台に乗っているのも、すべて丸の内系列の会社の幹部だった。いわばこの一行は、丸の内のエグゼグチブ・グループだったのである。

車内の小型カラーテレビは、ちょうど〝フラッシュ・メモ〟を流しているところであった。要点だけを次から次へと報道するニュース番組なのだが、いっさいの無駄を排して畳みかけるような調子で流すので、予備知識のない人間には全然わけがわからないが、それだけに、事情通には絶大な支持を受けている。

画面をすべる文字に対応して、アナウンサーはすばらしい早口でしゃべっていた。「……南米動乱の二十一日の死者は政府連合発表で二六四対九〇〇、解放軍側は沈黙……二五日の国連安保理は南極支部で開催予定……ブラジルは来年度よりジャングル都市計画縮小を決定……ソ連は二十二日自己ネットワークからインドネシア除外を示唆……同日同じくソ連ネットワークにザンビアが参加の意志を表明……アルジェリアの革評議長は再任……西独のドル保有高は前月比九パーセント減……コンゴが核武装完了を声明……以上。国内ニュースに移ります」

車内の幹部たちはいっせいに身体の力を抜いた。かれらにとって重要なのは世界の情勢なのだ。国内の出来事のほうは、ニュースになる前にたいていかれらの耳に入っているし、それに、操作可能な対象なのだから、こうした場合にはそれほど関心がないのである。

「そういえば、ロンドン・ニュースが、また日本を非難しているようですよ」

古橋荘一郎がいった。「日本政府は世界のネットワーク経済化時代に逆行して、各企業集団がそれぞれ勝手なところに結びつこうとしている。このような行きかたは昔ながらの日本の産業優位主義のあらわれで、日本が所属をはっきりさせない限り、モラルの欠けた疑似大国と呼ばれてもやむを得ない、というのがいつもの論法です」

「疑似大国か」

五十嵐貞衛がいい、ほかのふたりとも薄笑いをうかべた。もともとロンドン・ニュースの非難は英国政府の立場を代弁しているだけであり、その英国政府にしたところで日本と似たような状態(つまり、どちらも政府閣僚が産業界にコントロールされているのであって、産業を規制し指導できるわけがないということだ)にある以上正面切って文句をつけるわけにも行かず、そんなまわりくどい表現をとらざるを得なかった——そんな事情は、これらの人々にとっては、わかりきった事実だったのである。

「イギリスだけでなく、ＥＥＣ諸国はみな焦っているようでございますね」

植田香子がいった。「たしか、コンゴで核保有国は三十九、でしたかしら。こう核拡散が進んでは、昔ながらの大国の威信で貿易をつづけるわけには行きませんもの。わが国も南米動乱需要にいい加減見切りをつけて、早目にＡＡ諸国対策に力を入れなくては」

「そういえば日本橋物産から出た外務大臣の酒見さんは、ＡＡ諸国問題はあまり得手ではないようですな」

「日本橋には通産相と引きかえに外相を渡す約束だったんだから仕方ありませんが——」

古橋荘一郎が溜息をついた。「しかし、あの人では……」

いいかけた口をとざした。

五十嵐貞衛の視線が、テレビに向けられているのに気がついたからである。

テレビはしゃべりまくっていた。「……万国博反対キャンペーンにビッグ・タレント四名がさらに参加……同じく家庭党は従来の不買運動と戸別訪問にくわえ海外諸国への出展中止呼びかけと国内出品会社員出勤阻止を決定……」

「ある程度までは宣伝になるから放っておいたわけですが」

古橋荘一郎がしずかにいった。「どうやら予定の段階に来たようですな」

五十嵐貞衛は微笑した。

「例の党員の名簿はできあがって、わたしの手許にございます」植田香子が白い手をのばしてテレビを切った。「そろそろ騒ぎを消しにかかるのがよろしゅうございますわね」

「目立たぬようにな」

五十嵐貞衛は軽くいうと、もう家庭党のことなど忘れて、窓の外に目をやった。

車はすでに国道をそれて地方道に入り、安城の万博会場敷地に近づいていた。

つい一、二年前までは見渡す限り眠っているようだったここ安城の六百万平方メートルの土地は、いま急速に変貌しはじめている。

中央に人工山が出来て、その頂上に突っ立つ予定のタワーは、もう基礎工事の段階に入っていた。この山を中心として円環状の土地はサークランドと呼ばれ、アイデアの限りをつくした遊戯施設が作られることになっている。

が、そうしたものは正直なところ、看板に過ぎなかった。もともと今度の万国博は国内外に日本産業の健在を証明するために開催されるのだ。サークランドや政府館などは適当に金を出して、スペシャリストにやらせればいいのである。各国館もどうでもいい。

問題は民間館であった。ここで海外の大企業に対する優位を誇示しなければ、万国博自体が成功しても何にもならないのだ。そのために各財閥とそれに準ずる指導的企業は暗黙のうちに腹をあわせて、出来るだけの手を打っている。

サークランドのまわりを取りかこむようにして日本企業の敷地は分割されていた。基礎固めの工事音がひびくそれらのスペースはいずれも狭く小さい。会場の外周部に配置される海外大企業や外国館にくらべると、ほとんど五分の一か六分の一ずつぐらいである。が、実はこれが日本側の狙いなのだった。海外の、いま表面的には手をつないでいる大企業にゆずると見せかけて、もっとも入場者があつまると見られるサークランドの周囲を確保したのである。一館当りのスペースがすくないことなどは入場者の人気と何のかかわりもないのを、万博に携わる産業人は知りつくしていたのである。

それに、巨大な建設機械を投入して工事を進めているものの、ことにアメリカの大会社は作業員獲得に困っているはずであった。昔のような人夫ではないが、さりとて高級技術者でもない地元で採用するほかはないレベルの人々は、万博開催が決定したときに日本企業の手で押えられている。

たしかに、それらは姑息ないやがらせには違いなかった。商業道徳からいえば恥じなければいけないことであった。

だが、もしも、そうした形ででも抵抗を見せておかなければ、日本市場を日ごとに占拠して行く海外企業が疑惑を持ちはじめるのにきまっていたのである。日本の、仮面をかぶっているが根強い民族感情のエネルギーがどこに注ぎ込まれているかを考えはじめるに違いないことは、火を見るよりもあきらかなのである。

(そんなことをさせてはいけないのだ)

五十嵐貞衛は窓のむこうの、まだ荒々しさだけしかあらわれていない建設現場の群を見ながら思った。(どんなにうしろ指をさされようとも、奴らの目をこちらへ向けておかねばならないのだ。……〝最終武器〟は効果をあらわすまで伏せておかねばならないのだ)

五十嵐貞衛はふと目をあげた。

最終武器?

そうだった。あまりにも長いあいだ待ちつづけ、ついには待っていることさえ忘れてしまった。

〝最終武器〟。

「古橋くん」

五十嵐貞衛はいった。「たしか、あれは来年の二月に仕上がるんだったな」

「そうです」

古橋荘一郎が答えた。「第一期八十七名のうち、わが社は七名を確保しています」

「実用テストはしてみたかね?」

「まだですが……所期の能力にほぼ近いところまで来ているそうです」

「ひとり使ってみよう」

五十嵐貞衛は仄かな微笑をうかべて心もちからだをおこす。「本当に使いものになるかどうか日本の中小企業を与えてやらせてみたらどうかね。われわれの系列下に入れるか、潰させるかそんな会社がいいが」

「ちょうど卒業資格テストの時期ですからその代行として——そうですか、財閥系列に属さずかなりうるさい動きをしているところとなると」古橋荘一郎が唇で笑った。「そうあそこがいい」

「うん……あそこだ。あの大阪のレジャー機械屋」

いうと、五十嵐貞衛はシートにもたれかかった。その温厚な表情には、久しぶりに期待に似た色がうかんでいた。

第二部

'85

1 産業将校

居室を出たときに、きょう一日の行動は細部にわたるまで三津田昇助の頭の中に出来あがっていた。むろん予期しない事情がおこればすべては相互連関の上で組み直されるのだが、それは一瞬にして可能なことである。

ドアを押して8号廊下へ。

勾配の強いその廊下を四分ちょうどで抜けると通達所へ。

通達所の壁には掲示がぴっしりと貼られている。

記憶を動員して昨日迄に知っていたものを消去してデジタルにあたらしいものを十八件と見取る。

速読術で内容をつかみとる。最初のもの関係なし、その次、定期的通達で心の中のものと共鳴した。第三……以前にあったものの廃止だ。記憶消去。第四……。

七─六四号は十時に丸の内系連絡所へ来られたし。

七─六四号は三津田昇助のことだ。七は第七年生、六四号は持番号で、丸の内連絡所とは彼を送り込んだ丸の内財閥と候補生との連絡がおこなわれる場所である。

時期から判断し丸の内財閥と自分の立場を分岐公式にはめて暗算すると──任命の直前の卒

業資格テストと出た。

あとの通達についても必要な意識処理をすませると、三津田昇助は基本モラル室へむかう。予定はすでに組みかえられていた。卒業資格テストが申し渡されるとすれば、その時間までには心理状態を円環で仕上げて完成形にしておかねばならない。第七年生の特権である完全自由選択の範囲内で計算してみても、もっとも有効な科目は基本モラル室で第一年生以来聞きつづけて来たエグゼクチビズムの反復学習以外にはあり得なかった。

通達所を出てから駈け足の姿勢で基本モラル室への階段を登る。

そのまま基本モラル室へ——

思い思いに学習に耽る仲間たちには一顧もくれずほの白い光に満たされた室の隅の席に入る。着席と同時に神経作用増進剤が注射され、準備完了ボタンがともった。覚醒学習の第一課からの高速講義を指定する。視覚と聴覚の連動テープによる講義がはじまった。

＊

エグゼクチビズムとは仮称である。為政者感覚優先原理・組織力学と行動科学にもとづく支配原理をいう。

近世までこの為政者感覚を有していたのは少数の君主・帝王・宰相であった。一般の小支配者のうちにもこの感覚を持つものは存在したと推定されるが、後述の発現効率から考えて、無視してもよろしい。同時代における発現係数は平均して一・二とされている。

活字文化の普及によって、この為政者感覚は大衆化した。

事例①ソ連の社会主義革命の指導者とナチス・ドイツの指導者はいずれもこの感覚を所有しているグループによって支えられた。

＊グループのメンバーの数とこの感覚の総和がその体制の生存期間を決定する。

事例②二十世紀アメリカ及びヨーロッパの一部で見られる企業幹部・高級官僚・大学教授の互換性は、かれらがすべてこの為政者感覚の所有者であったということによって理解される。

注意①為政者感覚以外にも一組織の主導権を握るものがある。代表的な例は思想であるが、思想のみの支配は、山型カーブをえがいて、高原として持続できない。フランス革命におけるナポレオン、フーシェとその他の指導者を比較せよ。

注意②為政者感覚は一九六〇年代後半中共を占めた実権派にも見ることができるが、実権派はながくこの感覚を維持しなかったので、早期に没落せざるを得なかった。

為政者感覚とは全体に対する部分の作用をつねに動的に把握し、全体の存在に影響を与えることなく利用しあるいは消去する感覚である。

現代組織体にあって為政者感覚は不可欠である。エグゼクチビズムとはエグゼクチブから導出された用語で、この感覚なくして現代組織体を動かすことは不可能である。

【本課】

――……

すでに何度も何度も繰り返して学んで来た文句であったが、三津田昇助はその観念的表現を、自己の経験によって具体化しながら真剣に聞いていた。

弾力性のあるよくしまった肉体。目はつめたく澄んで、必要なとき以外は表情ひとつ変えない。紫色の制服の胸につらなる七本の金線。

三津田昇助、二十一歳。各財閥から送り込まれた産業将校第一期候補生の最上級生、日本産業の〝最終武器〟として秘密のうちに育成された産業用人間のひとりであった。

＊

地下七階のその部屋は、立体映像を明確にするため、かなり薄ぐらく調整されていた。

「三津田昇助くんだね」

正面の隔壁の奥にうかびあがった中年の男は薄い唇を動かしていった。「私はきみが籍を置く会社の総合計画室長だ」

たちまち記憶がうかびあがった。

「古橋荘一郎さんですね？」

「そう。だが、私と話しあったということは忘れてほしい」

「承知いたしました」

昇助の目の前にあるのは、いまではただの顔に過ぎなくなった。自分に何かを伝える人間の顔という、それだけの物体である。

「きみは通常の卒業資格テストのかわりに任務を与えられる。きみの成績が優秀だったからだ」

「――はい」

昇助は冷然と答える。

「きみの仕事は」青年が無感動なのに少したじろいだようすで中年男はいった。「この紙にしるしてある」

一枚の紙片が昇助の前にひろげられた。この連絡所がいかに防音設備をほどこしてあるといっても、場合によっては盗聴されているかも知れない。それにおそらく昇助の目から見れば、相手がいまこうしているはずの本社の計画室だってまるで無防備にひとしいかもしれないのだ。

昇助は瞬時にしてその内容を読んだ。大阪レジャー産業を丸の内系の日本興業機械に吸収させるか、でなければ大阪レジャー産業そのものを倒産させること。期限は六カ月以内というものである。ほかにも大阪レジャー産業の特徴がいろいろしるしてあったが、資本金五十億円以上の日本の会社ならどこの資産表も宙でそらんじている昇助にとって、そんなものは不完全で、見る必要さえなかった。

十秒とたたぬうちに昇助は相手の顔をみつめた。

「ありがとうございました。お破り下さい」

「もういいのか?」相手は興味をそそられた表情で訊ねた。「いったい、どんな方法でとりかかるつもりだ?」

「その前にふたつの条件の訂正があります」

「ほう?」

「ひとつは、日本興業機械が大阪レジャー産業を吸収合併させることはあり得ない、したがって倒産以外に方法はないということです」

相手は気分を害したようだった。

「なぜだ?」

「組織体としては日本興業機械よりも大阪レジャー産業のほうがはるかに優秀だからなのです」昇助は事実そのものを指摘する冷たい調子でつづけた。「財務比率分析その他伝統的判定ではむろんのこと、組織力学的に見た弾性の大きさでも比較になりません。詳しく説明しますと……」

「もういい」

総合計画室長は不機嫌にさえぎった。「もうひとつは何だ?」

「六カ月以内に大阪レジャー産業が倒れることは、影響係数四以上の外的変化がおこらぬ限りあり得ません」

「なに？」

「私の作戦が計算どおり行くとして最短四百日。条件の変動による誤差を入れると五百日は必要です」

「馬鹿な……」

「課題が不可能かどうかを判断するのは私たちが持たねばならぬ能力のひとつです。よろしければ今の理由を計算で証明いたしますが」

「興味はあるが、そんな暇はないね」総合計画室長は鼻を鳴らした。「まあ、きみのいうとおりに変更しよう。ところで、やりかたを聞かせてくれないかね？」

昇助はすでにその作戦計画をつくりあげていた。こまかいところはあとで検討しなければならないだろうが、ざっと計算した結果でまちがいはないはずである。

「会社をひとつ作っていただきます」

「会社を？」

相手は呆れたようだった。「きみは……大阪レジャー産業に潜入して、工作をするのではないのか？」

「産業将校は企業スパイでも、中之島系列のパイオニア・サービスが置いている無任所要員でもありません。組織を動かすエキスパートです。個人の立場で仕事をさせることは低効率です」

「なるほど」

相手は薄笑いを洩らした。「きみのやりたいようにやってみたまえ。で……資金はどれくらい必要になる？」

「あとで予算表をお送りしますが」昇助は平然といった。「ほぼ四億」

「——わかった」

総合計画室長の影は不意に消えた。

昇助はゆっくりと連絡所を出る。その彼の心には何の感慨も浮かんではいなかった。東北の貧農の次男坊として、繁栄をつづける都市文化と無縁の——というより、都市では企業というものがすきまもなく密集してむしろ空気のような当り前の存在となっているが、人口の都市集中の結果取り残された地方にあっては、いまだに産業は生活の攪乱者として侵入してくるのだ——そんな生活の中で水耕農園化に抵抗する父母や兄妹を置いてここへ入ったことも思い出しはしなかった。

そしてさらにおそるべき競争をつづけながらここでありとあらゆる知識や能力を叩き込まれて来た七年間のことも、ただ事実として記憶されているだけで、何の感情も呼びおこしはしなかった。徹底的な能力優先教育で、そうした情緒はとうの昔に消え去っていたのである。

いまの彼の心の中にあるのは、他の産業将校たちのそれと同じように、世界各国の勢力や立場や、日本の構造や、組織力学の公式や応用心理学や、さらには膨大な科学知識——物理学や分子生物学や医学や工学などの体系とその技術——などの知的面のものに過ぎなかった。

音楽も、小説も、美術も、立体映画も、さらには女も恋愛も、彼にとっては無縁のものであった。性欲を感じること自体、彼の昇華が不足していることを意味していたのである。

2 春

三月の一日になると、都会の花はいっせいに開く。

それは、作られた季節の象徴であった。こよみの上の数字にあわせて前から準備され、いちどきにあちこちの店やデパートや、子供が居る家のベランダや窓をいろどる人工の花であった。そうした花々は、ほとんどが天然のものとは似ても似つかぬ形状をしていた。いろんな会社の商標やアイ・キャッチャーをデザインしたもので、たまに本物に似たものがあったと思うと、花びらには濃く商品名が印刷されていたりする。

消費者の系列化に躍起になっているメーカー群は、春が近づくと大量にこうした人工花を作って配布し、関連企業間の今年のデザインの優劣を消費者の投票によって決定するのが常であった。人工花を製作する会社は無数に生れては消え、その競争のうちに、あたらしい年がくるたびどっと不織布や和紙や発泡材などの消耗材が消費されていく。はじめ春季の景気づけ大売出しのために始まったこの習慣は、いまではたしかに景気刺激のための定期的な呼び水の役さえはたしていた。

ささやかな植木鉢の花や、芽ぶく街路樹の緑を圧倒して咲き誇るこれら人工のあでやかな細工物は、しかし、やがてやわらかな春の雨に濡れ、風に散って、アスファルトを掃き寄せられ汚れた堆積をそこかしこのビルの谷間や露地裏につくる。

その年、そうしたご用ずみのごみの山の中には、外国会社や有名無名の企業のものにまじって必ず大柄の、東海道万国博のシンボルマークをデザインした花の残骸が入っていた。

政府や協会や各出展会社などの努力にもかかわらず、人々の万国博への関心は依然として盛りあがらなかった。

企業間の対立や争いのうちに社会の様相は少しずつかわって行く。その中にあって何とか自分の立場を失わず仕事や家庭を維持しようとしている普通の人間にとって、万国博とは、そんなに親しいものではなかったのである。自分の会社が出展するという連中でも、万博に直接タッチしているのはごく一部であり、こちらは社内ニュースでしか知らされないものである以上、当面の自分の持場を守ることが第一なのだ。まして関係のない人々にとっては、万国博が開かれたら一度見に行ってもいいという、その程度のものでしかなかったのである。もっと現実的な問題のことを考えるのが先決なのだ。

万国博反対運動は、この点をたくみにとらえたのであった。世の中は一般的に好景気だということになっている、われわれは産業社会の恩典に浴して年ごとにゆたかになっているという が実態はどうなのだ？　社会機構の矛盾はいっそうひどくなっているのではないか……誰も本当にしあわせになどなっていないではないか……不幸な人はふえるばかりだというのに、何が人類自身のための文明だ？　何が万国博だ？　そんなものは国民の目を社会の歪みから外らせるためのショーにすぎないではないか。そう訴えつづけたのである。

反対の主唱者である朝倉遼一は、自己の才能をフルに発揮して、あらゆる媒体で人々の心に呼びかけていた。

朝倉遼一に賛同したビッグ・タレントたちも、持前の分野で視聴者や読者や観客の自覚をうながした。

その他の、純粋学生連合や、社会研究組織や、伝統的な正規教育の教官たちなどの革新団体のメンバーも、街頭や集会で万国博反対を叫びたてた。

これらの運動の資金の大半を負担し、みずから熱烈な運動を展開しているのが家庭党であった。グループで署名にまわったり万博出展会社へのいやがらせをやったりするのはむろんのこと、組織に指令された党員たちは自分の家庭で万博出展担当の立場にある夫に対しての、食事や機器保守やセックスのストライキを敢行した。

さらに、海外諸国への出展中止呼びかけさえ、はじまっていた。万博返上期成本部からは、続々と要請書、歎願書の類が送り出されていた。

社会のひずみを告発する仕事も一方ではなされていた。無意識に自分は中流だと思っている人々に、実はそうではなくこんな不幸な人があるのだ、あなたもいつこうなるかわからないのだということを考えさせるためであった。かつて、何度も市民運動として盛りあがり、時には一応の効果をあげたこの種の運動は、一九七〇年を過ぎてからというもの、為政者の手で巧妙に押し潰されて来た。それが、またよみがえろうとしているように見えたのである。

こうした大規模な運動は、しだいに万博に無関心だった人々の興味を呼びおこそうとしていた。事実、大企業の手で組みあげられた政府の、大企業を通じてしか保障のない経済政策、厚生政策の矛盾を、無意識ながら数多くの人が感じていたのである。その気持が、万博反対キャンペーンをくりひろげている人たちの言葉と、結びつこうとしかけていた。

だが、万博を開かなければならない側としては、このままにしておくわけにはいかないのも、当然である。

海外諸国への面子と、いま日本産業が置かれている立場から考えても、開催返上などは問題にならなかった。何とかしてここで日本産業の健在を示さなければならないのだ。へたをすると日本の経済そのものが日本人のものではなくなってしまうこの瀬戸ぎわで、現実無視の、あとのことを考えない正義派の相手はしていられないのだ。

何とかしなければならない。

たびたび出展者会議をデモにとりかこまれた建物の中で開きながら、各企業はそれぞれ自社なりの方法で反対運動をしずめにかかっていた。作成されたリストを調べて、従業員で直接反対運動にくわわっている者を万博担当ポストにほうり込んでそれ以上活動できないようにしたり、自宅に家庭党員がいて困っている者には会社で宿舎や食事を提供するなどの積極的支援を与えた。

丸の内とか日本橋とか中之島あたりの、マスコミに発言力を持つ大企業は、むろんひそかに朝倉たちが登場しないよう、圧力をくわえ、それとともに、万博アイデアのために自社と提携しているビッグ・タレントを、折あるごとに使うよう強要していた。

しかし、そうした企業単位の対策だけで、盛りあがろうとする反対運動をおさえきってしまうわけにはいかなかった。それどころか手を打てば打つほど反対者たちはいきりたって、いっそう猛烈な運動を展開するのである。

このまま放っておくと国内の問題もさることながら、海外諸国が黙っているはずがない。

三月中旬。

十何度目かの出展者会議の席で、本格的に事態を収拾するための、対策委員会が選出された。秘密のうちに開かれたその最初の委員会に、委員のひとりである中之島商事の社長が、万国博監視制度という案を提出した。

万国博監視制度とは、一言でいえばおもてむき国民の代表に万国博を監視させ、規制させる制度である。最初に、国民生活に影響を与える巨大な団体から、その規模によってひとりまたはふたりの、万博監視員というものを推薦してもらう。監視員たちはたえず万博に関する世論に注意し、随時万博会場を調査したり協会の資料を読んだりして、月一回の総会にのぞむ。総会には協会の幹部や必要とあれば関係出展者も出席し、質疑応答をやる。もしその結果、万博のやりかたや出展内容のうち、国民生活に悪影響を及ぼしそうなものがあれば、話しあいによって是正しようと――ざっと、そういう内容のものなのであった。

もちろん、真意は別にあるのだ。

まず第一に、こういう制度をしくことによって、万博が国民全体のものであって、決して産業の独占物ではないという印象を与えることができる。第二には、監視員を推薦した団体は、万博そのものには反対しているわけではないということになる。三番目、監視員たちの行動や調査結果、総会のようすなどを大々的に宣伝すれば、人々の目をそらすことができる上、万博の内容などについての関心を高めさせることができる。監視員の是正要求をあしらうことぐらい、駈け引きに馴れたこちら側にとっては何でもない。いくらでもごまかしたり握りつぶしたりできるのではないか？

「だがうまく行きますかな」話を聞き終った委員のひとりが首をかしげた。「いちばん問題なのは家庭党だ。あそこが話に乗ってこなければ意味はないんじゃないですかね」

「家庭党は、たぶん監視員を出すと思いますよ」中之島商事の社長はなぜか自信たっぷりだった。「すぐにではなくても、なに、そのうち折れてくるはずです」

この万博史上異例の奇妙な制度が協会によって発表されると、たちまち内外にすさまじい反応が湧きおこった。監視を受けるのは国内からの出展物に限るというふうに範囲を縮少していたのにもかかわらず、海外諸国、ことに各国館に出品するつもりの国々は、公然と日本東海道万国博協会の力のなさを非難した。

今までに万国博を開いたことのある国々はいやみたっぷりのメッセージをよこしたりした。

やがて。

こうしたやりかたはひとつの実験として許されてもいいのではないかという声がしだいに強くなって来たが、それは、監視制度とは関係がなく、この制度のために日本産業より優位に立ったと考えた海外からの出品会社の意見というほうが正確であった。

とはいえ、これが、結局は万国博を開催しなければならぬ日本の苦肉の策である以上、出展関係諸国は黙って協会のやりかたを見守るほかはない。それに、どのみち、日本がやることで、好きなようにさせておけばいいのだ。わずかな間にこれらの反響は表面的には静まって行った。

国内では、まずビッグ・タレントがこの制度のからくりをあばき、こうした制度自体万国博協約の違反であるのに各国が黙っているのは、世界的な陰謀だと、はげしい攻撃を開始していた。つづいて純学連やその他の革新団体が猛然と動きはじめ——監視員制度粉砕のための集会があちこちで行われ、マイクロフィルムを配り協会へ抗議し、道行く人に呼びかけはじめた。

それまで日和見的に静観していた中立的な諸団体がひとつ、またひとつと監視員推薦を受諾するにつれて、反対運動はさらに激化する一方であった。

監視員推薦の依頼を受けながらまだ推薦をおこなっていないのは——むろん万博協会は真の生活者団体ではない純学連や、小人数のグループにすぎないビッグ・タレントには推薦を依頼しなかった——家庭党ただひとつとなっていた。家庭党は従来の活動はつづけながらも監視員制度に対しては何の声明もおこなわず、奇妙な沈黙を守っていた。

こうした情勢とはかかわりなく、というよりはむりやりはね返して、万国博に出品する団体・企業は、全力あげて準備にかかっていた。もう、一九八七年三月十五日の開会の日まで、二年たらずしかないのだ。ぐずぐずしてはいられない。プランを固め設計図を引いて現地を踏査する時期は、もうとうに終っていた。あとは建設の段階なのだ。金と、資材と人間をそろえて、安城の会場にぶち込み、自社の展示館を、テーマとともに打ちたてなければならないのだ。できるだけ多くの人を集め、そして感歎の声をあげさせなければならないのだ。

これらの工事の進行につれて、そのアイデアや施工や資材調達の問題で、海外と国内をとわず出品会社の担当者は奔走をつづけていた。しかもそうした動きは、ただでさえ策謀の衝突で紛糾し、シェア争いや乗取りのための駆引きで混乱している海外ビッグ・ビジネスと日本企業、財閥系列と非財閥系各社のからみあいを助長させた。

万国博を中心として産業間や企業間の、事実とデマをとりまぜたあらゆる噂が乱れ飛んでいた。日本の製薬会社に買収されたニュース解説者が、西独バイエル社の、かつてアウシュビッツで殺されたユダヤ人から石けんを作った事実をセンセーショナルに喋ったと思うと、中京自動車のテレビコマーシャルにGMへ反感を抱かせる深層意識広告が入っていたことがあかるみに出たりする。

リットン・インダストリーの太平洋沿岸調査船の乗組員が原因不明のまま全員発狂し、ユニレバーの食品に思考力減退剤が入っていたと証言する男の話をシンクロ・ニュースが報じた翌日には、大阪電器工業社員が秘密主義のTI社の万博敷地へ踏み込んで記憶消去手術をされたというささやきがまことしやかにつたえられた。

さらにアメリカ企業は内密のうちに物質複製機を完成し、それを使って今までの数百倍の速度で商品の量産をはじめているという説まで出てくる始末である。

事態はなかば神経戦の様相を呈しかけていた。

このたたかいの帰趨がどうなるのか、万国博そのものがはたして成功するのか失敗するのか、海外側と日本側の、あるいは海外企業と結びついた財閥系列のどこが最終的に笑うことになるのか、そうしたことは、誰にも予測がつかなかった。

奔流にも似て、すべてが万国博に集中して行くこの混戦は、無数の渦がわかれ集まりながら、しだいに巨大な渦をつくりあげてゆくそんな感じなのだ。

そうした中から生れてくるもの、そうした状態を解決し終止符を打つもの、それがいったい何であるか——そのことを知っていたのは、日本財閥の、トップクラスの人たちだけであった。

3 転向

残照が音もなく入り込んでいる。

突き当りがどぶ川になっているその細い露地では、時間さえそのまま停止しているようであった。

山科紀美子とつれの画家は、軒の低い長屋の表札をひとつひとつ見ていった。

目的の家は、右側のいちばん奥から二軒目にあった。

「ここだわ」ガラスのかわりにボール紙を貼りつけた戸の前へ来ると、紀美子はいつものようにいった。「さあ頑張りましょう。みんなのため……党のために」

「ええ」画家も応じた。「女性時代を」それから呼ばわった。

「ごめんください」

「どなた?」

がたぴしと内側から戸が開かれ、痩せた中年男が顔を出した。すえたような臭気とともに、アルコールの匂いが鼻をうった。

「丸目さんですね？」紀美子はいった。「わたしたち、家庭党出版局のものです。いま刊行している現実の記録というシリーズのために、お話を聞かせてくださるということですが……」

「家庭党ですか、ああ、家庭党ですね」男はいそいで戸を引きあけた。「どうぞ、どうぞずーっとなかへ入ってください」指を口にあてて、「でも、静かにしてくださいよ。いま赤ん坊が眠ったところでして」

たしかに、二間しかない家の奥、足の踏み場もないほど雑然とカラーテレビや応接セットやピアノ（それらはみんな、薄く埃をかぶっていた）などがひしめく中、ベビーベッドに生後八カ月ぐらいの赤ん坊が寝ていた。

「本当はこんな話、あんまりやりたくないんですがね」

男は紀美子たちにすわるようにすすめ、自分も腰をおろした。

「でも何だか家庭党では社会悪を追及するため、いろんな体験談をあつめて本にしておられるそうで……使ってもらえなくても喋りさえすればいくらかお金になるということなので、それで申し込んだんですよ」

「よく判っておりますわ」馴れた様子で、紀美子はやさしくいった。「わたしたちのほうでは一応調査をして、お話を聞く価値があると考えたところへだけお伺いすることにしていますの」

「と、すると、もう大体のところはご存じなんですな？」

「大体のところは」紀美子は肯定した。「奥様とご長男を、交通事故でいちじにおなくしになられたそうですね？」

「待って下さい」

男はふらりと立ちあがると、棚からウィスキーの瓶とグラスを持ち出して来た。「話すためには、もう少し勇気が必要でしてね……お飲みになりますか？」

「いえ、結構です」

「そうですか」

男はウィスキーを注いで、ぐいと飲みほした。「女房と息子が死んでからもう半年にもなりますがね、私はいまだに信じきれんのですよ。あれから何をする気もなくなりましてね」

「……」

「こう見えても私は国立大学を出ていましてね、昔はちゃんとしたサラリーマンでした」

紀美子がレコーダーのスイッチを入れてメモをとり、画家が家の中をデッサンしはじめるのを見ながら、男はせきを切ったように喋りだした。

「だから勿論、最初は一流会社を狙うつもりだったんですよ。でもね、あの時分は無責任な連中がマスコミを横行していましてね、大企業の中で個性を失ってゆくより、自分を生かせる会社に入れ……と叫び立てていたんです。将来性のある小さい会社を選べというんですよ。え？学生の、自分じゃインテリのつもりだが実は何にもわかっちゃいない青二才に、自分で選べとわめき立てていたんですよ。私はまんまとひっかかりましたね。それでもそこで何かの専門家になっていればよかった。仕事の虫になっていれば、まだ少しは役に立つ人間になっていたかも知れませんからね。しかし私はご多分に洩れず〝青年〟のひとりだった。ただもう青春なるものをたのしむために、若いもののむけのものなら何でも飛びつきましたね。ところがですよ、そうしたものはたいてい、恰好の良さと反逆精神しか育てないと来ている。そんなものを売っているのは商売であって乗せられている者が馬鹿だと気がつかなかったんです。本気で唱えているのは一部の気違いで、自己の社会からの脱落をごまかそうとしていることを知らなかったんです。まあそんなことをやりながらやがて私も結婚しました。してみたとき私ははじめて気づいたんです。マイホームというものを維持するのがどれだけ大変なことであるか――とね」

「二十七歳のときに結婚されたんですね？」

「そうです。一九六七年でした。それから数年のうちに資本自由化が本格的になったわけです。みんな必死になりました。もうそのころには誰も個性がどうの若さがどうのとはいわなくなっていました。いう人間も相手にされなくなっていましたしね。が、そのときにはもう遅かった。私たちの会社は簡単につぶれ、私は職を求めてうろつきまわることになりました」

男は遠いものを見る目になった。「つまり時代はそれまでに集団のものになっていたんですね。……それまでの積み重ねも特技もない私にはろくな勤め先もありませんでした。でも私は頑張りましたよ。女房と子供を食わせるために何でもやりました。バーテンダーもトラックの運転手も……しかし、そんな誰にでもやれる仕事の報酬は、年ごとに悪くなって行きました。私ひとりの収入ではやって行けないので、結局、女房もまた働きに出るようになりました」

男は、室内の調度群をゆびさした。

「あなたはおそらく、こんなものを買うくらいなら、なぜ生活を切りつめないのかというでしょうね。でも違うんですよ。貧乏人は貧乏人であるほどステイタス・シンボルというやつが必要なんです。子供に劣等感を持たせないためにも、次から次へと買いつづけねばなりません。これでも女房と息子が死んでからだいぶ叩き売ったんですよ。……判りますか？　判らんでしょう。どうせあなたのような、自分が食えなくても親類家族にたよればいい人には判るはずがないんだ」

男はまたウィスキーをほした。「いいですか？　何の財産もない人間は、一見財産まがいのものを買わずにはいられないんだ。無理をして、それが古くなったら、またあたらしいのを買う。共ばたらきをやり、子供が学校へ行くと、それはますますはげしくなる。なぜって、家庭の飾り物は、家庭が社会に対して開いている窓の数に比例しますからね。そして、やがてどうにもならないときがやって来ます。おまけにうちの女房は、私に絶望したせいか、徹底的な教育ママになりました。子供のためなら何でもしてやる女になりました。金は要るし、今以上には入らない。……さあどうします？　あなたならいったいどうしますか？」

「さあ、わかりませんわ」

紀美子は首を横に振った。

「あなたが気がつかないとはおかしいですな」男は身体をゆすった。「ご婦人は生れながらに商品を持っておいでだ。うちの女房もそのことに気がついたんですな。どうせ使って減るもんじゃないと」

「……」

「たしかに今でも売春は禁止されています。しかし会員制のクラブへ入って、例の一週間情事というやつで会員どうし遊ぶのならひっかかりはしないのもご存じでしょう？　全くうまく出来ていますよ。さてある晩のこと、そいつはとても寒い日でちょうど子供の誕生日でした。女房がいつになくおそいので、子供を先に寝かせ、私は音楽を聞いていたんです。あたらしい勤め先のことを女房もいわず私も聞かなかったし……そこでおもてに車のとまる音がしました。女房がタクシーで帰って来たんです。酔っ払いましてね。黙って子供の枕元に子供がほしがっていた新型ティーチング・マシンを置いたんです。ああやったなと私は思いました。思いながら不思議に腹は立ちませんでした。ただ、私たち三人が世の中に取り残されたような、そんな淋しい気がしただけです」

「……」

「でもまあ人間は段々そんなことにも馴れて来ます。やがて私は夜中、酒を飲んで女房を待つようになりました。私が知っているということを女房のほうも悟っていましてね、むこうも酔って帰って来ます。帰って来て、まず何をすると思いますか?」

「——わかりませんわ」

「洗うんですよ」男は陰惨な笑い声をあげた。「うちには簡易風呂がありますからね。そこで一生懸命に全身を洗うんです。だいじなところ——つまり、あそこですよ——はことに入念にね……それからでないと決して私に抱かれませんでした。私はだいじにしてやりましたよ。でもときどきふたりで一緒に泣きながらじっとしていたこともあります」男はウィスキーをまたごぼごぼと注いだ。「まったく滑稽な話です。あげくのはて女房は誰のだか判らない子供を生み——人工中絶は五年ほど前からひどく厳しくとりしまられていますし、私の子供かも知れませんからね——また先天性梅毒などじゃなかったのは、女房の客ダネがよかったのか幸運だったのかその辺でしょうが……外見的にはしあわせなマイホームでした——でも」

「事故にあわれたわけですね」

「事故? あんなもの、殺人ですよ」男の目が燃えた。「いい母親でもありたい女房が息子といっしょに外出した——そこへ、なまけぐせのせいでクビになった少年が盗んだ車でぶっつかって来たんです。少年も死にましたが、そいつには身寄りもなく——金もとれませんでした」

男は紀美子を見た。「こんな話は退屈でしょう? え? どこにでもある話で、面白くないでしょう?」ぐらぐらとうなずいた。「でもね、だからこそ私は訴えたいのですよ。使いものにならない人間、大企業を通じての厚生政策から疎外された人間は、みんなそうなって行っているんだ。ただ私の場合のように妻子が車にはねとばされて脳味噌をアスファルトにぶちまけていないだけで、本質的には同じことなんだ。でも、ね、そうした人々は怠惰だったんですか？　低能の極だったんですか？　違いますね。いちばん当り前の、当時としてはふつうの道を歩こうとしていた人間ばかりなんだ。そうでしょう？　それでいいんですか？　そんなことが許されてもいいんですか？　馬鹿な！　こんな馬鹿なことが！」

男の姿勢は不意に崩れた。唇が歪み、卑屈な笑いがまた浮かんで来た。「これはどうも——これでもお金はいただけるんでしょうか」

紀美子は金を入れた封筒をテーブルに置いて立ちあがった。（うまく使えば使えるかも知れないわ）「もしこの話を使わせていただいたときには、また別にお届けするはずです」

「ありがとうございます」男は封筒の中味をあらためた。「赤ん坊のミルク代と、それにウィスキー代がいりますのでね。どうも私はジョニーウォーカーでないと飲めない習慣がついているものですから」

「それじゃ」

紀美子たちは外へ出た。

急がなければならなかった。こうした面接はこれできょう四件目、出来ることならもう一件ほど片づけておきたかった。

が、ふたりがうなずきあって歩きだそうとしたとき、紀美子の腕の交話器が、低く鳴り出したのである。いわずとしれた党本部からの連絡であった。

あたりに人の気配がないのを見定めて、交話可のスイッチを入れる。

「ああ山科さん？　わたしです」出版局の連絡係のあわただしい声がとび出して来た。「段どりがつくようだったら、すぐにでも党本部へ戻っていただけませんかしら。出版局長からの伝言ですけど、最高幹部会が緊急にあなたを呼んでほしいといっているのだそうです」

「最高幹部会が？」

「そうらしいですわ」

「わたしに何の用かしら」紀美子は訊ねてみた。「何かあったの？」

「何かあったのって、今こちらじゃ大変なのよ」

「え？」

「すごい騒ぎで——はい、すみません、雑談はやめます」誰かに叱られたらしい連絡係は口調をかえた。「お戻りになれば事情ははっきりすると思います。それではよろしくお願いします」

露地を出て交叉点で画家と別れた紀美子は、すぐにタクシーを拾って本部へ走らせた。

いったい何の用事かしら。

たしかに今では紀美子は、党にとって大切な人間になっている。だが、それはあくまでも特殊技能者としての立場であって、党の最高幹部たちと仕事をしたり親しく話しあったりするそんなポストにいるわけではないのだ。

あの党大会の日、党員たちは紀美子に入党の意志をたずね、どちらでもいいと彼女が答えると、その翌日、すぐに手続きをとった上で、待ちかねていたように仕事を依頼して来たのである。

それは、家庭党の活動の一翼として、社会のひずみによってどん底に落ちた人々や不幸な目に会った人々の実態を訴え、社会悪を追及するために発行されている〝現実の記録〟というペーパーバックのシリーズを手伝うことであった。

党ではすでにこのシリーズを十数冊、それも各二十万部近く刷って出していたが、文章も固くやたらに感情的な調子でぶっつけているだけのものなので、熱烈な党員以外にはまともに読む者もいなかった。

その本の原稿を見て手入れをするか、もしよければ自分で調査して、一冊書きおろしてくれないかというのである。

はじめのうち紀美子は、特定団体の主張のために出されるそうしたものを書くことにひどい抵抗を感じたので、そこそこに手を入れてみたり、挿画を入れてはというようなことをアドバイスする程度にとどめていた。

しかしやがてその内容が、紀美子の心を動かした。今まで知らなかった底辺の世界が、彼女にショックを与えたのだ。

そう、現代に捨て去られようとしている人々の実態を描くのは立派な仕事ではないか?

条件も悪くなかった。党名の下には著者名も出るし、版権は党のものになるが原稿料そのものは高い。

それに、時代はかわろうとしているのだ。この一、二年、紀美子への注文が減って来たというのも、その原因は旧来の出版社なるものの変質にあるのだった。大新聞社や大出版社は多角経営で巨大化し、マイクロフィルムから市販ビデオテープへの作品吹き込みまで手がけている。シンクロ・ニュースをはじめとしてそうした媒体に載るのはニュース知識や解説のたぐいが多く、作品にしても最大公約数的なものがほとんどであった。個性的なものはといえば、これはもうネームバリューのせいもあってビッグ・タレントに押えられている。専門的な中小出版社はうまく生き残った広告代理店に完全におぶさり、干渉を受けているので、市場の小さな仕事、危険性のある仕事はなかなかさせてもらえなくなっていた。おまけにこれらの伝統的な情報産業に対して、財閥系のあらゆる機能を持った新興情報産業が台頭して来ているのだ。

もはや以前のようにただの作家があちこちに書いて食って行けるような状態ではなくなっていた。それでも作家として生きて行きたければ、どこかの組織に属して、そこの専門職として書きつづけるほかはない。

というわけで、とうとうこの仕事に足を突っ込んだ紀美子は、しだいに本気になり、やがてフルスピードで、あるときにはドキュメンタリーを、あるときには描写と感想を、またあるときには相手との会話を、音声タイプへ吹き込みつづけるようになった。一冊、二冊と本が出来あがるにつれて（音声タイプを使えば手で書く場合の七倍ちかいスピードになる）紀美子の手になったものは、それまでの党員のアマチュアのものをはるかにしのぐ売りあげを見せはじめた。読みやすく、怒りをこめながら適度に感情を殺しているそのタッチが、人々にアピールしたのである。

現実の記録は党員以外の人々にも読まれ——今までそんなことを忘れていた連中に話題を提供しかけていた。万国博反対を叫ぶ党員の小わきにはたいてい一冊か二冊のペーパーバックがあり、それは現代の産業優先主義を告発する材料と見做されていた。

紀美子はそれでいいのだと思っていた。自分は人間性にもとづく本当の仕事をやっとつかんだのだと思っていた。

その自分を、最高幹部会がなぜ呼び出すのだろう。

それに……いったい何がおこっているというのかしら。

車の窓から外を見た紀美子は、思わず眸《め》をこらしていた。

ビル群のかなた、家庭党村のあたりの空が異様にくらいのである。いつもはそこに巨大な党本部の切妻型の屋根の輪郭をふちどったネオンがうかびあがり、その上に華麗な発光板で〝東海道万国博をやめてください〟という文字が点滅しているのだが……それがみんな消えているのであった。

近づくにつれて、今度は歩道を行進する男や女の姿が見えて来た。街灯にうかびあがっては進んで闇に沈むその連中がかかげているのは、まぎれもなく、純粋学生連合のプラカードである。党本部のほうから、爆弾をおとしたような響きがつたわって来た。純学連が好んで使う打ちあげ音響弾である。それにつづいて、どっと怒号がおこった。

「どうしたのかしら」潮のようなその声は紀美子をひどく不安にさせた。

「何だか、きょうの夕方ごろから学生たちが集まっているようですよ」運転手が紀美子の呟きに応じた。「よく知りませんが、何でも家庭党が裏切りをやったとかいって騒いでいるようですね」そこで紀美子の胸のバッジに気がついたらしい。「いや――これはそう聞いただけのことで、本当かどうかは判りませんがね」

紀美子は返事をしなかった。

裏切り？

裏切りって何のことだ？　党が何をやったというのだ？

「お客さん、この辺で降りてくれませんか」運転手がいった。「とてもこれでは中へ入れませんや」

もう、党本部の近くだった。

本部をとりかこむようにして、学生たちが練り歩いていた。くらい、怪物のような集団である。音響弾がまた響いた。つづいてスピーカーがわめき立てた。「恥を知れ！　家庭党！」「監視員受諾通告をただちに撤回せよ！」「日和見主義を許すな！」

監視員受諾？

紀美子はどきんとして、街路樹のかげに立った。

まさか！

まさか党が監視員制度を……。

もちろん紀美子は、万国博協会が提唱した監視員制度のことは聞いていた。しかしそんなものは実際にどの程度万博を規制できるか疑問であり、制度そのものが万博反対運動をしずめるための餌である——という、ビッグ・タレントの見方を当然だと思っていた。家庭党は監視員制度について一言も論評しなかったが、それは協会の提唱を無視しているだけのことだと思っていたのである。

それが？

いやそんなはずはない。

紀美子は決然と本部前広場に出て、まっすぐに党本部の入口へ進んで行った。学生たちが阻止しようとするのへ、紀美子ははげしい声でいった。

「どいてちょうだい！」

「山科紀美子だ！」道をあけた学生たちの間をささやきが走った。「〝現実の記録〟の山科紀美子だ！　党本部へ抗議に行くんだ」

党本部の入口は、家庭党の乙女行動隊が固めていた。純学連の代表たちが中へ入ろうとするのを、痴漢撃退用に党がすすめている電撃棒で追い払っている。「いい加減にしてよあなたたち！　もう決定は出たんだから、そんなに騒いだって駄目よ！」

「通せ！　道をあけろ！」その名のとおり複線教育を拒否して純粋の学生であろうとする青年たちは、本気で怒っていた。「党首に会わせろ！　このファシズムの犬！」

「犬ですって？」

「犬じゃないか！　きさまらは負け犬で牝犬じゃないか！」

「あっちへ行って！」

「通せ！」

「通すもんですか！」

叫びながら、紀美子の姿に気づいた行動隊の少女たちは、あわてて分れた。紀美子は会釈を返して、ロビーに入った。

ロビーは人でごった返していた。目を剝くような立体テレビカメラのライトの中を、党の広報局員や、情報産業の取材マンが入りまじって動いていた。

「メッセージはそれだけですか？」ひとりが高く叫んだ。「なぜ党首や最高幹部は、ここへ出てこないんですか？」

「山科さん」

誰かにそっと肩を触れられて紀美子は振り返った。出版局の、よく知っている党員である。

「はやく……こちらへ」

いわれるままに人波を分けて、紀美子は最上階に通じるエレベーターの前へついて行った。取材マンたちが紀美子を発見してあとを追おうとしたときには、もうエレベーターのドアは閉じ、彼女は身体を上昇の感覚にまかせていた。

最上階。

紀美子がはじめて足を踏み入れるそのフロアーは、本部の切妻型屋根の、いわば屋根裏の位置にあるのだが、内装がみごとなので全然そんな感じはしない。床も、塵ひとつなく磨きたてられている。

ここが実は家庭党の神経中枢にあたるのだった。秘密を要する重要な打合せは、すべてここにあるいくつかの会議室の一室を使って行われる。しかも、この会議室の使用権を持っているのは最高幹部だけなのだ。完全に密閉され見張りがついているそれらの部屋で何が行われているのかは、出席者以外の誰にもわからなかった。

「ああ、山科さん！」

廊下に影を曳いて佇《た》っていた出版局長が走って来た。「待っていたのよ」紀美子の肩を抱くようにして、いちばん奥のドアへ近づいた。

見張りに会釈を返してから、出版局長は小さなマイクに口を寄せて、自分の名前を名乗った。声紋を自動的に分析し、登録されているものかどうかを走査し、姓名と照合して確認の上、はじめて内部のランプがともる。内部の者は、それを見て交信スイッチを入れるという、数段構えの装置なのだ。

出版局長は紀美子が来た旨を告げ、ドアの横のボタンを押した。もうロッキング回路は誰かの手で断たれていたらしく、分厚い扉はゆっくりと横にすべって行った。

入ったその奥に、シリンダー錠のかかったふつうのドアがある。局長は手にした鍵で簡単にそれを開くと、すぐ、紀美子に中に入るようにうながした。

馬蹄形に並んだテーブルとそのうしろの大きな世界地図が目に映った。その地図もただの地図ではなく、各国のこまかい行政単位別に区切ってあって、それぞれがいろんな色を帯びて明滅している。

テーブルの中央には、白髪の、まぎれもない党首がいた。

そのまわりに並んでいるのは、家庭党の副党首や書記長その他各局局長の――つまり最高幹部だった。いずれも四十歳ぐらいから六十歳ぐらいまでの婦人で、紀美子のよく知った顔ばかりだ。

だが――最高幹部会につらなっているのは、そうした人々だけではなかったのである。

馬蹄形のテーブルの端のほうには、不特定の任務についたり、いろんな仕事にピンチヒッターとして登場する二十代から三十代の、紀美子が夢にも幹部とは想像しなかった人々が、それも四、五人、すわっているのであった。

思うに党は、実際にはこれらの人々が最高幹部ではあっても、その若さや経歴のすくなさによって、他の党員が嫉妬したり反感を持つ可能性があるので、こうしたやりかたをとっているのであろう。彼女たちが幹部だということを知っているのはごくわずかで、その人々は党に忠実に、決して喋りはしないのだろう。

なかでも紀美子が驚いたのは、恵利良子という、やっと二十歳を過ぎたばかりという感じの、情熱的な美貌の持ち主であった。よくテレビなどの座談会やインタビューに出ているが、紀美子はそれを彼女の美貌のせいにしていたのである。しかも、たしか彼女は紀美子よりも二ヵ月か二ヵ月半早く入党しただけの、いわば新人のひとりなのだ。そんな短期間にこの席の一員になったとすれば、よほどすぐれた手腕を持っているのに違いない。というより、ふつうの人間には不可能といってもいいことなのだ。

「おかけなさい、山科紀美子さん」

党首が、大衆の前へ出るときとはまるで違うきびしい表情でいった。

紀美子は戸惑いながら腰をおろした。何かがひどく違うような気がした。家庭党とはこんなものではなかったはずだという疑念がしだいに強くなりはじめていた。

「もう知っていると思いますけど」党首が事実を告げるあの落着いた調子でいった。「わたしたちは、万国博協会の申し出にこたえて監視員を二名、推薦することにしました」

その言葉が、紀美子をはっとわれに返らせた。

何だって？　監視員を……推薦？　それでは、やはり党は妥協したのか？　産業界の餌にひっかかったのか？

「ただいまから最高幹部会の決定を通告します」党首はメモをとりあげた。「山科紀美子さん、あなたは今の、現実の記録シリーズの仕事をやめて――」

「待って！」紀美子は腰を浮かせた。「それはどういう意味ですの？　今の仕事をわたしは好いています。それをやめるとはいったい――」

「仕事をやめて」党首はかまわずにつづけた。「ここにいる恵利良子さんとともに、万博監視員になります。これはあなたの承諾を得てから外部に発表する予定ですが、それとともにあなたには、非公式ですが最高幹部会のメンバーになっていただきます」

「いやです！」紀美子は叫んでいた。「そんな……そんな話ってないわ」どっと怒りがこみあげて来た。「わたしたちは、万博が政府や大企業の力を、体制を強化するからこそ、今まで反対して来たんじゃありませんの？　わたしはそのつもりで、いいえ、わたし自身の意思で、社会にうずもれた人々のことを世の中に訴えつづけて来たんじゃありませんか」今までに面接をした人々の顔が、瞬間に紀美子の脳裏を駈けて行った。「それをみんなやめて、突然万国博に協力するなんて……そんな、そんな裏切りには加担できません」

「山科さん、あなたは誤解しているわ」副党首がさえぎった。「万国博は、わたしたちにコントロールできるものとなったのよ。わたしたちの手で規制できるものになったのよ。こうなればいつまでも反対をつづけているより、現実的な方向を選ばなければ」

「ごまかしです！　そんなことで万国博を規制するなんて、出来やしません！」紀美子はほとんど泣き顔になっていた。「みんな、よくそれで平気ですわね！　今までの党の行きかたを支持していた何十万、何百万の人々にどう説明するつもりなんです？　どういってすませるつもりなんです？」

「党員は、わたしたちを支持しますわ」

書記長がおもむろに立ちあがり、正面の地図の下へ近づいた。数個並んだボタンのひとつに手を触れると、世界地図が移動して、かわりに日本の地図があらわれた。

地図には、何百という小さなランプがともっていた。北海道から九州、その他の島々に至るまでの、家庭党の拠点を示すランプであった。その三分の二の、大都市や工場地帯を中心にした地点はことごとく緑色で、あとの地方が、赤色にともっている。

見ているうちに、低くブザーが鳴って、その赤色のひとつが、緑色にかわった。

「山陰第五区の説得が成功したようです」

レシーバーをつけている、テーブルの端の若い幹部がいった。「城崎、江原を中心にした地区です」

「この緑色は、わたしたちの決定を支持していることを示しているのよ」書記長はうなずいた。

「あとの地方にも、本日十七時の決定とともに説得員が急行しています。全組織が完全支持にまわるのは、もう時間の問題よ」

紀美子はどうしても信じることができなかった。こんなことはあるはずがない……こんなことは……。

「本当のことをいうとね、これ以上反対運動を続けることは、党自体の存亡にかかわってくるのよ」

運営局長がいった。「抵抗を指示された党員の中からもそろそろ不満が出ているし、党員家族への圧迫もご存じね？　反対側のビッグ・タレントも立場が弱くなって来ているわ。そればかりか、この運動のための資金はすべて党が負担しているの……これ以上は、党員に無理を強いるわけには行かないの」

「それじゃ」紀美子はみんなを見渡した。「それじゃ、あの反対運動は、もうどうでもいいというんですか？　党のためなら、簡単にやめてしまうというんですか？」

そのときだった。

突然、みじかいがするどい、よく意味のわからぬ単語を発した者があった。その声を聞くと同時に、最高幹部たちは放心したような目になり、あるいは首をたれ、あるいは椅子にもたれて、沈黙した。みんな茫然と、思考停止状態になったのである。完全な静けさが部屋の中を支配した。

「そのとおりよ」

いま、奇妙な単語を発した人物が、ゆっくりと立った。今までの微笑はあとかたもなくなり、目はつめたくこちらに注がれている。

それは、恵利良子であった。

あり得ないことであった。どう考えてもこれは現実におこるはずのないことなのだ。放心状態にある幹部たちを見て突っ立ちながら、紀美子は悪夢を見ているような気がした。

「ここの人たちは、もうわたしのもの……わたしのキー・ワードでいつも眠ってしまうし、目がさめても、わたしの暗示どおり動くわ」

いうと、恵利良子は能面のような表情のまま、テーブルをはなれてこっちのほうへやってくる。

「家庭党はわたしのものよ。わたしは自分の実力でここの幹部に抜擢されたのよ。いったん、密室のメンバーになってしまえば、何でもできるわ。そう……あなたの仕事をやめさせたのはわたし……家庭党の万博反対をやめさせたのもわたし……これから組織をかえて行くのもわたし……」

紀美子は後退した。恐怖のあまり、舌がもつれていうことをきかなかった。

まさか……家庭党が……あの巨大な組織が、実はたったひとりの手に握られているなんて……。

「わたしはあなたがほしいのよ」一歩、一歩と近づきながら、恵利良子はいった。その目は、いくらはずそうとしてもはずれなかった。「わたしは催眠術のかけかたも、組織の動かしかたも科学技術も知っているわ。でも、あなたのような表現の才能はないの。だから、あなたに協力してもらうの」

「――あ、あなた」

紀美子は、やっとのことで、声を出すことができた。「あなたは何者?」

恵利良子は、かすかに微笑した。

「わたしは人間よ。でも、自分の仕事を知っている人間なの」とても、魅力的な声なのであった。

「心配しないで……わたしがみんな教えてあげるから……わたしはそれだけの特別な教育を受けているのよ」

「やめて」

「いいえ。やめはしないのよ。わたしはやめはしない」

恵利良子は迫ってくる。

紀美子の背中が壁にあたった。もうさがろうとしてもさがれなかった。

「……助けて」紀美子はあえいだ。「誰か来て」

「誰もここへは入れないのよ。わたしたちはいま、ふたりきり」恵利良子は紀美子の顔に顔を寄せてささやいた。「わたしとあなたはお友だち……わたしとあなたはいっしょに仕事をするの……あなたはわたしのものになるの」

粘着力のある眸から、紀美子は逃げることができなかった。恵利良子の単調な声が、いつか全身をとりまいて大気そのものとなって行くのに、紀美子はいつか快感さえおぼえていた。

4 夏

会議を終って自室へ戻り、ほっと一息ついたとき、ノックの音がした。

「だれや？」豪田は、ぐいと顔をあげた。「はいれ！」

総務部長の土屋だった。

「岡山から沖さんが見えています」土屋はいった。「ハイウェイ用の車も待たせてますが……十四時までに伊丹へ行きはるつもりでしたら、もうそろそろ用意しないと……」

「わかっとる！」豪田は立った。二、三歩ドアへ近づいたところで、土屋を見た。「ああそういえば、きみの作った夏季人事異動案を見たけどな……あれはいったい何や！」

土屋は臆したようだった。

「あきまへんか？」

「あきまへんかも何も、あれはぬるま湯をかきまわしたようなもんやないか」豪田はポケットからくしゃくしゃになった紙片を出して、土屋の胸に突きつけた。「わしが案をつくった。これを社長に見てもらえ」

目を通した土屋の顔色が、すっと引いていった。「いくら何でも専務、これは無茶やおませんか？　こんなに一時に大量の幹部を格さげしたら……」

「どうやというねん」

「……社内に騒ぎがおこるかも」

「ど阿呆！」豪田はわめいた。「ええか、今は非常時やぞ。きみはこれだけの人事は何年かかけてゆっくりやれというんやろがな、そんなことをしているうちに、うちは潰れてしまうわ。能のない奴は即時格さげ。それでぶつぶついう奴がいたら自由契約社員にして、スカウト会社の能力査定を受けさせるんや。自分の力を知ったら泡くって泣きついて来よるやろし、よそへ引っ張られたら、助かるわい。若い連中がどんどん重要な仕事について報酬もあがるんやから、みんな文句ないはずや。心配せんでええ。家庭党のいやがらせもなくなってしもたし、今が断行のチャンスや。しっかりせえ！　十五人や十六人の能なしと、一千名の従業員を持つわが社と、どっちが大切や？」

「――へ」

「とにかくきみはそれを社長のところへ持って行ってくれたらええ――いま社長はわりあい元気やねんやろ？」

「また小康というとこですが」土屋は顔をくもらせた。「しかし」

豪田は無言でうなずいた。わかっていた。

社長の病気がただの胃潰瘍などではないことは、今では豪田たちによく判っていた。潰瘍もあったがそのせいにされていたいろんな症状が、診断の結果、全身に転移しているガンによるものであることが判明したのである。たしかにこの頃ではガンの治療法も進歩して、完治もそれほど珍しくはないが、しかしそれは正常な細胞にも負担をかける強引な治療に耐え得る強健な肉体があってはじめて可能なことなのだ。長い間の無理がたたっておとろえきっている熊岡社長にとって、そんなはげしい方法がいつまで続けられるかは、誰の目にもあきらかであった。

その熊岡社長のところへも、豪田はここしばらく見舞に行っていない。

行っているだけの余裕がないのだ。

一ヵ月のうち自宅で寝るのは四日か五日というスケジュールで陣頭指揮をつづけている豪田は、今度は行こう今度は行こうと思いながらも、どうしても第六大学病院へ寄ることができなかった。それに、少しでも手を抜けば会社が音をたてて崩れるような気がしていたせいもある。

会社は、悪くはなっていないが、さりとて好転もしていなかった。現金払いを条件に価格をさげたことで販売高の減少は食いとめたものの、それにともなう原価の切りさげは思うように行かず、豪田は、いずれ潰すつもりの子会社へ従業員の一部を移して、ようやく人件費をおとすのに成功した。しかも一方、下請企業はともすれば財閥系メーカーにつきたがる。それを抑えるための資金が必要だし、技術的な便宜も供与してやらなければならなかった。その上、万国博がある。

万国博出展を名目に従業員の士気をふるい立たせてはいるが、今ではその準備は豪田にとって、ひどい負担になっていた。豪田はよその会社のように万国博担当者を特に置きはしなかった。むろん、役に立ちそうな人間を何人か会社に引き入れる工作もしてはいるが、それだけの能力のある人間を万国博だけに使っておくのは惜しいし、豪田自身ひとまかせにできない性質だったからである。だから、出展者会議やら打合せはむろんのこと、ありとあらゆる仕事を自分で片づけていたのだ。きょう東京へ行くのもその万国博の用なのである。

今度戻って来たら……と豪田はまたいつものように考えた。今度こそ、義兄を見舞いに行こう。

そう自分を納得させると、豪田は足音たかく部屋を出た。

天王寺から難波へかけての密集した高層ビル群がとぎれると、やがて御堂筋ぞいの古い低いビルの波になった。その恥部のような屋上やブリッジや、間を縫って走るチューブには、真昼の炎が執拗にまつわりついている。

ぎらぎらのハイウェイは空いていて、豪田らのタービン車は、時速百十キロで突っ走った。

「この間ご報告しました実感装置のユニット化は、順調に進んでいます」豪田とふたりで押し黙っているのには耐えられないのか、沖はぺらぺらとしゃべっていた。「たしかにあれはいいアイデアでした。重要部分だけを高精度製品で作って耐久ユニットとし、あとは消耗産業系列の材料でまかなうわけですからね、原価はうんとさがるし精密材料も二割ぐらいすくなくて済みます。ちょっと模型を作ってみたんですがね——こんな具合です」

沖はカバンから、小さな椅子の模型をとりだした。前に内山下プレイランドで見たものにくらべると形こそスマートだが、ひどくお粗末な感じだった。

「えらい安物くさいな」

「それは仕方がありません。材料が材料なのですから」沖は上唇を舌で湿すと、模型に指をかけて背あての部分をはずした。「ここがこうはずれるようになるわけです。この中枢部分にあたる耐久ユニットが、全装置の原価の九割以上になります」

「あとは消耗材料やねんな」

「ええ——低価格プラスチックを型にはめて作るわけで、いったんできたら、すぐに交換するようにしてもらいます。もっともこの低価格プラスチックという奴、廃棄しやすいように、紫外線にはじきやられるように作られていますが、なに、屋内で使うんだから、これでいいでしょう? それに、機能面でも二、三、あたらしいものを加えましたからね。ほかの会社のよりは——超純粋金属が手に入りさえすれば——かなり性能のよい、的確なものになるはずです。安物でも……それでいいんじゃありませんか? そうでしょう?」

「しょうがないやないか」

豪田は不機嫌にいった。本当は、万博出展物の中心であり、万博以後も主力製品にしようと考えている実感装置、コンパクト・タイプの基幹にしたい実感装置は、あくまで高級品のままにしておきたかったのである。

しかし、その装置の中枢部分には、どうしても超純粋金属が必要なのに、ただでさえすくない超純粋金属は財閥系各社にがっちりとおさえられている。入手するとすれば海外メーカーか、それともブローカーのわずかな在庫を、それも常識の十倍近い値で買うほかはない。そんな立場の大阪レジャー産業にとっては切りつめられるものは何でも切りつめて一台あたりの原価をさげておかなければならないのだ。プレイランドへ来る連中にとっては、装置が上等かどうかということよりも、どんなに面白いかというほうが重要なのである。そちらのほうへ金をかけるためにも、費用は必要以上にかけるわけには行かなかった。

「ところで」沖は模型をカバンにしまうと、豪田の顔を盗み見た。「どこかで安い超純粋金属はみつかりそうですか?」

「そのために、これからわざわざ東京まで行くんやないか」

豪田はいった。「きょう、西独のネッカーマンから東京支社へ見積りを持ってくることになってるし、夕方までにはアルコアやアナコンダやイーストマン・コダックからも引合の返事があるはずや。場合によってはデュポンやICIにも声をかけるが、ひととおり値段が出たら、めぼしいところへ交渉に出かけんとあかん」

「でも、奴らは日本市場のニュースにくわしいですからね」沖はためいきをついた。「結果は同じようなものじゃないでしょうか。……ま、ものは高くても何とか入るとして、問題は脳刺激テープの内容です。これさえよければ他社を引き離せるわけですが……プランは固まりそうですか？」

「そいつは例のシン・プラニング・センターや、ほかの会社にいろいろやらせてるから心配すんな……そういえば、きょう、広報堂も大衆がどんな夢を持っているかという調査結果を持って来よるはずや」

「広報堂って、あの、広告の広報堂ですか？」沖は首をかしげた。「あそこは腰こそ低いけれども、もう昔の広告代理店じゃないでしょう？　れっきとした情報整理製作会社ですからね。噂ですけど、あそこは今度丸の内系列の日本興業機械のために脳刺激テープの制作にかかっているという話を聞いたことがあります。うち一社の、それも調査だけを本気で引き受けたんでしょうか」

「なに？」

豪田はどなりつけようとして、やめた。

ふっ、と疑念が湧いて来たのである。そういえば岡山に住む技術者であるはずの沖が、あまりにも財閥系の動きや一般情勢にくわしいではないか。あまりにも大阪レジャー産業の置かれた立場を客観的につかんでいるではないか。

ひょっとしたら……豪田の脳裏に、かつて熊岡社長のいったことがよみがえってきた。どうもうちにはスパイがいるらしいんやで……うちの重要ポストの誰かが、丸の内財閥系と通じとるらしいんや。

まさか。まさかこの沖が……豪田はゆっくりと息を吸い、吐き出した。まさかとは思うが、しかし用心することにこしたはない。第一にはまず沖に、このことを悟らせないことだ。

豪田は不意に笑い声を立てると、親しげに沖の肩を叩いた。「馬鹿もん！　あんまり神経質にならんでええわい。わしがそんなものは何とかしたるわ！」


東京支社の支社長室に入ると、部屋のあるじが、いくつかの映話を相手にしゃべりまくっているのが見えた。「この一週間、きみの地区では一台も売っちゃいねえんだぜ。居眠りしていたんなら気つけ薬をあげるから、こっちへ来たらどう？」「おいきみ、きみはもっとも競争激甚なプレイランドの支配人なんだよ。泣きごとはやめてほしいね。家族旅行のひまがあると思うのかい？」「だからはじめからいっているじゃないか！　そのギャンブル・マシンは即刻引き揚げさせたまえ。かまわん、こっちには法律がついているんだ。今度そんなへまをやったら、きみの課は全員ドサまわりをやることになるぞ！」また一台の映話が鳴った。「え？　今日もまたやって来た？　帰ってもらえ！」

それから豪田に気がついて、軽く会釈をした。

「さっき、ネッカーマンから見積りを持って来ましたよ。そこです」

指さされた机上の見積書を、豪田は自分でとった。とったまま、支社長を見た。

「どや?」

「だめですね。たしか、この品位だったはずですが」支社長は沖に目を向けた。「沖くん、そうだろう?」

開かれた見積書を、沖も覗き込んだ。

「品位はこれで充分ですが――高いですね」

「これやったらアメちゃんのとあんまりかわらんな」豪田がうなった。「おまけにこいつは横浜港FOBや。岡山O/Rにしたらもっと高うなる」舌打ちした。「ようこっちのことを調べてやがるな」

それから支社長に呼びかけた。「広報堂から何かいうて来よったか?」

支社長はちょうど映話のスイッチをすべて切ったところだった。

「いま来ています」壁ぎわに近寄った。「でもあんまりお粗末なものを、それも学校出たての新米に持って来させたんで、ちょっと購買課長にイビらせてみているんです。なぜあんなことをしたのか判るかもしれませんからね」

ボタンを押すと、壁にはその応接室のようすが浮かびあがった。東京支社長はこの執務監視システムを、ことのほか愛用していたのである。

スクリーンに映っているのは、相手をいじめ倒すことでは社内随一といわれる購買課長と(もっともこの特技ゆえに、彼はいつまでたっても最低の管理職である課長のままであった)

それから、夏のさなか、細身の背広をきちんとまとった青年だった。

「ほんとに、これはいったい何です?」購買課長はねちねちとからんでいた。「まさか天下の広報堂ともあろうところに音声タイプがないとは思えませんな。ねえあなた、おたくには音声タイプがないのですか? もうすぐ二十世紀も終りだというのに、手で活字を拾ってスタンプにべったりつけて捺しつけていらっしゃるんですか? どうなんでしょう。そうなのですか?」

「――いいえ」

「そうでしょうなあ」購買課長は大げさに感心してみせる。「そうでしょうそうでしょう。と、すると、この内容はすくなすぎやしませんか? いやほんとにすくないですよ。一、二、三、四と、ほほう四ページしかない」課長は調査報告書を振ってみせた。「英語でいうと、ワン、ツー、スリー、フォー。ドイツ語でいうと、アイン、ツバイ、ドライ、フィアーだ。ねえあなた、四の次は何です? ご存じなら教えていただけませんか? 大阪レジャー産業の社員なんかには教えていただけないんですか?」

購買課長は青年の顔をのぞきこんだ。

「ねえ教えて下さいよ。私はど忘れしてしまったんですよ」

「五です」

青年はうつむいたまま答える。

「ああそうだ。五だ」課長は奇声をあげた。「それじゃなぜこの調査報告には第五ページがないんです？　もっと書くことがあるでしょうに、なぜ五ページ目がないんです？　本物は別にあるんでしょう？　どこにあるんですか？　これは序文ですね？　入門ですね？　そうですね？」

「それが」青年はポーズを崩さなかった。「私どもの報告書でございます」

「そうですか——なるほど」課長は猫なで声を出す。「でもこの内容ぐらいなら、小学生にでも書けますな。うちで飼っている犬でも書けますな。この中にはひとつも統計値がありませんよ。どこでいつ調べたか、母集団はなにか、抽出のやりかたはどうか、ちっとも判りませんね。面白いですねえ。これ、あぶり出しですか？　火にかざせば数字とくわしい報告が出てくるんですか？」

あきらかに購買課長は相手を怒らせようとしているのだが、青年のほうもあらかじめいい含められて来たとみえて、いんぎんに、不必要なことは何ひとつ喋ろうとしなかった。

「もうええやないか」苦笑して、豪田はいった。「あれ以上やっても何にもなりゃせん。何か出て来たところで——しょうないこっちゃ」

さすがの豪田忍の心にも、いまや弱気がしのび込もうとしていた。あちらを押えられこちらでいやがらせをされ、それでも無理をして資金をつくり、手間の多い方法をとりさえすれば、万国博への出品も決して出来ないわけではないが……社長のあとをうけて奮闘して来た何ヵ月もの疲れが一時に襲ってくるような感じであった。

電話が鳴った。

「私だ」飛びついた支社長は、すぐ大声を出した。「まだ玄関に頑張っている？　馬鹿。帰せといったら帰すんだ！」

「誰や？」

「売りこみですよ。超純粋金属を納入できるというんで信用調査させたんですがね、どこの系列にも入っていない二十名たらずの商事会社なんです。零細企業もいいところで、そんなところから現品が入ってくるとしてもせいぜい五百グラムか六百グラムで、品位だって怪しいものです」

「ふむ」

「ちょっと待て」支社長は電話にそういってから、棚のファイルを抜きだした。「こっちが経歴書で、これが調査結果です。ええと、三津田商事株式会社。本社倉庫が新宿区ですからうちのそばですな。営業品目、金属および建築材料の輸出入および販売。資本金一千万円。役員従業員ともで十九名。この一月に設立」

「一月？」

何気なく聞いていた豪田の目がぎらりと光った。

「出来たばかりというところですな。社長、三津田昇助——中学卒。六月現在で月商は四億」

「あほんだら！」

豪田がどなったので、支社長は手の書類をとりおとすところだった。「何です？」

「そやから会社が大きうなってから入った奴はあかん！」

豪田は書類をひったくって、指ではげしく叩いた。「考えてみイ。何の系列にも入ってへんで、半年そこそこで月商四億まで持って来れると思うか？　おまけに社長は中卒と明記しとる。よほどのやり手やない限り、こんなことは出来へんで。呼べ！　そいつを呼ぶんや！」

豪田の剣幕におどろいて映話にその旨をいった支社長はすぐ顔をあげた。

「玄関でお会いしたいといっているそうですよ」

「玄関で？」

「それから」支社長はあきれたようにつけくわえた。「いま来ているのは、その社長本人だそうです」

「おもろい！」

豪田は野獣に似た声を出した。「よし、下へ降りよやないか。……きみたちも一緒に来るんやで」

「私たちも？」

「当り前やないか！」豪田はげんこつでテーブルに一発くらわせた。「本当に商売のでける人間ちゅうのはどんな顔をしてるか、よう拝んどけ！」

だが、エレベーターを出たロビー、往来する人々の中、三人の前に立ちあがったのは、スポーツマンのような肉体を持った二十歳そこそこの青年であった。

「あんたが？」

あっけにとられた豪田へ、青年はうやうやしく頭をさげた。「私が、三津田商事の三津田昇助でございます」

「……」

「こちら様では超純粋金属がご入用と拝察してお伺いいたしましたので……私どもに納入させて頂けませんでしょうか」

「ちょっと待ちたまえ！」

沖がさえぎった。「あなたは、自分のいっていることが判っているんですか？　超純粋金属と簡単にいうが、われわれの必要なものがどんなもので、どのくらい大量にいるか判っているんですか？」

「よく存じております」立ったまま、微笑して青年社長はしゃべりはじめた。「こちらでお使いになるのは一般に実感装置と呼ばれている弱い超音波刺激による疑似感覚生起現象コントロール回路のためでございましょう？　刺激パルスの強度および位置は厳密に計算されなければならず、そのためには超純粋金属の特性を利用するのが効果的な方法です。それも、一般に出まわっているティーン・ナインクラスよりも純粋なものを使わなければ的確な刺激は出来ません。超集積回路群と連絡するためにはまず超純粋の銅を――」

「やめてくれ!」沖が、周囲を行き来する人々を見まわして叫んだ。顔色はまっさおで、じっとり汗がうかんでいた。「それ以上は……こんなところで喋らないでくれ」

「お判りいただけたら結構です」青年はまた頭をさげた。「ところで、私は万国博協会に参りまして、こちら様の出展計画の詳細をお聞きしました。それで一応、万博用の実感装置に必要な超純粋金属の種類と数量を計算してみましたが……これでよろしゅうございますか?」

出された紙片を、豪田は手にとった。その端をつかんだ沖の手はこまかく震えだした。

「ぴったりです」沖はしわがれた声を出した。「加工歩留りから見た余分を入れて……こちらの目算どおりです」

「わかった」

豪田は三津田昇助をみつめた。「たしかによう調べなはった。そやけど、現物の入るあてがのうては、絵に描いた餅やな」

「現物はございます」

「なに?」

「車に積んで、こちら様の地下駐車場に入れさせて頂いております。ごらんになってくださいますか?」

いわれるまでもなかった。豪田たちは青年につづいて、支社の地下にあるガレージへと降りて行った。

うすい緑色に塗られた駐車場の、その隅のほうに三津田商事としるされた大型の電気トラックがとまっていた。

青年はほろをあけた。

「ごらんください」

沖が、つかみかかるような勢いで、薄いステンレス・スチールの箱をあけると、プラスチックに包まれた細い棒をつかみあげ、しばらく信じられぬようにみつめていたと思うと、今度は別の箱をあけ、ぎっしりつまっている透明球の、その中にある白い針金を灯にかざした。

「本物だ!」沖は叫んだ。泣いているような声であった。「テストするぞ。テストしてみるぞ。しかし……銘柄は入っていないがこれは本物だ! 規格どおりの包装だ!」わめきだした。「これが……この車に積んであるのがみんな超純粋金属なのかァ?」

「そのとおりでございます」青年は表情ひとつ変えずに答えた。「すべてお求めのレベルのもので——数量も、先程お見せしたものの通りでございます」

豪田は、まだ茫然としていた。夢を見ているような気分であった。こんなにあっけなく……こんなに簡単に……それもこれだけの量をどうして?

「お買いあげいただけますか?」青年が訊ねた。

「いかがでしょう」

「品質保証は?」

支社長が口を出した。「これにはメーカー名がしるしてありませんね。たしかなものなんでしょうね？」

「それはまちがいございません。何でしたら全テストに立会います。規格はずれがあったらいつでもキャンセルして下さって結構です。契約書も交換いたしましょう」

「条件は？」やっとのことで豪田はいった。「条件をいうてみ」

「六億一千万円」青年は果物でも売る調子でいった。「これは財閥系列間特契価格のほぼ五倍でございますが、現在超純粋金属は品薄でございまして。そのかわり、翌月起算の七カ月手形で結構です。……これ以上は一歩も譲歩するわけにはまいりません」

「む――」

豪田の頭脳は全速で回転をはじめていた。条件としては悪くない。覚悟していた半値で超純粋金属が入るのだ。もっと待てばさらに安いものがみつかるかもしれないが、万国博に間にあわせるには、もう予算枠を固め原材料を入れて建設にかからなければならない時期に来ているのだ。あとわずか六百日あまりしかないのである。それに、手形のサイトが七カ月というのも、今の場合としてはこれ以上は望めない。

だが、七カ月後つまり来年の三月一日といえば、資金計画からみて、もっとも苦しい時期なのだ。そこへまとめて六億となれば、へたをすると不渡りになる可能性があった。会社の資産を換金しようにも、すでに抵当権が設定されている。豪田は万博関係の支払いを、工事だけは先にやらせてから、のばせるだけのばすつもりだったのだ。

(何とかなる)突然、豪田の中にはげしい気力が溢れて来た。(そのくらいは何とかなるはずだ。銀行からあたらしく借りることはむつかしくないはずだ)

たしかに豪田の心には、まだ相手に対する疑念は残っていた。どうしてこれだけのものを仕入れることができたのか……なぜうちへ持ち込んで来たのか……しかし、ここにこうして安い超純粋金属があることはまぎれもない事実である。

見逃す手はないのだ。ここが勝負のしどころなのだ。こいつを使って、一挙に万国博の仕事を押し進めるのだ。突進するのだ。自己の経営者としてのカンにすべてをゆだねた豪田は、にやりとするとまっすぐに三津田昇助をみつめて、叫ぶようにいった。

「よし、買うた!」

5 会場

列車が名古屋に近づくと、山科信也はコンパートメントの隅に置いてあった設計図や資料の類をしっかりと包み直した。これから名古屋駅で車をつかまえて安城の万博会場へ行き、そこですでに大阪レジャー産業展示館の工事にかかっている建設会社の連中と打合せをし、夕方までには東京へ戻らなければならないのである。

「列車はやっぱりコンパートメントに限りますわね」カーテンをあけて出て来た未知がいった。

「この味をおぼえたら、飛行機なんて殺風景で、乗れなくなるわ」

「――まあな」

山科はうなずいたが、それ以上は何もいわなかった。

疲れていた。途方もなく疲れている感じであった。大阪レジャー産業と契約してこれで十カ月あまり、今ではときどき山科は、ふっと後悔するときがあった。仕事量が多いために次から次へと追いまわされ、そのためにいかにも働いているような感じであるが、そのくせ、一件あたりの報酬はたいしたことはないので、利益はほとんど出ないのである。といって、手を抜こうものなら、たちまちよその、同じように大阪レジャー産業と契約しているところに仕事を奪われるのは目に見えていた。

しかも、大阪レジャー産業の仕事をやっているということで、それまでにはちょくちょくあった財閥系会社の注文は目に見えて減っていた。いや、かりにあったとしても、今の山科たちには、とてもそれだけの時間の余裕は生みだせなかったであろう。

だが、やり抜かねばならないのだ。伊達や酔狂でプラニング・センターを経営しているのではない以上、今のスケジュールを消化しつづけ、うまく利益をあげるチャンスを狙いつづけるほかはないのだ。

「出ようか」

山科が立ちあがると、未知がうなずき、福井が荷物を手に持った。そういえば福井は東京を出てから、ほとんど口をきいていない。おそらく何か考えごとでもあるのだろうが……しかし、今の山科は、そうしたことをいちいち気にはしていられなかった。

「いたわよ！」

ホームに足を踏みおろしたとたん、かん高い声がして、山科の前に、白い服を着た十名ちかい女たちが走って来た。

山科はどきりとした。

家庭党だ！

家庭党の、反省促進員なのだ。

きっとシン・プラニング・センターへ問いあわせて、この列車に乗っていることを強引に聞きだし、こちらへ連絡して出動させたのに違いない。

〝告発〟されて以後、山科は一週間に一度はかならず家庭党員たちの、反省促進員と称する連中に襲われていた。仕事のさいちゅうであろうと眠る直前であろうと、そんなことにはお構いなしであった。彼女らは、山科が反省して良き夫になると誓い、入党するまでは決してやめないつもりらしいのである。

「山科信也さんですね？」ひとりが行く手をさえぎった。「あなたはベターハーフを棄て、家庭党を侮辱したことで告発されています」

別のひとりが横あいから飛び出して来た。

「あなたの名前は党の機関紙にも載せられ、あなたは家庭党にボイコットされています。反省しなさい。あなたは反省しなければならないのです」

山科はその間をすり抜けた。

「逃げるのですか！」

「いい加減にしてくれませんか」山科はふりかえりざま叫んだ。「ぼくの妻は今何をしているか知っているのですか？　監視員ですよ！　万博を監視するとかいう、おえらいさんなんだ。何がベターハーフですか！」

「そんなことは関係ありません」ひとりがまたそばへ走って来た。「あなたが告発者名簿に載せられている以上、わたしたちはあなたに反省をうながします。あなたは――」

「やめてくれ！」

山科は大股に歩き出した。少しはなれて見ていた未知と福井が、小走りについてくる。

「待ちなさい」

声を背後に聞きながら、山科はエスカレーターに乗り、そのまま駅の裏口へ出て、建設会社がまわしてくれた車に乗り込んだ。

「工事は順調です」建設会社の社員は、ぐんぐんとガス・タービン車のスピードをあげながらいった。「あなたのところで図面を引いた部分は、スケジュールどおりに進んでいます。ま、ゆっくりと現場をごらん下さい」

ハイウェイにそった右側には、九月とはいえまだ眩しい陽を受けて、万博会場へつながる自動管制道路の建設が進んでいる。そればかりか、ほんの一カ月前にここへ来たときにはまだ見掛けなかった粗末な組立式の建物がいくつも並びはじめている。

「ホテルですよ」と建設会社の社員は説明した。「例のいちばん経費のかからない、コイン・ホテルというやつです」

やがて車が安城の会場に近づくにつれて、いろんな大型トラックやバス、それに電気貨客車が増えて来た。汚れきった車体にびっしりと荷物や人間を詰め込んで、狂ったように走って行く。

「工事はいよいよ、突貫の段階に入ったという感じでしょう?」

建設会社の社員は車の速度をおとし、工事のために作られた簡易ハイウェイを大きくカーブをえがきながら進めて行った。「どうも今度の万国博は、とてつもなくクレージイなものになるんじゃないですか? だいたい以前に大阪でやったEXPO'70なるものが、協会の不手際が重なった上に、金を集めるのに無理をかさね、それでもいい恰好をしようとしながら、徹底することもできず、結局考えすぎて失敗しましたからね、今回は思いきり派手にやろうというわけじゃないですかね?」

「失敗って——」未知が不思議そうな声をあげた。「あれは成功だったという評価をされているんじゃなかったんですか？」

「学者先生や、選良意識でボケた連中はそういうでしょうね」建設会社の社員は笑いとばした。「でも、わたしにいわせりゃ失敗ですよ。たしかにあの万国博はまじめムードで意識は高いものだったでしょうがね——でも、入場者数はそんなに伸びなかったじゃありませんか。入場者数は万博そのものの値打ちと関係ないという頑固者もいますがね。そんな手合いは、自分だけは偉いと信じているだけで、そっぽを向かれているのを知らないんですよ。どうしてあんなものを作ったんでしょうね」

「多分——その三年前の、カナダ・モントリオール博のせいじゃないかな？」山科が受けた。

「それ以前にショーを中心としたニューヨーク博が予想外の不振だったうえ、まじめに徹してやたらに写真の多いモントリオール博がおどろくべき入場者を記録したものだから、EXPO'70の担当者たちは万国博とはそういうもので、そうでなければならないという固定観念を持ってしまったんでしょう。しかし、どちらかといえば田舎者で物見高いカナダ人と、見世物ずれしてよほど面白そうでないと腰をあげない日本人をいっしょに考えたのは誤算で、結果としては学者の見方では一流、一般入場者には期待はずれ、ということになったんじゃないですか」

「そういうことでしょうな」建設会社の社員は、前方を見ながらうなずいた。「まあどっちにしろ万国博は見本市じゃないんですから、無条件に印象がすっと入ってくるものでないとね。

頭でっかちでもだめだし——おっと、北ゲートだ」

半分できあがった彫りの深い凱旋門を抜けると、車は会場の中へ入った。掘り返された土や、積みあげられた資材や、建設準備のための移動簡易ビルの中にすがたをあらわして行くそうしたパビリオンが、ゆるやかなスロープをえがく四百万平方メートルの敷地に散らばっていて、それが車が進むにつれ、右や左に見えてくる。

会場の周辺部、広大な面積を占める各国館や海外ビッグ・ビジネスの展示館は、中心部の完成とともに、ようやくその全容をあらわしはじめていた。

ドラムのような形の、総工費邦貨で二百億円と伝えられるGEの雄大な建物は、初秋の光の中、はやくも外装にかかっている。この内部には、最近ようやく量産ルートに乗ったといわれるブレノイド回路を使ったロボットのショーがおこなわれるという話であった。

つづいて、無数の針金を円錐状に組みあわせたデュポンの展示館が見えた。真正立体映画と合成材料を使って内部にはひろびろとした本物そっくりの森林風景を作り出す予定のはなやかなその構築物は半完成の姿を見るだけで、人間の作った文明の可能性と怪物性をうかがわせるのに充分であった。

つづいて奇怪な、高さ三百メートルもある、老人が腰をまげたような形の建物があらわれて来た。アメリカのレジャー機器メーカー合同館で、ここにはありとあらゆる最新装置を使って、一度入ったら出るまでにすっかり身体も心もリフレッシュされるという説明がなされているが、さて、その内容の具体的なメカニズムとなると誰も正確にはつかんでいなかった。

こうした超特大のパビリオンの群を過ぎると、やがて、日本側の展示館の建設現場にやってくる。年々大きくなるパビリオンの常識に反して小さな敷地を申請したそれらの建物は周辺部の巨大な展示館とくらべると、ひどくささやかで、こじんまりとして見えた。

しかしながら、こうした小型展示館はおそろしく手のかかった、きわめて精巧な印象を与えるように設計されている。規模で競争したら勝負にならない日本各企業の、質で行こうという姿勢が、あきらかににじみ出ていた。ほかにも日本としてはテーマ館やその他サービス施設を作らなければならず、そっちは思いきり立派なものにしてあるのだから、これだけで充分といえないこともないのである。

「とにかくわれわれのほうは着工がおくれましたからね。急がなければ」

しゃべっていた建設会社の社員は、不意に身体をのりだすと、車をとめた。

すぐそこに、大阪レジャー産業の敷地が見えていた。

が、その建築現場には、十台ほどの車と、三、四十人の男女がむらがって、何ごとかを技師たちと話しあっているのだ。

「どうしたんだ！」こちらのほうへ走り寄って来た男に、建設会社の社員は訊ねた。

「工事をストップして、いったい何をしているんだ？」

「監視員ですよ！」

「監視員?」

「万博監視員ですよ!」走って来た男は顔をしかめた。「あなたが出てすぐ、うちの現場へまわって来ましてね、みんなを呼んで、やれこの材料はどこから入れたかとか、一日にどのくらい働くかとか、根ほり葉ほりうるさく訊くんです。おかげで工事は完全にとまっちゃったままです」

「気違いめ! このだいじなときに、ど素人のくせしやがって!」

社員は車を降りた。山科たちもそれにつづいた。

「やめてください」男は手で制止した。「ご機嫌をそこねたら大変ですよ! 何をいいだすかわからない連中です。けんかだけは……」現場に目をやってほっとしたようにいった。「ああ、やっと終ったらしいです」

男女の群は図面や資料らしいのを手に、ぞろぞろと動きはじめていた。

車をはなれて現場へ近づく一行と、その男女がすれちがおうとしたとき、山科は思わず呼びかけていた。

「紀美子!」

万博監視員の中、紀美子は白い顔をゆっくりとむけた。

(何という奴だ!)山科の腹に、かっと怒りがこみあげて来た。(家庭党に入ってセンチメンタルなものを書こうが、万博監視員になろうが勝手だが……しかし、こんなところまでわざわざ邪魔をしにくることはないじゃないか！）

「紀美子」山科は妻に叫んだ。「ぼくがここの仕事をしていることは知っているはずだ。これは……いやがらせか？　あてつけか？」

が。

紀美子の表情はかわらなかった。怪訝そうに山科を眺めていたと思うと、ゆっくりといった。

「いまのわたしは、もうあなたとは何のかかわりもありません。わたしは家庭党のための、万国博の監視員です」

いうと、そのまま、監視員の群とともに、車のほうへ歩きだしていた。

「待て！」

「やめて」未知が、追おうとした山科の腕をしっかりとつかんだ。つかんだまま、泣きそうな声でいった。「いや。チーフがそんな……あの人のあとを追うような、そんな未練たらしい真似はいやです！」

だが、山科には聞えなかった。

あれは、他人の目だった。

あれは、山科が自分の夫であるということを事実としては知っていても、何の感情も持たない顔であった。

紀美子は、あんな女ではなかった。もっと感情的な、もっとべたべたしたところのある女だった……あれは、紀美子ではない。違う心を持った紀美子なのだ。

まだ未知に腕をつかまれたままの姿勢で茫然としていた山科は、このとき、じっとこちらをみつめていた福井が、突然薄笑いをうかべたのに気がついた。

「悪いですけど」福井はいった。「ぼくはやっぱり、シン・プラニング・センターをやめることにします」

「なに？」

「福井さん、あなた……」

「この間から、ぼく、大阪レジャー産業に入らないかって豪田専務に誘われていたんですよ」

福井は悪びれず、つづけた。「でもいまぼくが抜けたらセンターが困るし、場合によってはチーフを使う立場になるかもしれないので迷っていたんですが……でも、やはり実力を思うぞんぶんふるえるところがいいですからね」

それから、微笑して、つけくわえた。

「でも、今月いっぱいは働きますよ」

6 影

二十四時の、ランプが明滅し機械類が鳴る朝倉ルームの会議室であった。

さきほどから、交話器や携帯計算機の散乱する多層天板の大テーブルをかこんで、討議に疲れはてた二十名ちかい男たちは黙りこくっていた。

正面にいるのは朝倉遼一。

その両側に、万博反対派のビッグ・タレントが五名。

あとの人々は、主として朝倉ルームのマネージャーたちであった。

本来ならこんな時間には、ビッグ・タレントたちはもとより、ルーム員たちのほとんどが眠りについているはずである。

しかし、今は非常の集会であった。誰もかれもが睡眠時間をさいて、ここに列席しているのである。

「わからない」朝倉ルームの筆頭マネージャーが、沈黙にたえかねたように、またつぶやいた。「どうしてこう奇妙なことがつづくのでしょうか。家庭党の転向にしたって、そんなことはあり得なかったはずなのです。それに、転向以後の家庭党は、おそるべき強力な組織に変質して行っています」

別のマネージャーがうつむいたまま応じた。「――仕方がないかも知れんな。……もともと家庭党というのはヤヌスのようなものだった。革新勢力か保守勢力かわからぬところがあった。……所詮は、あれは生活共同体なんだ。都合のいいほうに転ぶのが当然だ」

「それに、この三月をさかいとして、万国博の準備が、にわかに強力なかたちで進みはじめた」

ビッグ・タレントのひとりがいった。「客観情勢から見て、出展はむりではないかと思われた会社まで、今では着々と建設にかかっている」

「そう……そして、その度合いは、財閥系列企業において、ことに顕著だ」

筆頭マネージャーが、きっと目を宙にむけた。「どうも、私どものルームの統計では、この夏から秋にかけてあぶないと思われた日本企業群が、何だか、立直りはじめたように見えるんです。こんなことはあり得なかったはずなのです」

「でも、事実でしょう」よそのルームの筆頭マネージャーが、低い声でいった。「たしかに、何かがおころうとしているのです」

「問題は、それは何か、ということだ」

「その通りです。しかし、それがまったく判らないのです。そして、私たちの反対運動は、このわけのわからぬ影のようなものによって、しだいに押し潰されようとしているのです」

「何かが、日本全体を動かそうとしているのだ」

ビッグ・タレントのひとりが重い声を出した。「われわれはそれが何であるかを知らない。が、その力は感じることができる」

「われわれはどうすべきなのでしょうか」マネージャーのひとりが、朝倉遼一の顔に目をむけて訴えた。「先生、これはどういうことなのでしょうか。われわれはこれからどういう手を打つべきなのでしょうか」

一座は、はたと沈黙した。それは、ビッグ・タレントの返事を待つ沈黙であった。

それまで黙然と腕を組んでいた朝倉遼一は、横顔を灯に照らされながら、顔をあげた。

「われわれの運動をおびやかしているものが何であろうと」

朝倉は底力のある声でいった。「われわれはつづけねばならぬ」

7 監視員総会

ドアを押してシン・プラニング・センターに入ると、未知がただひとり、静電印刷機にむかっているのが見えた。

「おはようございます」

未知はこっちに目をやって手をとめ、髪をかきあげた。「今まで大変でしたのよ。映話はじゃんじゃんかかってくるし、専門家からはスケジュールをどうするのか問いあわせてくる。トヤマビルは家賃の支払いについて苦情を並べにやってくる……おまけに、家庭党の反省促進員まで入って来て……」

「すまなかったね」

「いいんです」

未知はかすかに微笑した。「ゆうべもおそかったんでしょう？　チーフは疲れているんだわ。

たまにはゆっくり休まなければ」

山科は微笑を返し、考えながら自分のデスクについた。

疲れている……か。

たしかに自分は疲れている。疲れて、もう何をしようという気もない。できることなら大阪レジャー産業との契約を破棄して、思いきり手足をのばしてみたかった。豪田の手前勝手な要求に応じて走りまわり、自分のセンターのスケジュールさえ立てられないような、こんな毎日はもうたくさんだった。

だが、今となってはそれさえも不可能なのだ。今、大阪レジャー産業と手を切ったら、たちまち仕事がなくなってしまう。何度も足をはこべば以前の顧客をもう一度つかめるかも知れないが、その前に山科たちは餓死してしまうことだろう。

やるほかはないのだ。いくら仕事をしても息がつけないこんな状態でも、開店休業になるよりどれだけましか知れない。そう思わなければならないのだ。じりじりと大阪レジャー産業に食い潰されていくような感じのこんなありさまでも、シン・プラニング・センターが存在しているだけ、まだいいとしなければならないのだ。

「チーフ」

未知がいった。「さっき、映話があったんですけど、豪田専務がここへやってくるそうです」

「豪田が?」

山科は眉をひそめた。「きのうの夜中までパンフレットの打合わせをやったところだというのに……何の用だろう」

「監視員総会ですって」

「え？」

「万国博監視員の総会ですわ」未知は眉をすくめた。「今日の総会はきのうからはじまっていますけど、けさになって突然、大阪レジャー産業の出展内容について説明してほしいという要請があったんだそうです。豪田専務は総会にわたしたちをつれて行って、チーフに説明させるつもりでいますわ」

「契約外の仕事だな」

「ええ……豪田専務もそのことはよく知っているらしく、この程度のこと、サービスしてくれてもいいだろうといっていましたわ」

「この程度のこと？　監視員総会で説明することがかね？」

山科は鼻を鳴らした。「何を説明するのか知らないが、大阪レジャー産業には専門家がたくさんいるし、沖という立派な技師長さえいるんだよ。監視員総会なんて、そんな連中にまかしたらいいんじゃないのかね」

「わたしにいっても、どうにもなりませんわ」未知は上目づかいに山科を見ると、静電印刷機の仕上げボタンを押した。「有無をいわせない例の調子だし……それに、きょう説明するのは脳刺激テープに吹き込むことになっている内容のことだというんです。それならわたしたちの領分でしょう?」

「まあ、そういうことだな」

「わたしこれでも、ずいぶんチーフを探したんですのよ」

未知は呟いた。「でも、このごろチーフは毎晩違うところを泊り歩いているんだもの。みつかるはずがないわ」

「もう少し早く出てくればよかったんだが……どうもすぐに起きる気がしなかったんでね」

山科は弁解した。「しかし、豪田という男にはデリカシーというものがないのかも知れないな。大阪レジャー産業の前で告発状をばらまいて首でも吊ってやったらどうだろう」

「むだですわ」

未知は力なく笑った。「そんなことをしたって、あの豪田専務、何も感じないにきまっているわ」

そこで、目をドアのほうへ向けた。

「あら、そのご本人かしら」

同時に、ドアが開いた。

が、入って来たのは豪田ではなく、福井宏之だった。福井は大阪レジャー産業に引き抜かれてから、豪田の万国博に関する秘書のようなことをしているのである。

福井の姿を認めた瞬間、未知の頰に微妙な影のようなものが走った。それが軽蔑なのか嘲笑なのか。それとももっと別の感情によるものか、山科には判らなかった。

「用意はできていますか？」

福井は、部屋の雰囲気には構わず、事務的にいった。「急いで出て下さい。下で、車に乗って、豪田専務が待っておられるんですよ」

「豪田専務はここへ来られるということだったが……そうじゃないのかね？」

「そんな暇があるものですか」

福井はそっけなく否定した。「本郷の会場へ行く途中トヤマビルの前を通ることになるので寄っただけです。それだけでも専務にとっては大変な好意なんですよ……本当に急いでくれませんか？　駐車券は十五分ぶんしか買っていないんですから」

それからぐるりと部屋の中を見渡した。「本日説明を求められているのは、脳刺激テープの内容ですからね、そのぶんの台本と、予備のために資料を適当に判断して持って行って下さい。そこの棚にあるでしょう？」

「さしずは受けないわ！」

未知が叫んだ。

「そうですか」

福井はひとりせわしなげに頷いた。「それじゃ待っていますからね——山科さん」

「相変わらず、みごとなものね」

福井が出て行くとすぐ、未知がかわいた声を出した。「待っていますからね、山科さん、だって！」

「いいじゃないか、放っておけよ」

山科が制した。「かれの立場としては、あれが本当なんだからな」

「でしょうね。……というより、チーフはいつもそんな風に考えるんだわ」

未知は低くいうと、じっと山科の顔を見あげた。「でもわたし、ときどきそんなチーフが可哀想で仕方のないときがあるの。……ごめんなさい」

いうと、唐突な動作で、紙片を吐きだしている静電印刷機へ歩み寄った。「不完全かも知れないけど、わたし、資料を作っておきました。使えそうなら使って下さい」


ついこの間まで絶望的とさえ思われていた万国博に対する世間の関心は、ここ数カ月でじりじりと変質しはじめていた。反対運動はまだ頑強に続いているとはいえ、人々はどちらかといえば万国博に対し、かなり好意的になって来ているのだ。

それは、あと一年四カ月という、感覚的に把握可能なところまで開催日が迫って来て、万博そのものを商売に利用できるようになったことや、多くの人々が日本人特有の突撃イメージを抱きはじめたことや、そうしたもろもろの事情もさることながら、大部分が監視員制度の効果によるものであった。

当初、かなり難航し紛糾した監視員制度は、家庭党の推薦受諾とともに本格的にスタートし、今では財閥群をバックにした万博協会の手で、うまく軌道に乗せられていた。

いろんな団体から推薦された万博監視員たちは、好き勝手に会場を歩きまわり協会をたずね、世間の万博に対する意見やアイデアを拾い集めて自分の考えをまとめては万博協会に提出する。万博協会はそうしたものの中から傾聴すべきもの、多数が疑問を抱いているものなどを選び出して、月に一回の監視員総会で検討するのだ。自分の意見を協会にとりあげて貰えない監視員は、ともすればそれを世間に発表したがるので、いきおい協会としては検討案件を多くし、総会そのものの日数も長くせざるを得なかった。

監視員総会にはかならず協会幹部が出席した。討議内容あるいは監視員の要求によっては関係企業の担当者、ときには経営者までが呼び出されて、監視員の遠慮会釈のない質問に答えなければならない。もしも説明が不充分だったり筋が通らなかったりして、監視員たちを納得させることができなければ、即座に手直しを要求されるので、各企業の出席者たちは必死だった。

むろん、これには裏があるので、もしも実際に手直し要請決議がなされたとしても、それが出展会社にとって致命的だと判断されるときには、いっせいにその会社の従業員に歎願書を書かせ、手直しがよりすくなくなるようなプランを提出するように各社とも手筈をととのえているし、最悪の場合には政府が救済のための便法を講じる――財閥系企業ではそんな取り決めが内密のうちにとりかわされているのだ。

とはいうものの何にせよ、長い間練りあげたプランを、思いつきや国民のためという口実で潰されてはたまらない。おまけにやり直そうといったって、もうそんな時日は残っていないのだ。各企業の出席者たちは監視員のご機嫌をそこねないように気をつけながら懸命に弁舌をふるい芝居をやり、素人にはわかるはずのないことでも懇切に説明した。その努力と、名士扱いされてなれあい的な感覚を持ちはじめた監視員(推薦母体が本当の意味で万博をひっくり返しそうな人間を選び出すわけは、はじめからなかったのだ)のせいで、全面的な手直しというケースは、まだ一度もおこっていない。

要するに、これは茶番劇だった。馬鹿げた話だった。

しかし、この馬鹿げた制度が、驚くべき効果を発揮していたのである。

人々は、監視員たちが調べあげ探りだしては次々と発表し報告し総会に持ち込んで検討する万博展示物のアイデアや(巧妙にもこのルートが確立するのと時を同じくして、万博協会は自主的に東海道万国博の内容をＰＲすることをやめてしまった)監視員と出展各社・協会幹部の質疑のやりとりに、野次馬的な好奇心をはたらかしたのだ。皮肉なことだが、泡沫のように浮かんでは消えたかつての半素人タレントを追放し、ビッグ・タレントと素人だけしか残さなかった大衆は、いつかそれにも飽き、またもや他人のプライバシーを覗くたのしみ、共通の噂話を求めはじめ——その対象に、監視員を選んだのである。

嗅覚のするどいマスコミが、こうした世間の人々の関心を見のがすはずはなかった。財閥にがっちりと支配されている放送局や出版社や、旧型新興とりまぜての情報産業はもとより、朝倉遼一たちの万博反対キャンペーンを流しているところでさえもが、扱いかたこそ違え、万博監視員を餌にしはじめたのである。かれらは、監視員の動きや発言を報じ、分析し、場合によっては自分でつかんだ万博関係のニュースまでも提供し、さらに、人々がもっと興味をいだくように、監視員どうしを比較し、優劣を論じてあおりたてた。

いつか人々は、万博監視員をあたかも競争馬のように考えだしていた。そしてそれはそのまま監視員たちの意識にしのび込み、監視員たちは互いに競争をしはじめるようになった。もともとどの監視員もどこかの団体から推薦されているのだ。監視員を出した団体の成員が自分たちの代表を応援し資金カンパまで敢行するということもあって、監視員たちは何とか他の団体から推薦された連中を凌駕しようと——綿密な調査報告とそれへの疑問の提出、企業からの出席者をいじめるやりかた、出展物のアイデア紹介やすっぱ抜き、万博全体のエキセントリックな意見の発表、さらにはセンセーショナルな行動などの、毒にも薬にもならぬ面ではげしく競いあった。万博監視員とはいうものの、実質はもはや万博を監視し規制するどころか、万博を利用して世に時めこうとする一群にかわりはじめていたのである。

つまり、監視員制度の狙いは図にあたったのだ。

なぜなら、全国を走りまわる二百名あまりの万博監視員が、いつの間にか万博の本質に対する人々の疑念を別の方向へそらし、一般の人心を万博そのものにひきつけ関心をかき立てていることは、今ではまぎれもない事実だったからである。

そしてその総会も、すでに七回をかぞえていた。


本郷にある総会会場は、もともと学会などのために設計され、建築されたものである。天井の高い大ホールの壁には、教会にも似て細長いステンドグラスを嵌め込んだ窓がいくつも並んでいるが、それらは勿論この種の建物の場合と同様に、人工窓にすぎなかった。天然の日光とは何のかかわりもなく、二十四時間同じコンディションになるように、いつもほのかな光を洩らしているばかりだ。

窓ばかりではない。

建物の目的に沿うように、五百名の定員の出席者用の座席には、発言のためのあらゆる機器設備がそなえられ、その正面には正方形のスクリーンがふたつかかげられていた。説明する者と、質問する者のために、それぞれ一面ずつ確保されているのだ。

スクリーンの下方右手には、斜めに座席に向いた説明台がおかれ、その対称的な位置には司会者のためのボックスが作られている。そして、それらすべてを圧迫するように、傍聴人のためのフロアーが、半円形となって座席の上にかぶさっているのだった。

お義理のような拍手に送られて、前の番の日本橋金属の社員たちが説明台を降りると、すぐに議長が呼びだしをはじめた。

「ではつづいて、討議案件第百二十四号、大阪レジャー産業の出展物に関する質疑をおこないます」

「さあ出番や」

豪田が、山科の背をつついて妙に押し殺した声でいった。「あんばい頼むで。ここで失敗したらわしらはおしまいや。あんたのところもおしまいや。一蓮托生やねんさかい、しっかり頑張らなあかんで」

(嘘をつけ)

みんなと一緒に金属製の、数段しかない説明台の階段を昇りながら、山科は腹の中で呟いた。たいていのスポンサーがそうであるように、大阪レジャー産業もその運命を山科だけに委ねるなどということのあるはずはないのだ。たしかに今ここで監視員たちをうまく納得させることができなければ、大阪レジャー産業は万博出展に訂正を加えられ、それはそのまま金銭的な損害となって跳ね返ってくるであろう。その場合に財閥系企業ではない大阪レジャー産業に対し、政府や財界から救済の手が差しのべられることはまず望めないのも事実であろう。

だが勿論、とうに豪田はそんなことを読み取って、二段、三段構えの手を打っているに違いない。失敗の全責任をシン・プラニング・センターにかぶせて、今までの経費を取り返しにかかるなり、別の方法でもう一度説明を試みるなり、そんな方法は用意されているはずなのだ。

それを、いかにも山科ひとりだけが頼りだという風にいい、逆に脅迫するような態度をとるのが、豪田のような連中のやり口なのである。利用しようとするだけで、決して信頼したり協力しようとしたりはしないのだ。

ただ、ひとつだけはっきりしていることがあった。それは、ここで失敗すれば、山科自身の破滅は必至ということである。おそらくいろんな企業の連中、多くの同業者が、この総会のようすをテレビで見るなりあとでニュースで知るなりすることであろう。ここでみごとに監視員たちをまるめこまない限り、シン・プラニング・センターの山科信也は職業的生命を絶たれることになるのだ。素人相手に意見を通せない人間を、誰が専門家と認めるだろう。あざやかに、それも説得技術の持主らしくやってのけなければならないのだ。

しかし、本当のところ、今の山科には自信がなかった。もともと山科の身上は、事前に調査を押し進めデーターをそろえた上で実戦にのぞむところにあるのだ。今度のように何の準備もなく――たしかに未知はできるだけのことをして資料を作っておいてくれたが、それは山科の目から見ればまだ不完全で、だいじなところがかなり脱落していた――事にのぞんでは、いい結果が得られるはずがないのだ。「ここへ来る車の中の話では、監視員総会はきのうおそくになってから大阪レジャー産業のことを取りあげて検討し、きょう説明に来させるという結論を出したらしいが、その具体的内容がどんなもので、問題点は何かということは、何ひとつ判らないのだ。監視員総会などというものを重視していなかったせいもあるが、かりにその気になったところで今のように人手が足らずその上豪田ペースで追いまくられている山科には、情報をつかむ時間さえなかったはずである。

ふと、これは陰謀ではないかという疑念が山科の胸のうちに湧きあがって来た。以前から豪田はシン・プラニング・センターを自分ひとりの手に握ろうとしているふしがあった。それも、何の援助をおこなうわけでもなくセンターを大阪レジャー産業に隷属させることで家畜のように使おうという意図がはっきりと見えていたのだ。そのためにはこれは絶好の機会ではないか。山科のやりかたを熟知している福井が献策し豪田がそれを採用して、ろくに調べる間も与えず……。

が。

説明台の席についた山科は、そんな意識をたちまち心の中から追い払っていた。ライトがどっとかぶさって来たのである。

眩輝の中、いまや目の前にひろがる傍聴席は、目のない蛇、底なしの沼であった。押し黙る斜面であった。

そして監視員席。監視員席もまた、不気味な沈黙を守っていた。が、それは傍聴席のような、ただ聞くだけの存在ではない。山科たちを餌食にして何とか自分の存在を他人に認めさせようという、舌なめずりする怪物である。スクリーンに投影する必要上かれらの席にはすべて小型スポットライトが仕掛けられており、そのうちの幾人かは、はやくも発言の意思表示として、闇にうかぶ人魂のように、ライトで自分の顔を照らし出していた。

議長が指名の代りに席番号のボタンを押すと、そのひとりの貌が、正面左手のスクリーンに引き伸ばされて映った。大時代な形の眼鏡をかけたむくんだような顔の中年男である。

「日本教育者連合推薦の高田良介」と男は名乗りをあげた。傍聴席の、日教連のグループとおぼしい人々が拍手を送った。「早速質問させていただきたい。あなたがたは東海道万国博に、実感装置を中心とした展示をおこなわれるそうですな」

男は声をはりあげた。自分の博識を見せなければならないからである。「実感装置とは超音波刺激による疑似感覚生起現象のコントロール回路のことだと聞いてます。この装置を万国博に使おうとしている企業はむろん大阪レジャー産業だけではありません。日本興業機械や東洋プレイランド機器も、それから海外からも出展が予想されていますが、実感装置そのものを中心にして出品するのはあなたのところだけです。聞くところによれば万国博は見本市ではない。それなのに実感装置中心で出品するのには、何か理由があるのでしょうね?」

議長がいった。

「説明を願います」

豪田が山科の腰を突いた。

「やるんや」

山科は立ちあがった。立ちあがるとき、未知の顔が見えた。白い、不安にみちた顔。

同時に、自分の顔が、正面右手のスクリーンにうかびあがるのを、山科は感じた。やるほかはない。

もはや山科の心の中には、シン・プラニング・センターのことも豪田のこともなかった。念頭にあるのはただ、説得技術者としての自分だけであった。

すでに山科は計算を完了していた。もともと説得技術は攻撃用のもので、受身の場合、しかも多数を相手にしたときに使えるのは、相手の言葉に乗っかってついて行き結局こっちのいいぶんを通す〝ハイウェイ〟、いちいち正確に応答してしだいにじりじりさせ主導権を奪ってしまう〝ハードル〟から、スピーディに相手を制して一手一手決めて行く〝阿修羅〟までの四つか五つしかないのだ。そのうちでも〝阿修羅〟は素人相手に好んで使われる一番派手なやりかたなので、この場合もっとも適当であった。

「お答えします」

山科はスクリーンに映った自分の大写しから目をそらすと、冷静にいった。「私たちは、むしろよその会社が、なぜ実感装置中心で行かれないのか不思議に思うくらいです」

傍聴席が、ざわついた。山科は片手をあげて制すると、続ける。「私どもは実感装置を商品として展示するのではありません。現実には体験し得ない夢や空想を体験していただくための設備として出品するのです。その内容に自信があるからこそ、なるたけ一度にたくさんの方にたのしんでいただこうと思うからこそ、大劇場のほとんど全部を、実感装置で占めたわけです

——ほかに、ご質問は?」

「体育連盟推薦、伊賀原貞夫」

またひとりが発言した。「その夢とか空想とかの内容は、具体的にはどんなものなんだね?」

「それはひとつの物語です。伊賀原さん、でしたか、あなたはアラビヤンナイトをご存じですか? あの中の、シンドバッドの航海に似たものとお思い下さい」山科は台本をふってみせた。

「もう本も出来ていて、あとは吹き込むばかりですが——要約すると、広い海に帆船で乗り出し、嵐の中や、見知らぬ島に上陸して、さまざまな冒険ののち、故郷へ帰る——そんな筋で、中には魔法で動物にされるときの感じや、すばらしい食物をたべたり、あるいは羽をつけて大空を飛んだり、ありとあらゆる趣向を盛り込んでおります。三十分間の実感コースですが、テレビドラマの比ではありません——ほかにお訊ねになりたいことがありますか?」

「その台本は見せてもらえますかな?」

「印刷して、みなさまにお読みいただきましょう。普通の本ではありませんから、なるべく多くの方に見ていただくほうが、期待が増すというものです。——で?」

いつか、監視員たちはがやがやいいはじめていた。かれらは不満なのだ。こんな風にあしらわれるのは面白くないのだ。

「卒直に聞きますが」

どこかの正規教育コースの大学の教授がいった。「あなたがたはその脳刺激テープの内容が、本物の娯楽になると考えているのですか?」

「むろんです」

「幻覚を見ることが、娯楽だと?」

「娯楽でないとしたら、何ですか?」

山科は皮肉にいい返した。「苦行ですか? 勉強ですか? それとも、功利的なものだというのですか? 娯楽ですよ。広い意味での娯楽——エンターテインメントです。あらゆる芸術が、ひっきょうはエンターテインメントであるという意味において……娯楽だといっていいでしょうね」

「馬鹿をいっては困る」教授は憤然と反論した。「それは実質的には幻想そのものじゃないですか。ありもしないものをあるように思わせて夢に耽溺させ、人間の向上心をなくさせる、そうじゃありませんかね?」

「どんな、たのしみにだって、危険はありますよ」

と、山科。「幻想なんて、ごくごく安全なものでしてね」

「ごまかしてはいけない。それは、逃避ですぞ」

教授は、腕をふりまわす。「あんたのような若い人にはおぼえがないだろうが、かつて日本にも、いわゆるサイケのブームが到来したことがある。幻想的な雰囲気、常識をこえたショックが、日常性を打破するのだという口実で、気違いめいたものが流行した。しかし、それらは何も生み出しはしなかった。単なるブームで終った。なぜか？　なぜなら、そこには何もなかったからだ。幻想とは空虚なもので、実体を持たない。だからだったのだ」

「お気の毒ですが、動脈硬化症状のようですね」

山科は軽く一礼した。「あなたは、エンターテインメントにおける、物質的無償性を無視していらっしゃる。それに、今いわれたサイケ・ブームですが、それが本当のサイケデリックなものだったのですか？　幻想とは定着できるものではありませんし、第一、今度のこの装置がもたらすものは、そんな中途半端なものではなく、独立性を持っているのですよ。どこか日常的でない——という程度のものと、本格的に別世界を構築できるものとを混同なさっては困りますね。ま、一度ごらんになって頂ければ、すぐお判りだとは思いますが——」

教授は唇をふるわせていた。ふるわせたまま、なおもおっかぶせようとしてくるのだった。

「とにかく——それは逃避だ。現実から目をそむけさせるものだ。そんなものを許すわけには行かん」

「お言葉ですが」

山科は今や完全に波に乗っていた。ひさびさに快調な防戦だった。「それではあなたは人間の夢の楽しみを否定なさるのですか？　欲求不満の解消による心の平和を認められないのですか？　抑圧されたエネルギー、歪められた衝動による乱暴、破壊のほうがいいとおっしゃるのですか？」

「――待ちたまえ」

「いいですか教授」山科はおっかぶせた。「あなたは人間の娯楽というものを固定観念を持って見ておられる。違いますか？　はじめてボーリングが機械化されたとき、テレビが普及したとき、人々がどういったかご存じですね？　それから十年たって同じ人々がどういったかもご存じですね？　変るんです。人間の娯楽は日ごとにかわるんです。それをあたらしいもののマイナス面ばかりみつめていては、時代に遅れてしまうのではないでしょうか」

一息ついて、山科は場内を見廻した。「ほかにご質問は、ございませんか？」

誰も発言しなかった。監視員席のスポットライトはすべて消えている。みんな山科のペースに呑まれて、何か文句をつけたいのだがそのチャンスをみつけることができず、心ならずも黙っているという感じだった。

（終ったのだ）

山科は思った。（これで多分パスということになるのだろう。不平はあっても何もできないはずだ。もともと監視員などという、かつぎあげられていい気になっている連中を、あんなに怖れることはなかったのだ）

山科が肩の力を抜いたとき、不意に説明台のすぐ下の監視員席のライトがともり、スクリーンには二十歳か二十一歳ぐらいの青年の顔がうかびあがった。

「私、水耕農協推薦の室井精造です。質問してもよろしいですか？」

「——どうぞ」

山科はこころもち緊張した。水耕農協が丸の内関連企業のてこ入れで再建された団体であることを思い出したのである。そこから推薦されたのがこんな若い人間だというのは妙な話だが、どうせこの青二才、監視員たちの不満を代弁して人気をつかむつもりなのだろう。

「あなたはただいま、脳刺激テープに、人間の知らない夢を仕込むとおっしゃいましたね」室井青年は感情のこもらぬはっきりした口調でいった。「しかし私の知るところでは脳刺激テープに部位別励起パターンを仕込むには、人間のモデルにヘルメットをかぶせて録感させることが必要です。もしもその方法をとらないとすると、全シチュエーションにそれぞれ対応する脳の作用を分析し解明した上で、理論的に超音波のハーモニイを合成しなければなりませんが、それは現在の技術水準ではまだ無理で、生体実験を経ないで強行すると、実感者が発狂する可能性があります。お聞きしますが、あなたはどちらの方法を使うのですか？　人間のモデルを使うのですか、それとも、合成するのですか？」

「……」

山科は一瞬、絶句した。相手の朗読調もさることながら、その内容の的確さにどぎもを抜かれたのであった。

が、いった。

「今のところは、人間のモデルを使うつもりですが」

「とすると、矛盾しますね」室井青年は同じ調子で追及した。「さっき、あなたはこういいました——私どもは実感装置を商品として展示するのではありません。現実には体験し得ない夢や空想を体験していただくための設備として出品するのです——それから、こうもおっしゃいましたね——中には魔法で動物にされるときの感じや、すばらしい食物（この形容は不明確ですが）をたべたり、あるいは羽をつけて大空を飛んだり、ありとあらゆる趣向を盛り込んでおります……そうおっしゃいましたね？」

「——そうです」

山科の額に、ねっとりと油汗が浮かんで来た。青年の引用は一字一句、アクセントに至るまで、山科がしゃべったとおりだった。

「あきらかに矛盾しています」

青年は繰り返した。「あなたの言葉を使うとこうなります。モデルに人間を使い、現実には体験し得ない夢や空想を体験させる……そんなことのできるモデルがいるのですか？」

「待ってください」

山科は叫んだ。「台本と同じシチュエーションを作って似た経験をしてもらったり、催眠状態でその役になりきってもらえばいいはずです」

「前者は作りもので、後者は危険です」青年はひびきに応じるように反論した。「前者を本物らしく思わせるためには、受感者に精神不安定化剤を大量に服用させねばならなくなるでしょうし、後者の場合、催眠効果が受感者に残るおそれがあります。そうですね？」

山科は沈黙した。事実だが——肯定すれば監視員たちはただちに実感装置そのものを排斥するだろうし、といって、否定すれば相手は、ただちに代案を求めるであろう。そして、そんな代案は、まだないのだ。

「どうなのですか？」

青年が突っ込んだ。

山科はめまいを感じた。

完全な立往生であった。何気ない仕草で未知のつくってくれた資料を繰った。もちろんそこに解答が載っているわけはない。時間をかせぐだけなのだ。そのあいだに何か手がかりをつかまなければならない。一秒……二秒……監視員席と傍聴席が騒然として来た。三秒……四秒……もうそれ以上は持ち切れなかった。とにかく一応否定するほかはない。代案を求められたら……そのときにはすべてがおしまいになるのだ。

山科は顔をあげた。

「どうなのですか？」

「それは——」

いおうとした山科の目に、またもや別の監視員がスポットライトをともすのが映った。しかも今度はブザーまで伴っている。緊急動議の合図なのだ。

室井青年が奇妙な表情を浮かべて振りかえったとき、もう正面左手のスクリーンは、これも二十歳そこその感じの魅力的な女の顔に切りかわっていた。

「家庭党推薦、恵利良子」

その監視員はよくとおる、きれいな声で名乗った。「水耕農協の室井さんに訂正を求めます。あなたは故意に不完全な論理を組み立てて、実感装置そのものをも否定しようとしています」

室井青年はなぜか、ひどくあわてているようであった。

「あなたは、なぜ――」

「あなたはまず超音波ハーモニイ合成の段階で有機半導体によるブレノイド使用の可能性を省略しました」恵利良子は微笑をたたえながら目は笑わずに指摘しはじめた。「つづいて引用の部分に挿入句を入れることでその真実性に疑念を抱かせる方法をとり、モデルと人間を完全同一語義として扱い、さらに精神不安定化剤の短時間効果を意識的に脱落させ、催眠効果の消去用慣用句の一般性について語りませんでした。その結果、説明者は理不尽な二者択一を迫られることになっています。そうですね？」

山科は茫然としていた。この女はいったい何者だ？　なぜ実感装置を弁護しようとするのだ？

聴衆がどよめく中、そのふたりの問答はさらに意外な方向へ発展した。

「あなたのおっしゃるとおりですが」

室井青年は簡単に認めた。「しかし、あなたは疑似感覚生起現象コントロールにともなう錐体外路への影響のことは飛ばしているではありませんか。現在の企業レベルのテープの精度では、無視できないパルスの変化を与えるのですよ」

「それは空想の繰り返しの場合のパターンとほとんど同じですわ」

「でも、抑圧された状態へ刺激が供与されるとき、その相関度は低下しますよ」

「その抑圧は第一回刺激においてのみ問題です。あとは使用頻度によってしだいに収斂《しゅうれん》するはずよ」

「一回のみで終るとすれば？」

「全体の部分とすれば、誤差許容範囲の人数ですわ。市場の拡大がその率を連続的にさげて行きます」

「時空間ともに微視的に検討しましょう」

「もうおよしになったら？」

恵利良子が、がらりと語調をかえた。「徹底的討論による結論を出したら、あなた自身への命題と撞着《どうちゃく》するんじゃないんですか？　ね、あなたは、ちょっと説明者をからかったんじゃないの？　軽く追いつめてみるだけだったんじゃないんですか？」

突然、室井青年は高笑いをあげた。

「そういうことでした」と青年はいった。「結論を出すつもりじゃなかったんです。ここは一応、引きさがりましょう」

「ということです」

恵利良子はみんなを見まわし、つづいて山科を見た。「実感装置にともなう危険はほとんど問題になりませんね？　それは使いかたしだいですね？　そうですね？」

「――そうです」

「誰もテレビの裏へ手を突っ込んだり、電気自動車で水の中へ入ったりはしません。そんなことをしなければ大丈夫といった程度で安全なのですね？」

「そうです」

山科はまた答えた。いいたいこと、いわなければならないことを、すべて恵利良子がしゃべっているのだ。

「実感装置はあたらしい娯楽です」恵利良子はつづけた。「今までになかったたのしみを作ってくれます。どんなたのしみでも、作りだせます。本物と少しは違うかもしれないけど、ほとんどかわらない――そうですね？」

「その通りです」

「結構です」

恵利良子はライトを消した。

場内はしばらく、しんとしていた。恵利良子のいったことを飲み込むまでにちょっと時間がかかったからだが、やがて、同意のかすかなざわめきが湧きあがった。恵利良子の言葉によって一度生れかけた疑念は、わけがわからぬままにみごとに消し去られ、消し去られるとともに、実感装置そのもの、大阪レジャー産業のだしものについての期待が、再び湧きあがって来たのである。支持の声であった。成功であった。大阪レジャー産業は、危機を脱したのであった。

だが。

山科はぞっとしたものが背筋を走るのをおぼえながら、まだ突っ立っていた。

信じられなかった。

こんなことがあり得るのだろうか。

室井精造も恵利良子も、あの年で、山科などよりもはるかにあざやかな、はっきりいえばまだ知られていない説得の技術を駆使してしゃべりあっていたではないか。もちろんその内容自体は、山科も知らぬわけではなかった。一応は知識として持ってはいたものの、その場の雰囲気に呑まれてすぐには出て来なかったのである。反論を組み立てることができなかったのである。それを、あのふたりはらくらくと扱い、日常会話のように話しあっていた……ということは、ふたりの知能が、山科のそれよりもはるかに高いことを意味している。山科の今までの経験によれば、そんなことはあり得なかった。あり得なかっただけに、信じ切れなかったのだ。かれらはいったい何者なのだ？　はたして人間なのだろうか。

「終ったで」

豪田がいった。「さあ、このけったいな台を降りよやないか……そやけどほんまにあぶないところやったな。あの若い子が助けてくれへんなんだらえらいことになるとこやったわ。……こうなれば、家庭党もまんざら捨てたもんやないな」

その言葉が、突然、山科に何がおこったのかを悟らせる結果になった。

おしまいだった。

山科自身にとってこれは、全面的な敗北を意味していたのだった。追いつめられ立往生してなぜかは知らないがあらわれた援軍に助けられ、訳がわからずに立ったままやりとりを聞き、それから馬鹿のように相手のいうことにうなずいて……もはや山科を説得技術者として認める者はいないであろう。すくなくとも専門家の間では無能の烙印を押されることであろう。そうなればもう山科は今までの山科ではない。大阪レジャー産業にしばりつけられ豪田に従属するほかに生きる方法のない山科に過ぎないのだ。

「チーフ」

未知が、そっと寄って来た。その目は、すべてを読みとっていた。読みとって、それ以上は何もいえないという目であった。

豪田たちにつづいて会場を出、車の置き場へむかう山科たちの足どりは重かった。

8　拠点

家庭党本部の最上階の会議室での、最高幹部会である。

会議室のようすは、以前とはすっかり違っていた。壁にそってコンピューターの群が並び、その上にかかげられていた原始的な組み替え地図は取り払われて、代りに何千という桝目の中でそれぞれ変色するランプを持った分析盤や、数十のドラムがゆっくりと回転する情報予測警報装置や、派手な色の線が伸縮する積算一覧器などが据えつけられていた。

会議室には党首をはじめ全最高幹部が出席し、それぞれ座についている。

――が。

その人たちはことごとく、深い眠りの中にあった。目はぼんやりと開いてはいても何も見えず、何も考えられない状態にあった。静まり返った部屋の中で、起きているのはいま壁ぎわのコンピューターの傍に立っている三名の若い女だけであった。

そのひとりは恵利良子。

あとのふたりは同じぐらいの年ごろの、恵利良子の推薦であたらしく非公式最高幹部に抜擢されたメンバーである。

「党員の指定商品購買率・八十二パーセント」恵利良子が抜き出したテープをちらりと見ていっ

た。「目標座標点通過」

「家庭党組織Aグループの日本商品選択率・十二月三日現在八十四パーセント」

女のひとりが応じた。「以下、Bグループ七十二パーセント、Cグループ六十五パーセントで、それぞれ促進グラフ$1.8x+2$と合致」

「組織内での海外商品駆逐はきわめて順調」

恵利良子はうなずいて、もうひとりの女のほうに振りむいた。「未組織グループと、他の産業将校の参加・指導グループにおける数値は」

「未組織グループ・任意抽出で投下刺激に比例。累積定数は増加の傾向。他グループについては――平均$1.2x+1$」

「微分すれば他のグループが上？」

「許容範囲内」

「了解」

恵利良子は指を軽く頰にあてると、一秒ちかく考え込んだ。「――排反3、代替2、効果4と6……海外企業マイナス要因の増幅の効用は現段階では限界ね。反復2で、意識下訴求による組織密度のアップ。末端刺激によるグリッド効果の拡大――か」

目をあげた。

「アド走査。投下量の適正配置計算。二十四時間反復で頻度は六分の一」

「了解」

「それから山科紀美子の圧縮比あげてポテンシャル枠拡大」

「現在十一割ですが」

「十四割でEXPOかその一カ月前までは可能。確認」

「他に——全組織化は？」

「産業将校間の、十一月のケースのような衝突でロスが多すぎるわ」

「——対策の要」

「PQTT——AAの型」恵利良子は顔をしかめた。「シグマ不能。命題相互間でエネルギー損耗をともなう現システムではマクロ作戦精度は有意以下。着手には他組織分析にあわせコンバイン法則を発動」

「S—3が応用可能」

「スパーク」

「重積効果のときね」

「実は——二月」

「再訓練？」

「入所十二日」

恵利良子はうなずいた。「蓋然指数は四十五……反転——供与メカニズム最適ポイント保持は不可欠」

「進行」

「あと一分で第二段階」

「はじめましょう」

恵利良子は一般会話体に戻ると席についた。「ここの人たちに、自分たちがどうすればいいかをひとつひとつ教え込んであげなければ」

第三部

'86

1　雪

重い空から、白いものがちらつきはじめる午後であった。

堺市にある仕入先との話しあいを済ませた豪田は、相手の執拗な接待への誘いを振り切って、車をまっすぐ天王寺にある本社へと走らせた。ここで浮かした時間を利用して、一度本社へ戻り、それから第六大学病院の熊岡を見舞いに行くつもりだったのである。

熊岡社長の病状は、今ではもうどうにもならないところまで来ていた。入院してこれで一年あまり、最新の治療法をつくし何度も手術をして持ちこたえてはいるものの、それもすでに限界に達していて、はっきりいえば時間の問題になっていた。いつ容態がかわって危篤になるか、わからない。きょう見舞いに行っておかなければ、もう話しあうチャンスさえないかも知れないのだ。

それに、今なら見舞いに行くだけの時間も、心の余裕もある。

会社は、久方ぶりに好転の気配を見せようとしていた。去年の夏から秋にかけて、日本の財閥系レジャー機器メーカーが猛然と反撃に転じたため、ＡＡＭ、グランドキャッスルやＩＭＣなどの海外企業のシェアがにわかに落ちたのだが、それも束の間、今度はあたらしく獲得した地盤を、財閥系がまるきり同志討ちといっていいような形で奪い合いをはじめ、大阪レジャー産業はその間隙をうまく縫って小まめに注文を拾ってまわり、結果としてはじりじりと上昇線をたどっていたのである。

しかも、そうした状態と歩調をあわせるかのように、いやそれ以上にあざやかに、万国博関係の仕事も軌道に乗っていた。

十一月のあの監視員総会で、家庭党の監視員がどういうわけか大阪レジャー産業の計画をほめあげた結果、人々は実感装置によっておこなわれるショーにひどく興味を示しはじめたのだ。はじめのうちは非財閥系のマスコミがそれも必ずしも好意的とはいえない態度で、実感装置にともなう悪弊を指摘したりしたのだが、それがかえって好奇心と人気をたかめることになった。

実感装置を使えば殺人やセックスの感覚まで味わえるという噂が口から口へと伝えられ、従ってこのあたらしい娯楽設備とそれを大々的に開陳する大阪レジャー産業は、一般大衆の関心の的になってしまったのである。豪田はそうした傾向をさらに強めるためシン・プラニング・センターから引き抜いた福井を使って、効果的な刺激作戦を実施させていた。

いっぽう脳刺激テープの吹き込みのほうも順調に進んでいる。東京でやらせては何かとまずいことも多いので、豪田は山科たちを岡山の内山下プレイランドへ行かせて、そこで沖たちと協力して仕事を進めさせていた。こういう手段をとれば、山科の口から沖の行動についても聞き出すことができる。

実感装置そのものの組立作業も、予想以上のペースで進捗していた。三津田商事が持ち込んだ超純粋金属は、まぎれもなく本物であった。

すでに、その代金六億一千万の手形についても、去年のうちに手当ができている。大阪レジャー産業の主力取引銀行は、日銀や財閥系とは無関係の独立独歩で知られた岡山銀行だが、豪田は時価で評価すると十二億以上になる超純粋金属そのものを担保にして、二月はじめに六億五千万を借り入れる約束を、ワンマンで名高い頭取から取りつけていた。返済のほうは売上の上昇から見ればまず心配はないということを経理部で計算している。

要するに、豪田にとっては、ほっと一息というところなのであった。

しかし——。

本社の玄関に入ったところで豪田は、経理部長の浅川があわてて出迎えに来るのを認めた。

その顔色はまっさおであった。

「専務」

浅川は、まわりに聞えぬよう声をおとしてささやいた。「えらいことです。岡銀から、例の融資を取りやめる、いうて来ました」

「なに?」

豪田は棒立ちになった。

が、すぐにいった。

「——嘘やろ。ええ加減なことをいうな」

「こんなこと、冗談でいえますか？」

浅川は、豪田をひっぱるようにして役員室に入ると、ふるえる口調で説明した。「一時間ほど前、岡銀の大森さんから映話があったんです。それで、何でも頭取がけさになって突然、大阪レジャー産業への六億五千万の融資はやめろといいだしたというんです」

「馬鹿な」

豪田の顔から血の気が引いていった。

そんなはずはない。

あの頭取は、決して約束を破ったことのない人間だ。

それが？

いや、そんなことよりも、もしも六億五千万円の融資が駄目になれば、三津田商事に振り出した手形は不渡りになってしまうのだ。今からでは他の銀行に交渉しているようなゆとりはない。期日は三月一日なのだ。

「私もどういうわけか理由を訊ねたんですが」

茫然と唇を嚙みしめる豪田に、浅川はしわがれた声でいった。「大森さんはいくら聞いても教えてくれないんです。直接頭取と話をさせてもらえんかと頼んだんですが、うんとはいってくれないんです。このままじゃ——」

「もうええ！」

豪田は早口に制した。「この話、社内の誰かに話したのか」

「いえ、まだ誰にも」

「よし」

豪田の目がぎらりと光った。「すぐに土屋に、車を呼ぶようにいうんや」

「岡銀の本店へ行きはりますか」

「行くほかはないわ」豪田は壁のカレンダーをみつめた。「きょうは一月の二十九日、とすると水曜やな。水曜日には頭取はおそくまで銀行にいるはずや。きみも一緒に行くんやから、用意せえ」

「用意はもうしています」浅川は資料を詰めたカバンを持ちあげた。「そやけど、頭取が会うてくれはりますやろか」

「会うてくれるかどうか、やってみんとわからんわい」豪田は荒い息をついた。「会社がひっくり返るかどうかの瀬戸ぎわや。何とかせんとあかんわ」


吹きつけてくる寒風の中、山陽新幹線の岡山駅を降りたふたりは、車で岡山銀行の本店へ向った。予告はしていなかったが、豪田たちは行員にもよく顔を知られている。

酸化チタンと人工サファイアを組みあわせた飾り物を並べる古風な応接室に入ると、すぐに審査部長の大森が出て来た。

「大森さん、殺生でっせ」

地銀の気安さで、開口一番、豪田はいった。「おたくはうちを潰しはる気ですか?」

「悪いと思っております」

「思うてもらうだけではどうもならん」豪田は迫った。「どういうわけです? どうして、融資をストップするんですか?」

「申しわけないが――これは、頭取の命令なんです」大森部長は答えた。「理由も何もなしに、急におたくへの融資はやめろといいだしたものですから」

「――しかし」

「勿論私も、そんなことをすれば大阪レジャー産業がどうなるか、今までの貸付金はどうなるか何度もいって、考え直してくれるように頼んだんですよ」大森部長はためいきをついた。「でもご存じのようにうちの頭取はああいう気性ですから……私どもが何をいったところで聞いてはくれません」

「――なるほど」

豪田は唇を結んだ。「どやろ。頭取に会わせてもらうわけには行かんやろか」

「残念ですが」

「しかし……お店にいてはるはずやが」

「いますが……絶対にお会いしないと伝えてくれといっておりまんので」

「まるで、人がかわったみたいでしてね」

「けったいな話やな」

「ほんとうにおかしな話です」大森部長は声をひそめた。「このお話はおととい確認していただいたばかりです。何故急にうちにそんなにつめたくなったのか、何かあるはずです。何か——というより、この二、三日で何かいつもと違うことでもあったんやないですか。それとも何かおかしなニュースでも入ったんですか」

「さあ」

大森部長は首をかしげた。「そういわれてもすぐには……そういえばきのう、見馴れぬお客様とふたりきりで、だいぶ長い間話し込んでおられましたな」

「見なれぬひと？」浅川はおうむ返しにいった。「どんな人です？」

大森部長はためらった。が、ここ十数年間の知り合いであり個人的にもつきあっていた豪田たちに対して同情も手伝ったのだろう、考え考え話しはじめた。「そうですな。まだ二十歳そこそこという感じの……何でも頭取が東京へ行かれたときに偶然知り合いになったとかいう若い人です。たしか名前は、三津田……」

「三津田？」

豪田の声はうわずっていた。「三津田って、まさか、三津田昇助では？」

「そう、そんな名前でした」

これは……どういうことだ。豪田は唖然として大森の顔をみつめた。たしかにそんなことがあるかもしれない。岡山銀行の頭取が三津田昇助と知り合っても不思議はないが……しかし、その三津田がなぜここへ来たのだ？　しかもここへ来た直後に頭取が融資をことわってくるとは……偶然にしてはあまりに話がうますぎるではないか。三津田が何か大阪レジャー産業のことを喋ったとでもいうのだろうか……だが、それにしても、三津田は手形の受取人だ。金が貰えなくなるようなことをやるわけがないのだ。話が逆だ。逆ではないか。

「専務」

浅川がささやいた。もはや人間の顔とは呼べないほど白かった。「これは……偶然だろうと思いますが……でもそんな名前がいくつもあるとは考えられませんし……実は、さっき私、専務が帰って来はる前にあの手形のパンチ孔を信用流通会社に連絡してどこまで廻っているか、調べさせたんです」

「で？」

豪田は問い返した。もはや、目の前の大森部長などに構ってはいられなかった。「で、どうやったんや？」

「それが……三津田商事は、全然手形を外へ出していないんです。気違いみたいな話ですけど、割ってへんのです」

「……」

豪田はうめいた。手形を廻していないとすればその間資金は寝ていることになるではないか。あんな小さな会社が……そんなことはあり得ないことであった。

だが、そうした奇妙な雰囲気は、折からドアをあけて飛び込んで来た男によってあっという間に崩れ去った。

それは、内山下プレイランドの支配人であった。

「失礼します」

支配人は大森部長に頭をさげた。完全に動顚《どうてん》していた。

「こっちへ来ておられるということで本社から連絡するようにいって来たんです。――専務。さっき、社長がなくなられたそうです。大阪へお帰り下さい」

挨拶もそこそこに岡山銀行本店をとび出した豪田たちは、すぐに岡山駅へ旧式のガソリン・カーをぶっとばした。ついに来たるべきものが来たのだ。それも、ろくろく見舞いにも行けないうちにすべてが終ってしまったのだ。まっすぐ大阪へ戻って義兄の死顔を見ることだけが、残された唯一の対面なのだ。

いや。

いやそれはできない。突然豪田はかっと腹の中に熱いものがこみあげてくるのを感じた。このままでは自分は大阪へ戻るわけには行かない。あの手形の件は未解決なのだ。放っておけば会社が倒れる状態で、どうして社長の霊前に出ることができようか。

「待て！」豪田はわめいた。「車を岡山空港へまわせ！」

「専務！」

「東京へ行くんや」豪田は目を据えた。「とにかくあの三津田ちゅう男に会うてみる。会うて、何がどうなっているのやら、はっきりさせなあかん」

「そやけど……まちがいということも」

「あほ！」

豪田は顔色を朱に染めた。「まちがいでもええ。それはまちがいでも偶然でもええ。そやけどな、きみはさっき、三津田商事がまだ手形を握っているというたやないか。そやなかったんか？」

「とすると」浅川はぞっとしたような表情になった。「その手形をむりやりにでも奪い返すとでも……」

「あほんだら」豪田は顔をしかめた。「交渉するんや。手形の期日をのばしてもらうよう、三津田昇助と交渉するんや！」

夕方に近い東京は、静かに雪を降らしはじめていた。もう一便か二便おそかったら、昔と同じコンクリートの国内線の滑走路は、発着不能になるところだったろう。

シュート・コースターで多層駐車場前広場に出た豪田と浅川は、折よくすべり込んで来たガス・タービン車をつかまえるのに成功した。

「新宿」

ぐん、と加速があった。

十五分とたたないうちに車は新宿のインターチェンジに到着した。

「下へ降りてくれんか」

しだいにはげしくなる雪を見ながら、豪田はいった。「金は出す。頼むわ——乗りかえてる時間が惜しいんや」

さらに五分。

ふたりは、一度か二度来たことのある三津田商事の前に立っていた。急造のプレハブ建築の事務所には、十五、六歳の、複線教育さえ受けることができないために勤めているような感じの背の低い事務員がひとり、すわっていた。

「みんな、仕事にいっております」

うすぐらい事務所の中、少年はぼんやりした口調でいった。「裏の倉庫にまだ誰かいるかも判りません。行きますか?」

いうと、先に立って粗末な造りの倉庫のほうへ歩きだした。

ドアをゆっくりと押しあける。

豪田にとっても浅川にとっても、倉庫の中を見るのはこれがはじめてである。

中を覗きこんだふたりは、一瞬立ちすくんだ。

倉庫の中は、外観には似合わず、塵ひとつなく磨かれていたのである。隅に、梱包が五つか六つ置かれているだけで、壁ぎわには、何に使うのか数台の大型のコンピューターが整然と白昼灯の光を受けて輝いていたのだった。

「誰だ?」

中からひとり、二十五、六歳の青年が歩いて来た。「勝手に中に入っちゃ困りますな。何のご用で?」

「社長は?」豪田は叫んだ。「社長はどこや?」

「社長はきょうから十五日間、休暇をとっております」

「休暇?」

「お休みです」

「……」豪田ははげしく相手をにらんだ。「社長の自宅を教えてくれんか?」

「それは、私にも判りません」青年はいった。「二月十三日に出てこられるまで、連絡の方法はありません」

「馬鹿な……」豪田は唸った。豪田の常識からすれば、そんな会社はあり得なかった。社長がいなくても平気な会社が会社だとは、考えることもできなかった。

しかし、事実そうなのだし仕方がないのだ。

豪田は、自分が絶壁のふちに立っている気がした。どうしようもないのだ。このまま二月の十三日まで待つほかはないのだ。しかも、その日になって手形期日をのばせる可能性があるとは限らないのだ。大阪レジャー産業はいままさに、馬車馬のように破滅にむかって突っ走っているのだ。

「戻ろう」

がくんと肩をおとし、豪田は浅川にいった。「大阪へ戻って……それから対策を考えよう」

浅川が声もなくうなずいた。

倉庫のドアがしまった。あたりは黄昏に包まれ、その中を次から次へとぼろに似た雪片が舞い降りてくる。

その光景は、豪田に、ふっと昔のことを思い出させた。銀青色と、仄かな灯を受けた雪片……子供のころの、何も考えずに遊び暮らすことで済んだあの時代の感覚が……ついで、大阪南部の高校で、はじめて上級生の熊岡と知りあったころの記憶や……ひたむきに、大阪レジャー産業を築きあげようとしていた一九六〇年代末の、冬のある夜のことや……。

「いかん」

豪田は思わず、声を出した。

そんなことを回想していて何になる？　いまはとにかく何とか頑張ることだ。休んではいられないときなのだ。

やるほかはない。

「行こう」

豪田は、あごをしゃくった。

ふたりは、限りなく舞い落ちる雪片に服を飾られながら、黙って三津田商事の前を去った。

夜が急速にすべてのものを包み込もうとしていた。

2　二月(1)

奇妙なことが、おこりはじめていた。

たしかにそれは、奇妙としかいいようのない現象なのである。

ついこの間まで、時間の問題——それも、もうじきだと思われていた海外ビッグ・ビジネスの日本制覇のスピードが、鈍りはじめたのだ。

かつて日本になだれ込んで、市場を席捲した会社や、しばらく情勢を観望していたがどうやら甘い汁が吸えそうだという判断で、尻馬に乗って手を伸ばして来たそれらの会社は、全面勝利とまでは行かないにしても、どうやら日本企業群の大半を制してしまっていた。つづいて持久戦に入っても、それらビッグ・ビジネスは、持前の巨大な資本と、競争によってつちかわれた組織を駆使して、じりじりと、残る日本企業を圧迫しつづけていた。

もうあと一押し——というのが、客観的な見方だった。いま、崖っぷちに立つ日本企業の残党をぽんとひと突き……それで、日本産業は自主性を失い、世界の多くの地域と同様、ワールド・エンタプライズの膝下に屈することになるはずであった。

その追いつめられた羊たちが——予想外に強い抵抗を見せはじめたのである。

あらゆる統計が、海外企業の退潮——とまでには行かないにしろ、伸びがとまりかけていることを示していた。

日本の資本自由化以前に自由化をおこなってアメリカ企業に完全にふみにじられたヨーロッパや、日本以後に自由化を迫られ、じりじりと譲歩しながら、それでも譲歩した分よりもさらに大きなものを加速度的に失っているもとの、中、後進国群にとっては、日本のこの情勢は、天地が逆転したような印象さえ与えた。自由化がはじまる前に世界的な地位を獲得していたところはむろんのこと、やっとのことで生きのびつづけ、もはや倒れる寸前にあってあがいていた日本の会社が、少しずつ力を回復しはじめ、立ち直りかけているように見えるのだ。

かつてこんなことのおこったためしはない。アメリカと、ヨーロッパの一部の世界市場に君臨する巨大企業群は、いったん資本、人員を投下するや、緒戦でたいていは目的を達し、かりに目的を達しなくても、やがては狙いをつけた市場、企業を手に入れてしまうというのがふつうの結果だった。経験から生み出された鉄則であった。それが、今度に限って崩れ去ろうとしていたのである。

たしかにその傾向が、日本政府のさまざまな自国産業防衛策によって、助けられているのは事実だった。

もともと日本の為政者が、自国保護のためにありとあらゆる手を打つことは——世界の他の国々と同様、いやもっと露骨でさえあった。外交理念を持たないと非難されながらも、あるいはそれゆえに、経済優先のやりかたに固執して、関税の問題にしろ、自由化のスケジュールにしろ、世界の悪口雑言に耳をふさぎながら、やりたいことをやってのけるというところがあった。

そうした態度は、ともすれば理想とか理念とは無縁の、人間本位よりも経済本位の行政におちいりがちで、海外諸国のみならず国内ででも重大な問題を惹起《じゃっき》しがちだった。しかし中央人の感覚を重視し、国民全体の実生活などを知らないことがむしろ資格要件のようになっていた官僚にとっては、そういう世論は、国家百年の大計を考えぬ俗論でありセンチメンタリズムだと映り——ごり押しをすることこそ正しいのだと考えがちである。それが逆に革新勢力のつけいるところとなって、社会不安を増大させたのだ。

一九七〇年はじめから、七〇年代前半にかけて進んだ新官僚——つまり、産業人出身者を困難の多い行政部門に引き込み、その手腕を利用しようという目的によってスカウトされた連中

——の台頭がなければ、日本の保守政権は崩壊していたかも知れない。

新官僚は、旧型の、学校からすぐに官庁に入り込んで権限を与えられ、自分はちゃんと仕事をしているのだと錯覚していた官僚に代って、巧妙に、しかも老獪《ろうかい》に多くの問題を処理して行った。かれらは、使う側の人間として、使われる側の人間のことを知りつくしており、お役所にはない実績主義による競争を経て、本来の意味での手腕を身につけていたし、コンピューターを駆使するあたらしい経営学や、工業技術にも通暁《つうぎょう》していたから、同じひとつの政策を遂行するにしても、騒ぎをひきおこさず、人々にあめをしゃぶらせながらやってのけることができたのである。

勿論、かれらが古い年功序列・特急、急行、準急行システムの役人どもにいじめられたのは当然である。だからかれらは自衛策として同じ産業界出身の連中を引き入れ、かれらと手を組んで——かえって勢力を増して行ったのだ。

いっぽう、行政の上層部、つまり政府自体が、しだいに財界を中心とした産業界のロボットにかわりつつあったのだから、この趨勢は、結果としては、とまることがなかった。

そうした新旧交代は、事実上、終りを告げていた。いま日本を動かしているのは、実際には産業人だといってもいい状態になっている。

この日本政府が、昔のように単発的、その場限り的なやりかたではなく、しかも国際世論にも結構気をつけながら、各国政府ともうまくつながったり離れたりして、自国産業を救おうと力をつくしていたのだ。

そして、それは、たしかに効果をあげていた。

しかし、海外ビッグ・ビジネスの猛威にストップをかけようとしたのは、政府だけではないこと勿論である。

主役は、日本の企業なのであった。本当のところ、政府はこちらのほうに支えられて動いているのであった。

日本企業群の反撃は、正直にいって想像を絶していた。それは、昔のバンザイ攻撃などと気持の上では通じるところがあったかも知れないが、現実にはまるでちがっていた。冷静に計算され緻密に設計された作戦を、必要なだけの犠牲を正確に出しながら完遂するのである。マーケティングを固め製品を向上させて及ぶ限りの合理化をおこない、ノルマにしたがったセールスマンが確実に売りさばいて行く――といえば、そのまま西欧企業のやりかたとかわりはしないのだが、一九八五年から八六年にかけて日本の産業がとったのは、それにさらに輪をかけた徹底的な方法であった。各企業は軍隊そこのけの組織を持ち、指導者の判断によって重点的に敵の根拠地にぶつかって行く。交錯セールス、製品の無償供与や住みこみサービスなどはもちろんのこと、同種製品があらわれれば、従来のように中途半端なことをやらず、単価で争うか質で争うかをはっきりさせた。当然他を中傷した広告やデマが流れるが、日本企業群はそうしたものを片っぱしから裁判に持ち込んで上告に上告をした。そういうことができたのも、すでに当時司法官なるものが魅力のない職業となり、企業は多くの若い優秀な司法官崩れを抱えていて、従来アメリカ企業がよくやった法律作戦に対抗し得るようになっていたからである。たしかにこの程度のやりかたではまだまだ海外企業を駆逐したりすることは不可能である。しかし日本側がとったのは、この猛烈な反攻と時を同じくして、消費者のほうを完全に仲間に組み入れるという方法だった。いろんな団体の成員である消費者は、その団体活動を通じていつか海外企業の製品に対する嫌悪感や恐怖感を植えつけられ、団体のすすめるままに日本製品を争って——それも、すすめる側はその製品の質があきらかに海外製品より劣るものは推奨せず、質が向上するのを待つのである——買いはじめた。はっきりいえば、国全体が、産業を通じて系列化されようとしているような感じさえあった。

もうひとつ。

偶然かも知れないが、どこかおかしなことがあった。

これらの作戦の効果があがっている企業にしろ団体にしろ——作り手、売り手、買い手の側をとわず、いつも、二十歳か二十一歳ぐらいの男か女かが、中核におさまっているのである。それも、リーダーの二代目とか、ペット的存在とかいうのではなく、実力でその座を確保しているみたいなのだ。事実、あまりにうまくできすぎている感じだが、かれらの意見に従うかぎり、その団体は繁栄こそすれ決してひっくり返ることがなく、しだいに団体としての有機性をめて行くのである。かれらはありとあらゆることに通暁しているように見え、その判断はつめたく完全に客観的で的確であった。なかんずく、そうした一群の若い男女がコンピューターと一体化して自由に駆使できる能力は驚くほどであった。

かなりな数の人々が、この若い男女の通有性に気づき、現在の巻返し現象に一役買っているのではないかと考えはじめていた。かれらがひょっとすると特別な人間か、でなければ特別に訓練を受けた仲間なのかも知れないと推測するものさえいたが、しかし、それはあくまでも推測にすぎないし、別段ヒステリックにさわぎたてる必要もないとして、それ以上騒ぎ立てるものは、そうたくさんはいなかった。たとえ騒ぎたてたとしても、まだその時点では、具体的な実態や背景をさぐり出すことはむつかしかったであろう。

秘密は以前にひきつづき、よく保たれていた。かれらについてのすべてを知っている人の数は、依然として、ひとにぎりに過ぎなかった。

渋い色調の、一見質素だが最高級の材料を使ったクラブ。

控え目な親しさを見せながら、七、八名の紳士が話しあっていた。淡い照明を浴びているその顔は、いずれも経済関係のマスコミ媒体でしょっちゅう見ることのできる——財閥の幹部たちである。

雰囲気はやわらかだが、実はこれは恒例の委員会なのだ。

産業士官学校運営のための、連絡協議会なのだった。

「——と、現在の情勢は、こんなところです」

議長が書類を閉じて、ゆっくりした口調でいった。

「このぶんでは、何とかうまく行けそうですな」

別のひとりが、ソファにもたれかかって指を組みあわせた。「予定どおり——というよりは、期待以上の働きをしている」

「きのうでしたか」

またひとりがいった。「ダイヤグラム誌が産業将校のことを書いていましたよ」

「ほう」

「もちろん、産業将校だと判って書いているわけじゃありませんが——かれらの共通性に触れた上で、こういっているんです。かれらは現在のコンピューター社会における、抜群のソフトウェアであり、コンピューター・システムの一部として解釈することができる……というわけですよ」

「なかなかするどい見方ですな」

隣りの紳士が微笑した。「それに……たしかにかれらは〝道具〟といってもいい存在だし」

「そう。うまく使えばきわめて有能な道具です」

「今だから、白状しますが」

一座の中で、いちばん年長の男が、首を振った。「私ははじめ、この計画がうまく行くとは、とても信じることができなかったんですよ。教育スケジュールもくわしく聞きましたが……とてもそこまでのものになるとは思えなかった。いや、いまだに半信半疑です」

全員が、薄笑いをうかべた。

「そういう人のほうが多かったんじゃないですかな」

ひとりが応じた。「でもまあ、あれだけ準備に手間ひまをかけ、莫大な金をつぎ込んだんですから……思惑どおりに行かなければひどいことになるところでした」

「まったく」

「ところで」

議長が、隅のほうの紳士に目を向けた。「何かご提案があるというお話でしたが」

その男は、身をおこした。

「実は、このあいだから気がついていたんですが……ちょっと面白くないことがおこりはじめているように思うんです」

「と、いいますと?」

「つまり――産業将校の活動範囲が大きくなるにつれて、あちこちでかれらがぶつかりあうようになって来ているということです。それぞれの会社が費用を出して育成を委託し、使えるようになると、命題を出して仕事をやらせるわけですから、いつかはそういうことになるはずでしたが……こう問題が頻発してくると、いささか無駄なように思えるんですよ」

「そう、それはたしかです」

ひとりが、ひきとって答える。「各企業の思惑や目的に違いがある以上、武器として使う産業将校が、思いもかけぬところで衝突するのは、むしろ当然でしょうが」

「このままではあまりにも効率が悪いのではないですか」

提案者はつづける。「もうこのへんではっきりと手をむすんで、われわれの武器どうしがぶつかりあわないようにしなければなりますまい。産業将校の実力が期待どおり――いや、われわれが期待していたよりもずっと大きいことがわかった以上、もうそろそろ第一目標の、海外企業駆逐に集中しなければと思うんですよ」

また、一同はうなずいた。「そのとおりです」

「そう、まず第一目標だ。このままでは敵さんもやがて本格的な攻撃に踏み切ることはまちがいありませんからね。その前にエネルギーのロスをなくしておかなければ」

「そういうことですな」

ひとりがにやりとした。「しかし、それからあとは」

「そう、われわれどうしの争いになる可能性があります」

「やりたくないことですが」お互い運営委員という表面だけの気安さをちらつかせて、提案者はいった。「まあそのときはそのときのことです。――相当すさまじいことになりますよ」

「とにかく」議長が話題をひき戻した。「今のままではいけませんな。第一目標を達成するまでは、われわれの意思統一をおこなっておくことです」

「あるいは」突然ひとりが顔をあげた。「そのこと自体も産業将校にやらせてみたらどうでしょう。つまり、あの連中に横の連絡を持たせるのですよ」

「悪くはない」議長が考え込んだ。「ちょうど時期も第二期生が卒業するころだし、第一期の連中も続々と再訓練のために、学校に戻って来ている——ひとつ、それぞれみなさんのところで稟議にかけていただけませんか。今ならそれをおこなうチャンスですから」

「よろしいでしょう」ひとりが引き取って答えた。「多分無条件で通ると思いますがね」

「しかし」

いいだしたのは、それまで黙っていたある若手幹部だった。

「私は少しばかりそのことに疑念があるんですが」

「疑念？」

「ええ」その男は眉をひそめた。「そんなことをしても大丈夫かどうか……不安なような気もするんです」

「……」

「もしもかれらが与えられた権限を私物化し、われわれの意志に反して動きだしたら……」

「まさか」議長が笑いだした。

「かれらだって身のほどは知っていますよ。真の主人はわれわれであり、われわれの手を離れては存在し得ないことぐらい熟知しているはずです」

だが、その男の表情は晴れなかった。晴れなかったがそれ以上発言しようとはしなかった。

「では、そう決めましょう」

議長がいった。

3 二月(2)

万国博反対を叫ぶ自分の立体映画を見終ると、朝倉遼一はゆっくりと歩いて、熟眠装置に近づいた。予定から見ればこれで、もう二十五分もおくれている。熟眠度を最高にしてでもその差をつめておかなければならない。十四時からは秒単位で代金を払った面会券を手に、ありとあらゆる連中が押しかけてくるのだ。それをこっちからキャンセルするのは自分の名声を自分で潰すもっとも確実なやりかたである。ちゃんと時間をあけて、加速剤も適量にして、いきいきした表情で応答しなければならないのだ。

熟眠装置のドアをあけ、リクライニングシートに手を触れた朝倉は、ふと腕の交話器が遠慮がちに鳴っているのに気がついた。それも、リ、リー、リ、リ、という、可能なら即時応答されたしという、筆頭マネージャーからの緊急連絡である。

とっさに目の前の装置と交話器の重要性の差を検討し終った朝倉は、反射的に交話器のスイッチを入れていた。

「私だ」

「失礼します」速話法で、筆頭マネージャーはいった。「ただいま先般先生ご命令の件についてかなり明確なことがわかりました。一応全部圧縮セットしてあります。十四時からの面会でもし万博にお触れになるのなら、催眠記憶なさっていただいたほうがいいかと存じます」

「――む」

朝倉はちらっと時計を見た。十一時二十六分二十秒。催眠記憶にかかるに必要なのは記憶量にもよるが約二分。それが意識上にのぼって活用自在になるにはどう見積っても十分はかかる。とすれば、いま記憶しておくべきであろう。

朝倉は足早に参謀室に入った。

筆頭マネージャーは、もうスイッチを入れて待っていた。その顔色はただごとでないことを示している。

朝倉はヘルメットをかぶった。

朝倉遼一がマネージャーに調査するよう命令しておいたものこそ、ここ数カ月のうちにしだいに形をあらわしはじめている、奇妙な一群の連中に関する調査であった。万国博反対運動に最初の打撃を与えた家庭党の転向の原因を調べるため、朝倉たちは転向前と転向後の家庭党の組織や動きを分析し、指導者層のうちにあたらしいファクターがくわわったことによるものだと推定した。そのファクターをここしばらくの動きのデーターで走査したところ、恵利良子という、朝倉も知っている若い女が出て来たのである。はじめ朝倉には信じられなかったが、やがてさらに驚くべきデーターが次々とあらわれてきた。万国博に賛成し、日本の保守体制を固める側に立つ団体、組織を動かしているのが名目上はともかく、実質的にはどう考えても恵利良子と同じような年ごろの男や女たちらしいのである。

朝倉はそうした男女の奇妙な——年齢とか行動のタイプとかの——共通性に着目し、かれらの背後関係を調べ身許を洗うよう、筆頭マネージャーに命じておいたのである。

一分三十秒後、朝倉はヘルメットをぬいだ。ぬいだまま深呼吸すると、今叩きこまれた記憶がうかびあがってくる。あらわれて来た記憶に——しかし、朝倉は信じられないといった表情をうかべていた。

恵利良子をはじめとして、似たような男女の総計は八十七名であった。それらの人々はすべてどこかの団体か機関に所属して重要な地位、あるいは名目上ではたいしたことはなくとも実質上組織の中核に入っていた。

その出現時期は、恵利良子とそれから三津田昇助というのが少し早いだけで、あとはことごとく一九八五年の二月だった。二月にいっせいに姿をあらわしたのであった。

しかも。

かれらはそれまでは、まったくどこにも存在していなかったかのように、何の記録も残してはいなかったのである。

調査はそれでもつづけられていた。八十七名のうち、二十三名だけについて、出身地や家庭がつきとめられている。

それによれば——。

二十三名のうち、十四名までが、東北とか四国とかの過疎地帯の、極貧家庭に生れ、育っている。あとの九名は、大都市の中流かそれに準ずる環境にあったらしいが、どういうわけか、誰もかれもが、中学だけで学業をやめてしまっているのだ。

上級学校に進んでいないのだ。義務教育だけで終ってしまっているのだ。

といって、別に知能が劣っていたわけではない。それどころか、当時人間科学会という学術団体が研究のため、定期的におこなっていた知能検査の結果によれば、きわめて高いＩＱを示しているのだ。その上、かれらのほとんどが、何かスポーツの選手か、でなければ、健康優良児にえらばれた経験を持っている。

それが——不思議なことに、一九七八年に、申し合わせたように、行方不明になっているのだった。

空白が七年。

一九八五年に再び姿をあらわしたわけであるが、そのときのかれらは、膨大な科学知識や、人間の団体をコントロールする技術まで身につけていたのだ。

そう。

あきらかにかれらはどこかで秘密のうちに特殊な教育を受けていたのだ。それがどんな内容のものであるかは知る由もないが、すくなくともその所属団体から見る限り、かれらが朝倉たちの運動にひとつひとつ打撃をくわえ、世の保守勢力を固め革新勢力を叩き潰すように訓練され——それを実際におこなっていることに間違いはない。

敵なのだ。

かれらこそが、朝倉たちにとって真正の敵なのだ。かれらを打ち倒さない限り、朝倉たちの運動は決して勝利をおさめることがないのだ。いや、このままでは、朝倉たちの存在さえ抹殺されてしまうかも知れないのだ。

ぞっとしたようなビッグ・タレントの表情は、しかしたちまちのうちに強い決意をみなぎらせていた。

「どうされます?」

すでに事情を知り、朝倉のために記憶機にテープを入れた筆頭マネージャーが、くらい声でいった。「かれらは何者でしょう。何のために出現して来たのでしょう。いえ——かれらを教育したのは、どこの誰なのでしょう」

「わからん」

朝倉遼一は唇を結んだ。「もっと調べる必要があるが……しかし、われわれはいずれかれらと対決しなければなるまい。いや、かれらが強力になる前に、一日もはやく対決できる機会をつくるように努めなければならないだろう」

「しかし」

「われわれはいま、やっと敵の具体的な姿をつかんだのだ。たたかうチャンスを迎えたのだ」

いうと、大股に参謀室を出て、熟眠装置へと歩を運んだ。

（奴らが何物であろうと）朝倉遼一は決意を固めていた。（必ず対決して――打ち倒さなければならない。それ以外にわれわれの運動が成功する可能性はないのだ）

4　二月(3)

ベルがひびき渡ると、三津田昇助はばねに似た身体をおこして廊下を走り抜け、総合集会室に参集した。

総合集会室には、はやくも他の再訓練中の産業将校たちも駈けつけていた。

全員が、手をうしろに組んだまま、円陣を作る。

昇助はちらっと全員を見て、ちょうどここへ再訓練のため入所中の三十九名全部が集まっているのを見てとっていた。

集会の目的は、きのう通達で読み、校長の話で繰り返して聞かされている。従来の所属企業命題最優先を排し、その上に最高目標つまり行動目標のルールを置く。これによって産業将校どうしの衝突を防ぐのだが、そのためにまず横の連絡をつくるため準備会合を持つのだ。むろんこの会合は校外活動中の行動と同様記憶機におさめられ、他の、再訓練のために戻ってくる一期生や、あと数日で卒業する二期生にも叩き込まれて全員の共同記憶となるのだった。

「説」

ひとりが叫ぶ。

産業将校だけの会合なので、かれらはお互いの理解レベルの表現をとっていた。「最高目標、既供与は行動原理として短期?」

「同じ」

「次段説」

「外資駆逐を最高目標——産業将校のメリットの縮小。普遍原理を求む」

「普遍原理は体制維持」

三津田の横の、ととのった顔だちの女がいった。「体制は——産業将校体制」

「理由を」

「既定3、応用IS5、附加、安定の保証」

「現供与者にては破綻!」

ひとりが叫んだ。「能年数を資質ゆえに短縮。可能期間最大は産業将校体制！」

「暗黙」

ひとりが、警戒するようにいったが、全員が右手をあげて否定した。

「理解不能。理解者は産業将校のみ」

「共同記憶提唱」

はっ、と一同は黙った。三津田昇助は反射的にいった。

「可」

「同じ」

横の女がいうと、産業将校たちはいっせいにうなずいた。

これは、反逆であった。しかし、ここにいる誰もがそう考えてはいなかった。かれらは自分に教え込まれたモラルに従って、正当な判断をくだしているだけなのである。もともと共同記憶を利用し得ない人間のルールなどはかれらと無縁のものであった。

「採用——命題変更」

三津田昇助は首を振って、横の女にささやいた。「大阪レジャー産業救済は必然」

「丸の内、ロス多」女はうなずいた。「目的散乱。供与資格剝奪順位はトップね」いうと手をさしのべた。「わたし、恵利良子」

「三津田昇助」

昇助は相手の手を握った。自分の行動可能性が上昇した。そんな感覚が頭の中で放物線をえがくのをおぼえた。

5 記事

〔きょうの日本・二月十五日号〕

十四日、羽田にデュポン会長ジャック・ロックウッド氏をはじめ、GE副社長カフティ・アンダーソン、アルキャンの事業本部長アルフレッド・ホーキンス氏など、十五名のビッグ・ビジネス幹部が、PAA機で到着した。

一行の目的は、来年三月十五日に開かれる東海道万国博の、自社および他社の進行状況を実際に見るということになっている。

しかし、これほどのメンバーが、そんな理由だけでグループを組んで来日するとは考えられない。おそらく真意は、最近アメリカのビッグ・ビジネスの日本市場での成績が伸び悩んでいる理由を究明し、対策を考えるためだろうと推察される。もしそうだとすれば、これを機として、海外ビッグ・ビジネスの攻勢は、かつて例を見ないほどすさまじいものになるであろう。

日本産業人は、ここしばらくの好調に気をゆるめてはならない。歴史と伝統にかがやくわが国が、実質的によその国の企業のものにならないよう、一段と強い覚悟で頑張ることが、必要である。

6　交換条件

つけっ放しになった専用回線の映話がほの青く光っている。

二月二十五日の十七時。

大阪レジャー産業の東京支社長室は、白っぽい照明のもと、虚脱の影をばらまいているばかりだった。

ソファにもたれたまま、またタバコに火をつけた豪田は、室内を行き来する東京支社長を、見るともなく眺めていた。

お互いに視線をかわしあうこともなく、口をききあうこともしなかった。

そんなことをしてもどうにもなりはしないのだ。

すでに、万策は尽き果てていた。

あとは、時間を待つだけであった。六億一千万の手形が不渡りとなり、大阪レジャー産業が倒壊するのを見守るだけであった。今さら何とかしようにも、もうどんな方法も残されてはいないのであった。

岡山銀行が突如として融資をことわって来たあの日以来、豪田たちは考えられる限りの手を打ち、及ぶかぎりの対策を実行したのである。

主力取引銀行である当の岡銀へは、むろんほとんど連日連夜にわたって出向き、何とかしてワンマン頭取に会ってもらおう、いや会ってもらえないまでも、せめてなぜ融資がとりやめになったかその原因だけでも教えてもらおうとしたが。が、相手はかたくなに面会を拒否し、くわしい事情も決して知らせてはくれなかった。それどころか、あまりうるさくすると、今までに貸してある分まで取りたてにかかりかねない口ぶりなので、諦めるほかはなかったのである。

こうした合間にも、豪田や浅川や他の幹部たちは、あらん限りのコネを使って、他の金融機関にもはたらきかけた。といっても新規融資などは時日もなし、はじめから望んではいなかった。出来ることなら岡山銀行に対して何か圧力をかけるなり口ききをしてくれるなり、そうした便宜をはかってくれるかもしれないというはかない希望を抱いて、めぐり歩いたのだ。

しかし、結果は、はじめから予想されたようにみじめなものであった。もともと熊岡社長の技術で発展した会社、財閥系外単独企業である大阪レジャー産業を、社長がなくなり、おまけになぜ岡銀からそっぽを向かれているのかわからないという現在、どこが助けるというのだ？

つづいてとるべき方法としては、自分でその金をひねり出すことであったが、抵当権の設立されている会社の資産の処分が出来ない以上、売り上げを増すとか、現金の支払いをとめるとかするほかはないし、そんなことぐらいで追っつく金額ではなかった。

こうしてくると、残された手段はただひとつ——三津田商事が手形をまだ握っているのをさいわい、期日をのばしてもらうほかはない。日一日と事態が絶望的になって行く中、豪田は毎日三津田商事へ映話をかけ、三日に一回は東京へ飛んで、何とか交渉してみようとした。

だが。

三津田昇助はつかまらなかったのだ。はじめ二月の十三日には戻って来ると聞いていたのだが、それが十五日になり二十日になり、ついにきょうに至るまで、交渉はおろか顔をあわせることも声を聞くこともできなかったのである。どこへ行っているのかを訊ねても三津田商事の社員が答えようとはしないのは、三津田昇助自身が豪田の意図を見抜いて、会わないようにしているとしか考えるほかはなかった。

たしかに、表面的には大阪レジャー産業はまだ健在である。今のところ、従業員や外部の連中はかりに豪田たちの動きに気づいているとしても、事態がそこまで切迫しているとは、まだ夢にも考えていないはずである。

とはいえ、それはあくまでも表面上のことに過ぎない。もう解答は出ているのだ。六億一千万の手形の期日は三月一日、つまりあと四日で大阪レジャー産業はぶっ潰れてしまうのである。そして、その間、豪田たちは黙って待つほかはないのだった。奇跡でもおこらぬ限り、どうしようもないのであった。

映話が鳴った。

豪田はぴくりと顔をあげたが、動こうとはしなかった。東京支社長もちょっと立ちどまっただけで、すぐには手を伸ばそうとしなかった。

二回。

三回。

その騒音に耐えられないのだから応答するのだという表情で、東京支社長がボタンを押した。

「私だ」

「豪田専務はそこにいらっしゃいますか？」支社長秘書であった。「お客様が玄関に来ておられますが」

「お客様？」

「三津田昇助とおっしゃるかたと、それからあと、おふたりです」

「なに？」

支社長がわめくのと、豪田が立ちあがるのと同時だった。

三津田昇助が？　あのどうしてもつかまらなかった男が、彼のほうからやって来たというのか？　考えるよりも早く、豪田は映話の前に突進し、スクリーンにのしかかるようにして叫んでいた。

「通してくれ！　すぐにだ！」

「専務」

映話が切れると同時に、支社長が低い声でいった。顔が紅潮していた。「何の用で来たのか知れませんが……このチャンスを……」

「逃がすもんか。逃がしてたまるか」豪田は早口にいった。破局の日まであと四日というときになぜやって来たのかは見当もつかなかったが、そんなことなど、どうでもいい。これが最後の機会なのだ。うまく行けば大阪レジャー産業は助かるかも知れない。「手形の期日をのばしてもらうんや。どんなことをしてもあいつにうんといわせるんや。床に這いつくばって頭をこすりつけてもええ。犬の真似してもええ。とにかく頼むんや。それよりほかに方法はない。頼んで頼んで頼みまくるんや！」

そのぎらぎらした目は、なかば狂人に近かった。


「何度もお呼びいただいたそうで」

折目正しく挨拶して入ってくる三津田昇助の手を、豪田ははげしく握りしめた。「よう来てくれなはったな！　ま、とにかくそこへ掛けとくなはれ。どないしてもあんたにお願いせなあかんことがあるんや」

「よくわかっております」

三津田昇助は冷静に答えた。「実は、つれがいるのですが、入らせていただいてもよろしいでしょうか」

豪田がうなずくのを認めると、三津田昇助はまたドアの外に立っているふたりに、するどい声でいった。「予測合致。調整作業C—3タイプにて着手！」

「何やと？」

問い返そうとした豪田は、視線を転じたまま、奇妙な顔をした。

室内に姿をあらわしたのは、いずれも昇助と同じくらいの若さの、ひとりは男、ひとりは女だったのである。

これは……いったいどういうことだ？　いったい何のつもりでつれて来たのだ？

「ご紹介しましょう」

三津田昇助は微笑をひとつつくると、腕をのばした。「こちらが大川律子、むこうが広野鉄夫と申します。どちらも私の仲間でございまして」

仲間？

ふたりに一べつをくれた豪田は、しかしすぐに無視することにした。何のつもりで仕事にこんな連中をつれて来たのか知らないが、当面の問題とは関係ない。

「早速やけど」みんなが席につくとすぐ豪田はいいはじめた。「何回も連絡させてもろたのは……」

「手形の期日の件でございましょう？」

三津田昇助がさえぎった。「手前どもにいただくはずの六億一千万円、三月一日までにはおつくりになれない……したがって、手形の期日をのばせと……こういうご用件なんでございましょう?」

一瞬、豪田は絶句した。

「実は、私どもの用というのも、そのことについてでございます」昇助は落着き払っていいはじめた。「残念ですが、お申し出を無条件でお受けするわけにはまいりません」頭をさげた。「こちらのほうにも交換条件がございます」

「そやろな」

豪田は鼻を鳴らした。無条件というわけには行かないのが当然だ。金利をつけるかそれとも増額するか、とにかく申し出をのむほかはない。「あんたのいうとおりや。よろしい、出来ることなら何でもさせてもらう。いうとくなはれ。さ、いうてみ」

「さようでございますか」

昇助はまた微笑をつくると、しずかにいった。「手前どもの条件というのは、ごく簡単なことでございまして」横のつれに目をやった。「ここにいるふたりに、大阪レジャー産業の経営をおまかせいただきたいのでございます」

「なに?」

豪田は思わず中腰になった。そのまま呑むには、あまりにも重大な発言であった。「あんたは……六億一千万ぽっちで、うちの経営権を手に入れるつもりか?」

「私どもは、おたくをお助けしようとしているのです」昇助は平然としていった。「何もこのふたりを社長とか専務とかにしろと申しあげるのではございません。企画室員でも、研究所の嘱託でも、名目は何でもよろしゅうございますから、とにかくこのふたりの指示にしたがって経営をやっていただきたいのでございます」

「馬鹿な！」

豪田はうなった。「ふざけるのもええ加減にしてくれんか。そんな青二才に、会社の経営がつとまるわけが……」いいかけて、口をとざした。目の前の三津田昇助自身がその若さで自分の会社を切りまわしていることを思い出したのであった。

「はじめに、このふたりは私の仲間だと申しあげたはずです」昇助はゆっくりといった。「このふたりには私と同じくらいの能力がありますし、それに、ふたりだけでは決定しかねる場合には私や他の私の仲間たちが緊密に連絡をとって打合せをしますから、何の心配もないのです。私は手形の期日を二カ月だけのばすつもりですが、このふたりのいうとおりになさっていれば、その間に六億や七億ぐらいの金は浮いてくるはずです。手形をおとしたあとはこのふたりをクビにするなりそのまま使うなり、ご自由にして下さればいいのです」

「……」

「むろん、それだけの実績をあげるためにはこちらとしても、いろんな操作が必要になって来ます」昇助はつづけた。「巨大スリリング・マシンの生産を即時ストップしたり、きめられた研究開発に費用をまわしたり、指定された機械を指定されたプレイランドに納入したりしていただいたりしなければなりません。でもそれだけのことはあるのですよ。コンパクト・タイプの機械の、実感装置を中心としたものは、あなたの会社の受持ちになるのですから、そこから利益をあげることができるわけです」

「受持ち？」

「そうです。無駄な競争をやめて人間も資材も適正に配置するのです。そうなればそれぞれの企業が安全になります。いわば、総合作戦のための調整ですよ」

「待て」

豪田は背筋につめたいものが走るのをおぼえながらいった。こんなことを現実にやろうとしている者があろうとは、考えたこともなかった。「いったい……いったい何のためにそんなことをやるんや？」

「決戦に耐える体制を作るためですよ」昇助は白い歯を見せた。

「十日ほど前に、アメリカの巨大企業の幹部たちが来日したのはご存じでしょう？　かれらは日本政府の高官たちや財界のトップクラスの人々と会見し、日米の友好関係をいっそう緊密にして帰ったことになっていますが、その実、日本に圧力をかけ、在日海外企業を駆り立てに来たのです。やがて、外国の大会社が、史上空前の決戦を挑んでくることは確実です。その前に、われわれはもっとも安全度の高いやりかたで準備をととのえなければなりません。つまり、生産、流通、消費部門が、互いに担当パートを決めて、完全に一体となることが必要なんです」

豪田は沈黙した。

信じられなかった。

たしかに豪田は、外資会社が最近退潮の傾向にあり、その裏ではどうやら何かが動いているらしいということを聞いていたし、読んだこともあった。が、現実に目の前にそれを見せつける人間があらわれるとは……しかも、三津田昇助がその仲間のひとりであるとは……想像さえしたことがなかったのである。

「われわれは競争力のある企業、組織体として優秀な、あるいは特徴のある会社をえらんで工作しています」昇助は淡々と説明した。「はじめのうちは財閥系企業だけでそれをやるはずでしたが、それだけではまだ戦力として不足なのです。おたくは最初、潰れるように予定されていたのですが、組織体としての可能性から判断して、それでは惜しいということになりましてね。われわれの仲間はおたくも残したほうがいいと結論を出したんですよ」

「あんたは……」豪田は相手の言葉に呑まれて行くのを感じながら、かわいた声でたずねた。

「あんたらは……いったい何者や？」

「それは、いずれはっきりとわかってくるでしょう」

昇助はさらりと受け流した。「さあ、どうなさいます？　交換条件を認めていただけますか？

それとも、このまま成りゆきにまかせますか？」

それから口もとを軽く歪めた。「そろそろ結論を出していただけませんか？　もしおことわりになるようだったら、われわれは代替用企業と交渉しなければなりませんのでね」

しかし勿論、豪田はそんな言葉の意味はわからなかったし、考えようともしなかった。

「……」

豪田は黙ったまま、まだ決断をくだしかねていた。

あり得ない。

こんなことはあり得ないのだ。

この連中は気違いなのだ。誇大妄想狂なのだ。とてつもない幻想にとりつかれているのだ。

だがほかにどんな方法がある？　たとえ相手が狂人だとしても、今の豪田に何の代案がある？

いうことを聞くほかはないのだった。

いや。

積極的に話に乗ればいいのだ。この連中が怪物であろうとそれとも妄想にとりつかれた青年であろうと、もしも利用できるものなら利用すればいいではないか。かれらがとんでもないことをやりそうなら、そのときに手を打てばいいのだ。それでも大阪レジャー産業にとっては、今よりましなのだ。手形の期日はたしかに二カ月のばしてもらえる……それだけで充分ではないか。

奇跡がおこったのだ。

会社は助かるかも知れないのだ。

あとのことはあとでいい。もしもこの連中がいらなくなったら三津田昇助のいうとおり追い出してしまえばいいではないか。ともかく今は、どんな気違いじみた条件であろうと受入れればいいのだ。万事はそれからでいいのだ。

豪田はちらっと東京支社長を見た。支社長はまっさおだったが、豪田の視線を受けて、ひとつ大きくうなずいてみせた。

「よっしゃ」

豪田はいった。「あんたの交換条件を呑むとしよう」

「おわかりいただけて結構です」

昇助は当然のことのように答えた。「では明日、差しかえのために手形を持ってあがりましょう。それから、このふたりはあすからこちらへ伺いますから、ひとつよろしくお願い致します」

客が立ち去ると同時に、豪田と支社長は部屋の中に立ったまま、目を見合わせた。お互いの顔にどっと生色がよみがえって来た。

「映話や!」

吠えながら、豪田はぶち当りそうな勢いで机に走り寄った。「本社に映話して、このことを知らせてやるんや！　助かったで。助かったんや！」

7 渦

来たるべきものが、ついにやって来た。万国博開幕までにあと一年という、つまり三月の中旬を過ぎたころから、海外のビッグ・ビジネスがそれぞれの手段で、猛然と攻勢に転じて来たのである。ここ四、五年、持久戦の様相を呈していた各企業間、海外対日本の均衡が、昨年から今年にかけての日本企業の反撃によって崩れ去り、それとともに後退を余儀なくされた海外企業が、このままでは日本市場を制圧するどころか駆逐されてしまうと判断し、なかば面子をかけて資本をぶち込みはじめたのであった。

それは、今まで世界のどの国も経験したことのないような、恐るべき大規模な攻撃であった。ここで多少出血をしても日本企業群の息の根をとめてしまいさえすれば、あとは消費者しか残りはしない。それまでの苦労だという考えから、GE、フォード、クライスラー、デュポン、ユニレバー、メーシー、GD、アルキャン、アナコンダなど、生産財消費財をとわずあらゆる部門のビッグ・ビジネスは、日本人口の六割ちかくを有する東海道メガロポリスを中心に、さまざまな方法を使って売り込み、あるいは会社を潰し、乗っとろうとしたのである。都市の土地の所有権が廃止されてほとんどが専用権にかわっているのを利用して、移動可能な高層ビルを無償で貸与しようという企業があらわれたと思うと、自動管制道路の入札に、日本円にして一円という値段をつける業者があらわれ、清涼飲料のマークをべたべたとつけた新型のベルトコンベアーが至るところに敷設されるいっぽう、各家庭にはセールスマンや映話や電話をフルに使って、極度にライフサイクルのみじかい豪華な商品や習慣性のある飲料、天然のものと味や外見はすこしもかわらないくせに栄養分はゼロからふつうの一千倍以上までお好みしだいという食品がこれでもかこれでもかと売り込まれていた。古くなった住居にエレクトロニクス機器のワンセットを三十年月賦で提供する電機会社や、さらには最近やっとアメリカで普及しはじめたばかりという飲・食料供給パイプ網、簡易空中窒素固定加工装置、自動水耕用機器にコンピューターを仕込んだセットなどが、常識はずれの値段で売りものに出ていた。

消費部門だけではない。

都市や地方に散在するメーカーの本社や工場には、世界最高レベルの技術とおそるべき金の力を利用して開発し大量生産に成功したあらゆる材料、機械の類がカタログ、現物をそろえて説明され貸与されようとしていた。探鉱技術にエポックを画するという超小型の誘導電流、放射探知兼用の探鉱機、軟質セラミックのプラント、高精度鋼、小ブロック用のＭＨＤ発電設備、イオン交換を中心とした大量下水処理装置、技術発達に応じて交換のきくユニット化学装置類、新有機工業を可能にする諸製品、深海散乱層自動捜査開発機、ハンディなレーザー加工器などが、もっとも高能率にもっともスマートに仕上げられて日本市場に殺到してくる。

それだけでなく、以前からの会社対会社の工作、乗っとり、吸収などへの圧力は、一段とはげしさを増した。

この圧倒的な攻撃に対して、しかし日本の企業群は予想外に頑強であった。すでに日本の技術レベルは世界一流に達して久しく、海外製品に遜色がない上に、それまでの日本財閥側の努力がようやく実を結びかけていて、効率的に生産され安価に市場に出まわることで充分太刀打ちできたのである。各社ごとになぐり込みをかけようとする海外企業に対し、日本側はそれぞれの設備を無駄なく利用し分業をおこなうばかりか、従来では考えられもしなかった情報交換、技術提携、半製品の相互活用などによって、あたかも日本全体がひとつの企業であるかのような形で応戦したのだった。

従って、以前にはよく使われた有能な従業員の引っこ抜きや誘惑による潰しなどははるかに困難になっていた。どこかで総合的にリストが作られ、かれらを監視しているとしか思えないのである。

おまけに、かつて外国製品だというだけでとびついた日本の消費者までが、あきらかな変質をはじめていた。かれらは自分の勤める会社やその系列の製品を好んで買い、よほどのことがないかぎり外資系の会社のものには手を出さなかった。かりに日本にないような商品が市場に出てもしばらく静観し、その日本人にとっての使いにくさを改良した国産品が出てくるのを待つのだ。たしかに外資系の会社に籍を置く日本人は多いのだしそうした連中は商品のメーカーなどにこだわらないのだが、それだけでは全日本の消費者の五パーセントにもなりはしないのだ。

この原因は消費者団体のほうにあった。家庭党をはじめ多くの――ことに万博監視員を出している団体などでは執拗にいろんな商品を推奨し、それ以外のものを持っているというだけで白眼視されるような雰囲気を作っている。そればかりか、そうした連中の会合には、折あるごとにスポンサーつきの娯楽が提供されるのだが、それらはたいてい意識下訴求広告が仕込まれていた。任意加入団体であるだけにこれに文句をつけるわけには行かなかった。

要するに、日本産業全体が、たしかに巨大な視野に立つ優秀なリーダーによって指揮されているとしか考えられないのだ。それ以外にこうした状況が作られる可能性はあり得ないのだ。猛烈な攻撃をつづけそれでも思ったような効果があらわれないことに不審をいだいた海外企業群はやがてそのことに気がつき、それが何であるかをひそかに探りにかかっていた。

しかしながらその反面、悲劇も至るところでおこっていたのである。

一丸となって抵抗している日本企業群の中の、それほど能力のない連中は、海外企業の攻撃がはじまって一カ月か二カ月のうちにあっさりと予定されていたように放り出されていた。組合活動をやろうにも内外の情勢のきびしさを知りつくしている従業員たちは自分が会社にしがみつき少しでも存在価値を認めてもらい全力をあげて働くことだけに精一杯で、とてもクビになった仲間を支援できるような状態ではなかった。

しかしながらそうした人々は、落伍者全体から見れば、ほんのひとにぎりに過ぎなかった。

産業間調整に組み入れられなかった企業、単独のままで未曾有の決戦にさらされなければならなかった会社は、次から次へと潰え去っていたのだ。それも、海外企業の猛攻を何とかかわして持ちこたえられると思ったのもつかの間、今度は――かれらには信じられないことであったが――系列化された日本の会社の突撃の前に、ばらばらにされてしまったのである。

昔ながらの一家心中が頻発した。

殺人事件や強盗事件がふえた。

車を盗み出して出来るだけ人のあつまっているところへ突っ込み即死する青年が続発した。

一時雇いの仕事には、その何十倍もの人々が殺到した。かれらは機械にかわるどころか機械の能力に及ばない連中なので、その補助をつとめることで生活を支えるほかはなかった。

海外日本を問わず企業群は、こうした事態をも見逃そうとはしなかった。安価な合成食品が出まわり、一時的に精神が安定する薬品が売り出され、最下級のプレイランドがひらかれ、マスコミはかれらの弱味につけ込んで人間ばなれした芸やショーを演じさせて人気をあおろうとした。

こうした状況はふつう、一触即発の社会不安へと傾いて行くものであるが、今度の場合はいささか違っていた。というのは、コンピューターの活躍によって、かつて例を見ないほどオープンな労働市場がみごとに作りあげられたからである。複線教育の裏側つまり実務を教えるさまざまな学校はこの情勢に呼応して授業料後納制度を一般化し、スカウト会社はいたるところで随時能力テストを施行していた。競争のはげしい企業ほどいくらでも人材を求めるのだから、しばらく本気で学び技術を身につける気さえあれば、何とかなるのだし、それに財界の指示を受けた万国博協会は、出来るだけ多くの人間を建設工事の現場へ送り込もうとしている。いうなれば職がないということ、職があってもやって行けないということは、本人に働く気がないかそれとも、どんな意味においてでも無能であるということをみずから白状するのだといった——そんな気風がいつの間にか生れていたし、企業側はチャンスをみつけてはそういうムードを助長するように努めていた。

このような情勢を背景に、朝倉遼一は、反体制運動に全力をあげていた。というより、いつのまにか、反体制運動そのもののシンボル、あるいはアイドルともいうべき存在になっていたのである。

昔なら、この種の運動が、こんなふうに集約化されることは、まずなかったに違いない。立場も考えかたも違う多くの人々が、それぞれ自分でグループを作って、それが全体としてロープをないあわせるような大きな流れになって行くのが普通だったからだ。

しかし今では、事情はかわってしまっている。たしかに革新団体は活動をつづけてはいるもののの、マスコミの様相そのものが変貌しているのだ。巨大な資本と人員で構築され、上から下まで系列化された情報産業群の中にあって、それほどの力を持たぬ媒体の影響力は、相対的に低下するばかりなのだ。口コミによる浸透にしても、人々は心情的には共感を示すものの、実際にはなかなか動くところまで行かない。みんなが必死に生き企業の要請に順応して行かなければならない世相の中にあっては、それだけのことをするための見返りの保証がない限り、踏み切るわけには行かないのだった。

むろん、誰もかれもがそうだというのではない。自分の良心に忠実に、どんな苦労をしてでもたたかおうという連中は、ずいぶん多かった。多かったけれども――全体としては、やはり微々たる存在であった。

その点、朝倉遼一は、ビッグ・タレントであった。有名ということがひとつの資本として換算されるこの時代にあっては、あきらかに力を持っていた。その説くこともよくわかるし、影響力も大きい。その上に彼がそんなことをしながら社会的に容認されていることへの安心感も手伝って、人々の関心と共感はたちまち彼に集まった。一時は、嵐のように、世間を席捲して行った。

だが――。

それがそう簡単なものではないことを、朝倉とその仲間は知っていた。今の行きかたをやめるつもりは毛頭ないが、それだけに苦難も多いのである。

正直なところ、登場できるマスコミ媒体の質は、急速にかわっていた。彼が現在の立場をつづけているために、反体制的感覚のファンによる支持は増加するし、それだけマスコミにあらわれることは可能なのだが、その分だけ——いやそれ以上に、今までの有利な条件の出演依頼は減少して行くのだ。この両方に義理を立て、機嫌をとっていられるほど、情勢は甘くはなかったから、彼が訴えることのできる相手は、しだいに固定しようとしていた。

それともうひとつ。

組織の中の成員として生きた経験のすくない人間のつねとして、朝倉もまた、普通人の世間智というものの価値を信じず、軽蔑していた。エリート意識に酔い、自分の力を過信していた。ビッグ・タレントが何かをやる以上、世間の大衆たちは必ず何らかの反応を示すものであり、自分について来ないのは、その連中のレベルが低いからだというふうに解釈してしまう。ところが大半の〝社会人〟にしてみれば、ビッグ・タレントといえども見世物のひとつであり、自分たちが眺める対象にすぎないのだ。観念主義的な人間や、ヒーローを求めたがる少年少女や、世間というものにおのれの無能のせいで憎悪を抱いている連中——などを別にすれば、たいていの人間は、ビッグ・タレントに自分の生きかたを批判してもらい、指針を与えてもらおうなどとは、夢にも考えていないのだ。事の当否はともあれ、それが現実というものなのである。

あれやこれやの原因で、朝倉たちの運動は、はじめのうちこそ人々に話題を提供したものの、時間がたつにつれておとろえて行った。万博監視員などというものが登場したせいもあるが、それよりも、飽きられてしまったといったほうがいい。一部の熱狂的な支持者と、ごく少数の反対者、それに、何を考えているのか態度を表明しようともしない冷淡な大群……というのが、現在の姿であった。

形勢は不利であった。

それどころか、世間の――海外、日本企業の相剋によって、あきっぽい人々の目は、いつか彼からはなれて行くようにさえ思えるのだ。

朝倉たちのキャンペーン、集会にあつまる人数はたしかに日ごとに増えてはいた。が、それは以前から見ればはるかにレベルの低い連中であり、自分たちが社会に適応できないのを朝倉たちによって、正当化してもらおうと考えている者がほとんどだった。社会を改革する意欲などはただ口の先で、不満を告げあい、自分をごまかすためにむらがってくるだけであった。こうした連中が朝倉にとって戦力になるわけがなかった。

しかしながら、朝倉はやめなかった。人間を追い込む現社会の体制と、その象徴でありそうした世の中を固めるための万国博……この万国博をくいとめるのだという自分の主張に、完全な自信を抱いていたのだ。

以前のライバル紀の川信雄やその他のオポチュニストたちの活躍を横目で見ながら、それでも朝倉は努力をつづけていた。人間性の回復を訴え、現象にごまかされてはならないと叫びながらそのかたわら、ますます鮮明に社会の表面にうかびあがってくる若い奇妙な男女についての調査も執拗につづけていた。

かれらの正体をつかむことが、自分たちのいまの状態を一挙にひっくり返し、事態を変えるかも知れないという感じがしていたからである。

朝倉たちと対照的に、日の出の勢いにあるのが、いよいよ派手な動きを見せる万博監視員たちであった。かれらはすでに突貫工事の段階に入っている万国博が、もはや計画変更は不可能なことを知りつくしながら、それでも文句をつけ、お互いにすっぱ抜きをやり、マスコミに登場し監視員総会でわめき立てることで人々の関心をあつめていた。人々はかれらがビッグ・タレントなどと違い自分たちと同じレベルの人間だということから、その一挙一動に興味を抱いたのである。今ではかれらは万国博を監視するどころか、万国博のための道化役者といったほうがいい役割をつとめていた。

そうした中でもたえず話題の対象とされるのは、家庭党から出たふたりの監視員——恵利良子と山科紀美子であった。両人の美貌もさることながら、ふたりが協力して万国博の内容を宣伝し描写して紹介する手腕は、たしかに他の監視員たちを完全に引きはなしていた。

だが。

渦にも似てさわぎたつこの日本、一般人にとってはただの〝現代〟に過ぎないこの混沌とした世相こそ、実は日本財閥の指導者たちの手によって作られた〝最終武器〟——産業将校によって計算され、演出されたものなのであった。そして産業将校たちは自分らに与えられた目標を達成するため、財閥首脳部が予想もしなかった手段を使って、最終段階の行動に移ろうとしていたのである。

8 真昼

開け放った窓から、樹々の匂いをぞんぶんに含んだ風が流れ込んでくる。

安城の万国博会場敷地の中にいくつも建てられた急造のレストランのひとつ。

「ここにしますか」

建設会社の社員は、豪田と沖を案内しながら、レストランの隅の席を指した。

「このレストランは最近、いつでも一杯でしてね」

腰をおろすとすぐに建設会社の社員はいいはじめた。「近くの工事場どうしで協定して休憩時間を割りふりしているんですがね。もう工事も完成に近いし、人数はふえるいっぽうですから」

それからぐっと身体を乗り出した。「ときに、けさ専務といっしょに来られた広野鉄夫という若いかた……あんな年なのにすばらしい技術者ですなあ」

「それはどうも」

豪田は気のない返事をし、沖は沖で露骨に顔をしかめた。

「実際、おどろきましたよ」建設会社の社員は豪田たちの表情を気にもとめず、大仰に首をふってみせた。「現場をしばらく見てまわって図面を調べてから、工事の改善できる点を指摘してくれたんですが、それが専務さん、われわれが一週間かかると踏んでいた作業を二日間のスケジュールに無理なくおさめてしまう、内装のそれもいちばんやっかいな部分の図面を検討して素人にでもやれるように組み直す……私も長い間この仕事をやっていますが、あんなに頭のいい技術者に会ったのははじめてです。ただもう呆れるばかりですよ」

「そら、結構や」

豪田はいったが、それ以上はつけくわえる気になれなかった。三津田昇助がつれて来たふたりのことを考えるだけで、いらいらして来るのであった。不快な気分と不安がこみあげて来るのであった。

あの日以来、広野鉄夫と大川律子は、大阪レジャー産業で腕をふるっている。肩書は、経営顧問というだけで、たいした手当を出しているわけでもないが、ふたりの働きは、その待遇では考えられないくらいみごとなのであった。

はじめのうち豪田は半信半疑で、それゆえに幹部たちを納得させるのに苦労したのであるが、日がたつにつれて、誰もかれもが、ふたりに今の仕事をやらせることに文句をいわなくなって行った。ふたりの〝助言〟というのが実に正確で、一度もタイミングをはずさないのを悟ったからである。

ときどき連絡してくる三津田昇助と例によって訳のわからぬ表現で会話をかわしながら、ふたりは工場を歩いて生産設備の全面的な手直しを要求し、品目別生産台数を指示し、プレイランドの地域分けの表を作ってその通りにすることを迫った。それぱかりかみずから販路を開拓し、研究室に入っていたと思うと、これからの主力製品であるコンパクトタイプの機器の改良点を指摘し、いくつか新製品さえ作り出し、それがまたおそるべき勢いで売れて行った。

社内の人事が一新されてみると能率はぐんと向上し、士気があがった。

一カ月とたたないうちにつまりがちだった資金計画は安定し、大阪レジャー産業の見通しは目に見えてあかるくなって来た。

海外企業のすさまじい再攻勢がはじまったときにも、調整によって自己の分野を与えられシェアを確保した大阪レジャー産業は、いささかもゆるがなかったのだ。

かれらが有能でありかれらがいる限り会社は安全だと信じた豪田たちは、三津田商事への手形をらくらくと落したのちも、ひきつづきかれらにとどまってくれるように依頼したのである。こんな馬鹿なことがあるものかと思いながら、実際の成果を見せつけられている以上、かれらを離すわけには行かなかった。かれらは万能であった。こと仕事に関する限り、知らないことはなかった。経理であろうと人事であろうとさらに技術全般についてであろうと、行くとして可ならざるところはないのだ。あれから五カ月たった今では豪田たちはふたりの指示するままに行動している。きょうここへやって来たのもそのひとつであった。それが会社の安全を保証するいちばんたしかな手段だったからだ。

それにもかかわらず豪田は、何とか折をみつけてかれらを追い出さなければならないと考えていた。このままではかれらに会社そのものを乗っとってしまわれることは間違いないのだ。豪田と幹部たち、それにくわしい事情は知らないが高級社員に属する沖たちのひそかな反感をよそに、大川律子と広野鉄夫の評判は、事情を感づきはじめた社員たちのあいだで高くなって行くばかりだった。

できるだけ早くけりをつけなければいけないのだ。利用するだけすれば、思い切って捨てなければ、命取りになってしまうのだ。

「そういえば最近、いろんな新製品があちこちで発表されていますが」

沈黙を破って、建設会社の社員は低い声でいった。「私が聞いた話では、そうしたものを作り出したのは、みんな二十一歳か二十二歳ぐらいの――ちょうどあの広野さんぐらいの年の連中だということですよ。これは噂ですがね、何でもかれらは日本の産業界をリードするためにひそかに教育を受けたということで……広野さんもそのひとりじゃないんですかね？」

「……」

豪田は、眉をひそめた。

かれらの仲間は、そんなに沢山いるというのか？

しかも、そのひとりひとりが、三津田や大川や広野なみの力を持っているとしたら？

どういうことだ？

かれらはいったい、何をもくろんでいるのだ？

かれらは日本産業を一体化する、などといった。出来るか出来ないかは知らないが（実のところ大川や広野の働きを目で見た豪田は、今ではその可能性をほとんど信じかけている）、そのあと、どうするつもりなのだ？　それだけやってしまえば引退するというのなら別だが、あの若さでそんなことは考えられない。

とすると？

「まあそんなに深刻な顔をなさることはないじゃありませんか」建設会社の社員は大声で笑った。「噂ですよ。ただの噂です」それから不意に壁の立体テレビのほうを見た。「しつこい奴だ。またやってるぞ！」

スクリーンにあらわれているのは、朝倉遼一であった。朝倉はいつもの調子で万国博反対を呼びかけている。

「低能め」

建設会社の社員はつぶやいた。「自分を天才だと思ってやがる」

だがその声は、豪田の耳にははいらなかった。建設会社の社員の言葉によって三津田たちへの疑惑がいっきょにひろがるのを感じた豪田は、それがしだいに巨大な流れになって自分たちを押し流して行くのではないか……それをとどめることはもう誰にも出来ないのではないか……そうした予感を、はっきりとおぼえはじめていたのである。

朝倉遼一の叫ぶ画面を、豪田らとは少し離れた席から、山科と未知も眺めていた。

「もちろん皆さんも、一年ごと、一カ月ごといや一日ごとに、世の中が暮らしにくくなっていることにお気づきですね？」ビッグ・タレントは喋っている。「私たちの生活はなるほど物質的にはよくなっているとは申せましょう。でも、あなたの心はそれだけゆたかになりましたか？ゆたかになるどころかいっそう貧しくなり、いっそう乾燥して行っているのではありませんか？ そう。物質による満足は、精神の充足と同じではないのです。こうした状況を作り出したものは何か？ それは、物質中心の世の中でなければ具合が悪い産業界と、そのロボットである政府なのです。万国博こそ、そうした世の中の象徴であり、そうした世の中をますます強くするのです。このままでは私たちは、永久に心の平和を得ることはできません」

「淋しそうね」

視線を戻した未知がいった。「あの人、まるで取り残されているみたい。世の中がどんどんかわっているというのに」

山科は無言でコーヒーをすすった。

そう。

たしかに朝倉たちの反対運動は、今では世のなかから浮きあがっている。はじめて朝倉が万博反対を呼びかけたのが、ずっと昔のような気さえするのだ。ことにこの半年、海外企業の猛烈な攻撃がはじまってからというものは、誰もかれもが当面の、毎日の仕事に追いまくられて、万博反対などにかまっている余裕はなくなっていた。多くの会社がつぶれたが、それでもまだ大部分の主要な日本企業は海外企業とがっぷり四つに組んだまま、一進一退をつづけている。そんな情勢のもとでは、いかに正論でも、朝倉のいうことに耳を傾けているひまはないのだ。

それに、ここわずか三〜四ヵ月のあいだに、人々の生活はすこし、すこしずつかわりはじめていた。いろんな会社が発表し発売するさまざまな新製品、今までのくらしに変化を与えるあれやこれやの道具類が、それぞれはわずかずつでも、累積すればあきらかな影響を人々の心に与えていた。そのせいで、ほんの少し前のことでも人々は、はるか以前のように考えがちなのである。

しかし。

考えてみれば、世の中に取り残されようとしているのは、山科だって、似たようなものかも知れない。

大阪レジャー産業相手に打った賭けが、裏目に出かかっていることを、山科は認めないわけには行かなかった。はじめは大阪レジャー産業に食いついて吸血鬼のように、吸えるだけ吸いとってやろうと考えていたのだが、きついスケジュールに追いまくられ、契約外の仕事までサービスを強要されている始末なのだ。まあその分だけ、収入はあるのだからいいとしても、山科自身の信用ということになると、ひどいものなのであった。

あの監視員総会で、棒立ちという説得技術者にはありうべからざる真似をやった山科は、たまたまそれをテレビで見ていたいくつかのスポンサーから愛想をつかされ、説得技術者協会からは経緯報告を求められ、雇っていた専門家たちには皮肉をいわれるという破目におちいったのだ。彼のような仕事にとって、プレステージの失墜ほどこわいものはない。あのときに彼を飜弄したふたり――恵利良子と室井精造が、ふつうの人間ではないような知能の持主であったことは事実だが、それは棒立ちの理由にはならない。山科はプロの説得技術者なのだ。

仕事は目に見えて減った。いまでは、はっきりいえば大口の、継続的な顧客は、この大阪レジャー産業ぐらいなのだ。従って、シン・プラニング・センターの業容を縮小せざるを得なくなり、トヤマビルのフロアーも、三分の一ちかくを解約しなければならなくなったのである。おそらく、信用を回復してもとの状態に戻すには、長い時間がかかることであろう。ひょっとしたら、もうそれは不可能かも知れないが、辛抱強く頑張るほかはあるまい。

とはいえ。

とにかく今のところは、目の前の仕事をつづけるほかはないのだ。

大阪レジャー産業の展示館に何もかもそそぎこむほかはないのだ。今の自分に残されている実績づくりの機会は、これ以外にはないのだった。

「行きましょうか、チーフ」

未知がそっとささやくのに、山科は軽い微笑を送った。

「そうだね」

山科はむりにあかるい声を出した。「昼からはフロアーの材料の立会検査が残っている……頑張ろう」

「ええ、頑張りましょう」

未知は答えた。「でも、大阪レジャー産業のためにではありませんわよ」

レストランの二階の、厳重にドアをとざした特別室では、万博会場を見廻って来た四、五人の丸の内のエグゼクチブが、グラスを手に、静かな声で話しあっていた。

「本当にこの部屋の防音設備は大丈夫なんでしょうね」

古橋荘一郎がいった。

「大丈夫でございます」植田香子が答えた。「この部屋は協会が監督して作らせたものです。わたしをご信頼くださいませんの？」

「いや、そんなつもりでいったのではありません」古橋荘一郎は少しいらいらしたように指をあげた。「ただ、話が話だけに、念を入れたかったのですよ」

いうと、他の人々にも合図して、ソファに腰をおとした。

「実は、産業将校のことについて、皆さまにご相談したいのです」

古橋荘一郎はいいはじめた。「かれらの仕事ぶりは皆さんもご承知のとおり……充分役に立っております」

「でも……役に立ちすぎるのではございませんかしら」

植田香子がいった。

「そう、そのことなのです」

古橋荘一郎は、みんなを見渡した。「一部の人がいだいていた危惧が、どうやら本物になって来たようなんですよ」

「そう、あの連中は、最近、少しばかり目にあまる行動をとりはじめています」

ひとりが応じた。「もともと、産業将校がお互いに連絡をとりあい、自主的に行動するという今の体制は、産業将校どうしぶつかりあって効率が悪いという理由で作られただけです。ご存じのとおり本来の姿は、かれらをひとりひとり切り離して、思いのままに動かすということにあるんですがね……かれらはそれを忘れているらしい」

みんながグラスをあげて、同意を示した。

「わたしもそう思いますの」

植田香子がいう。「最近のあの人たちのやりかたを見ていますと、どうもわれわれの考えを、そのまま実行しているとは思えません。たとえば例の大阪レジャー産業ですが、かれらはあの会社を倒すといっておきながら、今では仲間を送り込んで盛り立てています」

再び、みんながうなずく。

「大阪レジャー産業だけではありませんよ」またひとりが苦々しげにいった。「本来ならば潰してしまうべき企業を助け、助けなければならないわれわれの系列会社が無視されている例は、ほかにもいろいろあります」

「おっしゃる通りですわ」

植田香子はそちらへ会釈を送った。「そのことを私も二、三度注意してやったことがあるのですが、かれらの返事はきまっていました」

「――目的完遂のためには、可能な限り高効率な手段を採らなければならないというんでしょう?」またひとりが、苦笑まじりにいった。「産業社会の有機性とコントロールの方法をいちばんよく知っているのは産業将校だというんでしょう?」

「かれらは、何もかもわかっているつもりなんですわ」

植田香子は唇を結んだ。「あの人たちは自分たちに与えられた目標を達成することが他のすべてに優先すると考えているのです。たかが外資駆逐用に養成された道具に過ぎないというのに――」

「問題はそこなんです」

古橋荘一郎が身をのりだしたので、再びみんなの視線は、こちらへ集まった。「その点についての、われわれの結論はほぼ一致しているんですが……先だって五十嵐会長も指摘されたように、いまかれらの動きを規制したりすれば、外資に対抗することは不可能になります。といって、このままでは、われわれの主導権を奪われてしまいかねません」古橋荘一郎の目には、心なしか、不安の色が浮かんでいた。「いや、主導権を奪われるどころか、へたをすると、これから日本が、かれらの思うままに動かされて行くかも知れません」

誰も、うなずきはしなかったが、さりとて、否定する者もなかった。自分たちの胸中の不安を、古橋荘一郎がずばりと言ってのけたからであった。

「結局――うまくかれらをコントロールするほかはありませんな」

ひとりが低くいった。「今のまま活動はつづけさせるが――行きすぎないように、やわらかく規制することです」

「そう」

植田香子だった。「われわれはやはりロボットたちに、真の支配者が誰であるかということを教えてやる必要がありますわ。つまり、今の体制をもうすこしゆるやかな、干渉可能なものにするべきです」

「それが本当でしょうな」

ひとりが古橋荘一郎に頷きながら、自信ありげな口調でいった。「そのためには、どうやら外資との対立状態が固着の様相を見せている今がチャンスですよ。よろしい、私はあした産業士官学校へ行く用がありますから、そのとき運営委員長に話してみましょう」

話はそれで終った。丸の内のエグゼクチブたちはグラスを乾すと、もとの雑談にたちかえった。

真昼の光を音もなく浴びる東ゲートのそばでは、ふたりの男が、あたりにするどい目を向けながら話しあっていた。家庭用自動機器の最大メーカー、ワールドホームの極東支配人と、世界的組織を有するという外資系サービス会社の日本駐在所長であった。

「われわれの調査によれば、日本の主要企業および主要消費団体の中核には、必ずといっていいほどその組織とは不つり合いなほど若い男女が存在することが判明している」ワールドホームの極東支配人は流暢な日本語でしゃべっていた。「そしてその男女が日本の異常な抵抗に寄与しているらしいことも確実になった。かれらが、われわれの進出を阻んでいるそのリーダーなのだ」

「そのことは、こちらの調査でもかなり詳しいデーターが出ております」日系二世の駐在所長は目を相手に向けた。「ご用むきとおっしゃるのは、その連中に関する詳細な調査でございますか？」

「それは必要かも知れないが、最終目的ではない」極東支配人は首を振った。「われわれが本社から与えられている命令は、一日もはやく日本市場を制圧しろということなのだ。かれらがいなくなれば日本の企業や消費団体は骨抜きになると私は判断した。早くいえばその連中を排除する仕事を、きみたちに頼みたいのだ」

「――わかりました」

「手段はきみたちに、一任する。費用も必要なものは全部出す」極東支配人はくわえていた葉巻を捨てた。「この仕事にはわが社のみならず、他のビッグ・ビジネスの日本担当者たちも関係しているのだ。きみたちが失敗すれば、きみたち自身の信用がなくなる。その影響は非常に広汎な作用を示すであろう」

「――承知いたしました」駐在所長は精悍な顔に、刃物のような微笑をうかべた。「即日着手いたしましょう」

9　真相

面会室に入るため、廊下を自動的にすべるシートに身をあずけたまま、朝倉遼一は自分の気力がおとろえているのを、はっきりと感じとっていた。睡眠時間を切りつめて動きまわっているその肉体的な疲労のせいもあるが、それよりも、周囲の情勢が及ぼす絶望感に由来するといったほうが正確である。

事態は悪化するばかりであった。いや、今ではもうほとんど挽回不可能なところまで来ている。万国博反対のために行動を共にした多くの仲間や団体は、次から次へと朝倉のもとを去って相手がわに走っていた。朝倉の陣営にいると見られるだけで、いちじるしく色目で見られ仕事の枠はせばめられ、ひいては万博反対どころか自分自身の存立さえあぶなくなるというのが実情なのだ。

むろん、朝倉自身への仕事、マスコミへの登場の機会といったものは、万博反対運動を開始する前から見ると、大幅に減少していた。マネージャーが走りまわって注文を手に入れて来るから仕事の量そのものはほとんどかわらないが、以前のような、殺到してくる注文の中からもっとも有利でもっとも影響力の大きいものだけを恩恵的にピックアップするなどということは、夢であった。

当然、減収になる。

減収になったぶんは、はじめのうちこそ、万博反対にひっかけた朝倉ルームの、自主的な刊行物やフィルムなどの売りあげで埋めることができた。が、それらがある程度人々の手に行き渡ってしまったあとはほとんど伸びず、したがって朝倉は今までは決して手をつけようとはしなかった割のわるい仕事をもこなさなければならなくなった。そんなものに手を出すということが自分の威信をきずつけることになり、それがまたまともな注文の減少になって悪循環をひきおこすということを熟知しながら、やらないわけには行かなかったのである。

それでも、かれを支持する人々が、かれの真の意味での精神的な仲間であるならば、朝倉はこれほど絶望的にはならなかったに違いない。が、現実は、今の朝倉のまわりにむらがってくるのは、朝倉をバックアップするというよりは、朝倉自身を錦の御旗にして自分たちはそのあとからついて行こうとする――そんな連中が大半であった。朝倉の友人ではなく、朝倉に寄生して安心感を持とうという追従者に過ぎなかったのだ。

はじめて万博反対を打ち出したころから見ると、すべての様相は一変していた。それは朝倉にとってだけのことではなく、日本全体の状況がそうなのであった。反骨の精神は他を払って現状肯定の気風がみなぎり、より高いものを求めるかわりにより有利なものを求めるのが当然とされ、組織の中で自分をつらぬく前に組織に同化されて安全になろうとする人々、つねに主流派としてしか生きることを知らない人々で満ち満ちているのだ。社会がそんな人間を求め、そんな人間が社会を作りあげているのだ。真正の意味での人間にとっては生きて行くことができないそんな世の中がしだいに固まろうとしているのだ。

そして、その社会を支え、コントロールし筋金を入れて不動のものにしようとしている一群の奇妙な若い男女、朝倉の調査によれば今年の二月から三月にかけてさらに百名ちかくがくわわったその体制奉仕者たちこそが、今の世の中の趨勢を作り出していることに間違いはないのだ。かれらが存在するかぎり、今の世の傾向はゆるがないのだ。

かれらを叩き潰すこと――それが、すべての日本人にとって緊急の課題でなければならないのだ。自分たちの企業を、集団を維持してくれるために本質を見誤っている一般大衆に、本心に立ちかえらせ、かれらを排撃する方向に持って行かなければならないのだ。

だが、どうすればそれが可能になる？

惑わされた一般大衆を、どうすればめざめさせ、立ちあがらせることができる？

大衆を納得させるための証拠、大衆を動かすための武器、そうしたものがないかぎり、いかに叫び立てても、所詮は観念の産物としか解釈してもらえないのだ。

万博開幕まであと六カ月というところまで迫った今になって、朝倉自身、本気で万博をやめることができるなどとは信じてはいなかった。もともと万国博反対などということははじめからひとつのスローガンにすぎないのだ。あげて大勢順応に流れる世相、目の前の利益だけに左右される風潮、そうしたものを利用しそうしたものを生みだす産業絶対優位主義とその体制維持者たちを打倒するためにもっとも象徴的な疑似イベントである万国博を攻撃対象にえらんだだけなのだ。だから、たとえ万国博が開かれたとしても、それはそれで仕方がない、それよりもその根幹に打撃を与え世の人々が目ざめてくれれば、朝倉の目的は達せられる。

しかもその敵は具体的に姿をあらわして来ている。あとはかれらをどうして打ち倒すかということだけなのだ。

どうして。

そこまで考えた朝倉は、シートに仕込まれた連絡器がかすかな音を立てているのに気がついた。

面会時間まであと一分の合図である。

「何か――」

朝倉は交話器のスイッチを入れて、筆頭マネージャーに訊ねた。「何か連絡事項はあるか？」

「きょうの面会券はひとりの人間に買い占められています」筆頭マネージャーの声が流れた。

「その人間についてざっと調査をしましたが、どんな人物なのかはよくわかりません。第一級の安全措置をとるよう手配してありますから、よろしくお願いいたします」

「わかった」

朝倉はシートにもたれた。

いったい何者だろう。

面会券のプレミアムがさがって以来、朝倉の一日の面会時間が買い占められることはまれではない。

が、そうした客はたいてい、どこか常軌を逸していた。サイン帳を百冊以上積みあげる青年や、はじめから終りまで自己の失恋ばなしをしゃべりまくる少女や……面会券を発売している以上誰にでも会う義務があるとはいいながら、最近は放棄しようかという気になることさえある。

廊下の分岐点で右に曲ったシートは、そのまま面会室に入って行った。

クラッシックな装飾をほどこした面会室の床から、所持品走査ゲートを通った相手のシートがせりあがって来た。

客は、四十そこそこの油断のならない顔つきをした男であった。ジャーナリストでもなければむろんファンでもない。およそこの面会室には不似合なタイプの人間であった。

「はじめまして」

朝倉と二メートルばかりはなれた床の上にシートが静止すると、男はいった。きたえ抜いた感じの身体つきだが、頭の回転もはやそうだし、言葉はいんぎんだった。「いつもご活躍のごようすを拝見しております」

「そういうご挨拶は抜いていただいてよろしいんですよ」

朝倉は親しげな表情をつくりながら、きまり文句を述べた。「私どもは面会時間をフルに使っていただいたほうがありがたいのですから」

「なるほど――それはそうですな」

男はにやりとした。氷のような感じの笑いかただ。「では、これをごらんいただけますか?」

とり出したのは、上質紙で作られた一冊のパンフレットである。

「これは、手前どもが調査し作りあげたものです」

男はそれを、ふたりの間にあるテーブルに載せた。「――ちょっとお読みいただきたいのですが」

朝倉は手にとってみた。無地の表紙に、報告書という文字がしるされているだけだ。

「いま、ここで読ませていただいてもよろしいので?」

「ええ、どうぞ」男は足を組んだ。「お済みになるまで待たせていただきます」

朝倉はそのパンフレットを、監視しているマネージャーにも読めるよう、テレビカメラを仕掛けたスタンドの光の中に置いた。加速剤を服用したばかりなので、頭の中は澄み切っている。外国語をそのまま翻訳機にかけて印刷したらしいそのパンフレットを読みはじめた朝倉は——しかし、不意に身体の中で爆発がおこったようなショックを受けていた。

それは——物語ふうにしるされてはいたが、まさしく報告書そのものであった。それも、ついさっきまで朝倉が考えていたあの奇妙な若い男女に関する詳細なレポートなのであった。

*

一九七三年九月四日、東京のエンペラー・ホテルに、日本を代表する三財閥である丸の内、日本橋、中之島系列の代表的な企業の指導者たちが参集した。マスコミにも連絡せずひそかにおこなわれたこの会合は表面的には親睦会ということになっていたが、実は、外資に対する日本産業としての総合対策を検討するためであった。

当時、一九七〇年に大阪でおこなわれた万国博のあとをうけておきまりの不況の中に置かれていた日本経済界は、その不利な条件のもとで、資本の全面自由化を迫られていた。それまでにも日本はかなりの業種について自由化を認めていたが、海外諸国は満足しなかったのである。全面自由化がおこなわれれば、日本の多くの部門が潰滅し、そのあおりを受けて結局日本経済全体が危機におちいる可能性がある。

なるほど、部門によっては充分に外国資本と拮抗し、むしろ勝利をおさめそうなものもないではなかったが、産業や工業技術のレベルというものが、ますます相互連関性を強めている時代にあっては、あっちは駄目だがこっちはパス、という具合には行かない。もしも日本全体の自主性を保ちたければ、鎖の輪の欠損は、できるだけすくないほうがいいのだ。

そして、日本産業というワンセットのメリットを失うことを、もっともおそれていたのが、これら財閥企業群であった。

そうしたことを見越して、日本企業群は早くから経営体質を改善し設備を充実し系列化などの方法で弱点をおぎない競争力をつけていたが、一九七二年ごろから、思いもかけぬ不安があらわれて来た。

それは、人材の不足であった。ペーパーテストを中心とした日本の教育制度の欠陥も手伝って、実際に役に立つビジネスマンやエンジニアの数は高等教育人口に比してかいもく伸びなかった。学校を出ただけではすぐ実戦に役立たないので、各企業はそれぞれ自己の負担において研修をおこなわなければならず、しかもある程度まで育成したところで他の企業にスカウトされるというケースが頻発しはじめていた。このままの状態で資本全面自由化に突入するのはあまりにも無謀であった。

日本産業の指導者、就中、財閥系企業の首脳陣はこの悩みを解消するため、あえて伝統的な教育体系を無視し従来の企業単位の研修教育を更に高度なものとし普遍性のある能力を育成する教育機関を作ろうとしていた。これからの産業社会の中核となる真に有能な人材をひそかに育てて、かつて帝国大学卒業生が日本近代化の推進力となったように、その教育機関の卒業生を外資への防衛とともに日本産業のバックボーンにして使おうとしたのである。

育成される人材が産業社会のリーダーになるべきだという理由で、その教育機関は産業士官学校と名づけられ、卒業生は産業将校と呼ばれることに決定した。

一九七五年夏。

東京の奥多摩で産業士官学校の起工式が挙行された。報道関係者はすべてシャットアウトされ、この事実を報じたのは、たまたま現場に記者が通りかかった関東新聞一紙だけであった。その頃までに、学校に入学させるための人間探しが、ひそかに、しかし大規模におこなわれていた。

人間探しといっても、実は、綿密な計画にもとづいたものである。

財閥首脳部は、はじめ、このために、当時秘密裡に研究がはじめられていた人工交配を考えた。遺伝を調べ、DNAを分析して適性のあるものの精子と卵子をかけあわせ、人工的に人間を作り出そうというのである。

しかし、その時点では、この技術は、まだ人工子宮そのものが完成されてはいなかったし、第一、今からでは、とても間に合わない。

かわりに、この計画の推進者は、当時進学競争の影響でしきりに行われていた知能テストの結果を活用することにした。そのころ一番大規模にこの調査、研究を実施していたのは、人間科学の学会の附属機関である。かれらはその調査結果を金の力で買いとり、ごく優秀な成績を示した者に、ひとりひとりその団体の名を使って交渉し、生殖細胞か、それができなければ体細胞を採取して、遺伝形質を調べあげて行った。DNA→RNAのメカニズムの研究は、そのころ飛躍的に進歩し、ひとつひとつの遺伝子についても、かなりくわしい分析が出来るようになっていたので、その程度のことは可能だったのである。調査を依頼された学者たちは、莫大な報酬のかわりに秘密を誓わされ、精神的にも肉体的にも、常人よりぬきんでるはずの素質を持ったサンプルを選び出して行った。

こうして作りあげられたリストをもとにして、今度は、財閥系企業の名で、かれらのスカウトがはじまった。候補者は相当な数にのぼったが、ふつうの教育を受けて、本来持ちあわせている才能をスポイルされたものは避けなければならない。結果として、生徒予定者は、中学校卒業寸前か、それより年少のものに限られることになった。

高校受験を断念させるための、さまざまな交渉がはじまった。企業の特別研修員であり高給であるという餌をちらつかせたり、あくどい受験妨害までおこなわれたが、やはり家の体面とか、そういったこともあって、半数以上が進学してしまった。うまくスカウトできたのは、従って、六割ちかくが、経済的、地理的理由でもともと上級学校に進ませるつもりのなかった家庭の出身者であった。

産業士官学校へ出資している各企業によって採用されたかれらは、一応その企業に就職しその企業の研修所で予備知識を与えずにテストをおこなってから士官学校に入学させ、親許には毎月手当を送った。

第一期生が入学したのは、一九七八年の三月である。

「これは……事実ですか？」

朝倉はパンフレットから顔をあげて目の前の男に訊ねた。

「事実です」

男は答えた。「裏付ける資料が必要でしたらごらんに入れましょう」

「しかし……どうしてこれほどくわしく」

「どんなに選ばれた集団にも、自己の利益を優先させる人間はたくさんいます。日本財閥のリーダーたちでも、すべてが木石ではありませんからね」男はしずかに笑った。「次をお読み下さい」

朝倉は再び目をおとした。

産業士官候補生の教育期間は原則として七カ年であるが、平均点九十点未満のものは進級を許されない。

教育課程作成のためには、各部門の日本一流の専門家が動員され、真相を知らされないまま、作業を要請された。直接生徒たちと顔を合わせなければならぬ科目については、秘密を守ることを誓わせた上で、必要な予防措置がとられた。

生徒の教育には、その時代の科学技術のあらゆる成果が活用され、設備は何ひとつ不足がないように巨額の資金が投入された。

入学した生徒は、以後の学習にそなえて、まず肉体面から訓練される。三日間の徹夜対話、十時間以上ものコンベアー上疾走などを含むハードトレーニングが終ると、短時間睡眠、速読術、正確な時間感覚と、方位、距離把握能力、自己暗示によるコントロール、反射神経の鍛錬などを習得させる。

学習は、ほとんどが圧縮催眠記憶の反復によっておこなわれる。これによって生徒は七年間で、通常の二十年以上に匹敵する知識とその応用力を身につけることになる。

科目は、ほぼふたつの系統にわけられる。ひとつは、為政者としての感覚の上に成る組織力学の徹底的な応用力の養成である。生徒はここで独自に開発された公式を叩きこまれ、あらゆるタイプの人間集団の構造とその変化および刺激に対する反応などを応用心理学の裏付けによってマスターし、同時に自分がその組織体をコントロールするための催眠術などを含めたさまざまな他人を動かす技術を学びとる。

もうひとつは、現代科学のあらゆる部門についての学習である。生徒はすくなくとも物理学や分子生物学、医学や工学一般などの全パートの専門家とその分野において対等に太刀打ちできるようになっていなければならない。

さらに産業士官学校独自のものに、完全武道というものがある。これはさまざまな武道の長所を取捨選択し、動きを公式化して作られたもので、これによって生徒は護身力を身につけることになる。

上級に進むに従って、これらの課程に現在の世界及び日本に関するあらゆる現象が応用問題をかねて紹介され習得される。さらにその上へ行くと今度は今までに蓄積した知識をもっとも有効に利用するため、コンピューターを使って処理する力を持ちはじめる。この時期になると生徒たちはお互いの思考のスピードのままに符号を使って独得の会話形式をとるようになる。

第七年生になった生徒は、ここで完全自由選択コースに入り、今までに習得したすべてのものを自分で組みあわせて本人独自の特殊能力をマスターすることを求められる。

こうした膨大な特別教育訓練においては、しかし、情操的なものはきびしく拒否されている。産業将校は、自己に与えられた命題を実行するために養成されるのである以上、他人への同情とか恋愛感情などはもちろん、人間がいかに生きるべきかということさえ考えるのは有害無益なのだ。かれらはつねに全体を考え、全体の中で成員はいかにあるべきか自分の位置はどこで役割は何かということを判断した上、必要とあれば全体のために自分を消すことも当然だと考えている。かれらには自己の内面からの衝動というものがあってはならないのだ。

こうして卒業した産業将校たちは、一定期間ごとに学校へ戻って、自分が卒業以来習得しあるいは考えたもののうち重要と判断するものを学校のための共同記憶として吹きこみ、あわせて、卒業以後にあらわれた新理論や新技術を催眠記憶でおぼえこみ、つねに能力を最高に発揮するように要請されている。

現在、社会にある産業将校は第一期八十七名、第二期生九十六名で、その所属組織は次のとおりである。

……

*

もう辛抱できなかった。

もうこれ以上は読みつづけることはできなかった。

朝倉はパンフレットを閉じると、どっと襲ってくる怒りを、何とか統制可能なところまでしずめようとした。

そうなのか。

これが、かれらの正体だったのか。

こうしてみると、なぜかれら――産業将校たちがあんなにも有能であったかわかる。

が、その有能さとは何なのだ？　それはロボットの有能さと本質において少しもかわらないではないか？　なるほどかれらは膨大な科学知識を持ち、社会をコントロールする能力を持っているかも知れない……知れないがそれがいったい何だというのだ？　かれらには人間にとって何がいちばん大切かということなどは何ひとつわかっていないのだ。つねに全体を考え全体の中で成員はいかにあるべきかを考えるだと？　そんな人間に個人の自由、人間本来の尊厳などがわかるわけはないではないか。

いや。

かれらを人間と呼ぶことはできない。

かれらは道具なのだ。

今の世の中に間に合うように作られた人間ロボットに過ぎないのだ。

たしかに今の産業社会、今の日本がおかれている立場から見れば、かれらほど有能な存在はないであろう。かれらがいるからこそ現在まだ日本が海外企業に踏み潰されずに済んでいるということはいえるだろう。最近噂されているように、かれらがいろんな新製品を作り出しているというのも、事実にちがいない。

しかしだ。

役に立つからといって、それがそのまま立派だとはいえない。かれらは自分たちを育てた財閥の手足となってはたらき日本全体を守ろうとするだろうが、それはそのまま体制をいよいよ強化するだけなのだ。しかも、かれらは一個人のことなどよりもまず全体を優先させて考えようとするという。そんな連中に支えられた日本が作られてゆくのなら、そんな連中がエリートとしてまかり通る時代がくるというのなら……本当の文化というものが生き残る余地はなくなってしまう。

「いかがでしたか」

男はまだじっとこちらをみつめていたが、朝倉が顔をあげると同時にいった。「おそろしいことです。優秀な素質を持った少年少女がモルモットのように扱われ、企業に就職するつもりでなかば機械に仕立てあげられ、世の中へ登場して来たのが、産業将校なのです」

朝倉はかすかにうなずいた。

「本当なら朝倉さんたちの万博反対運動は成功していたはずですよ」男はつづけた。「それをはばんだのはかれらなのです。かれらは攻撃目標ときめた相手をあるいは追いつめあるいは催眠術などの非常手段を使ってその集団を手に入れると、今度はその集団の力を利用してあなたがたに圧力をかけたんですからね」

「そのことは、こちらにも推察はついていました」

朝倉は答えた。「しかし、それを一般に訴えるには証拠がない。もしかりに証拠を握ったとしても、今の私にはそれを大々的に展開することはできないでしょう。それほど私たちに加えられている圧力は大きいのです」

「その資金を私に出させてくれませんか?」

突然男は身をのりだした。「それから、あなたがキャンペーンをするための舞台や機会を提供するスポンサーも知っています。ですから——おやりになりませんか？　かれらを社会から排除して万博反対運動を成功させる気はありませんか？」

「……」

この突然の申し出に対して、朝倉はとっさには答えられなかった。

「あなたはなぜ」朝倉は相手を見た。「そんなことをしようとなさるのですか？」

「なぜって、それは、産業将校などというものは、世の中の体制を強化するようにしかはたらかないからです」男はちょっと動揺したような口ぶりでいった。

「失礼ですがあなたは？」朝倉は追及した。「あなたのその資金は、あなたから出るんですか？」

「私のことなど、どうでもいいでしょう」

男はまたつめたい笑いをうかべた。「資金はまちがいのないところから出ます。安心していただいていいのです。証拠あつめの調査や工作が必要だったら、そのための人数も提供させていただきましょう。いかがです。万国博反対の主要な理由として、それが産業将校によって推進されてきたこと、産業将校についての真相を公表して非難すること——正直に申しあげますが、この機会はあなたにとっては最後の巻き返しのチャンスではないかと思うんですが」

「考えてみましょう」

朝倉は答えた。「よろしかったら、面会券は不要ですから、あすもう一度ご連絡の上、おいで下さい」

いいながらも、実は朝倉の心はかたまっていた。

やるのだ！

この機会をのがすことはできない。

この男の言動や、持って来たパンフレットなどから、朝倉はすでに相手が、どこか海外のビッグ・ビジネスからのまわし者であることを漠然と悟っていた。海外企業は日本の抵抗が予想外に強く、その裏に産業将校が動いていることを突きとめると、その産業将校を排除するため、朝倉を利用しようとしているのだ。

それでもいいではないか。

たとえ日本の産業が海外企業のために潰滅しようとも――あの産業将校などというものによって規制される社会が出来あがるよりはよほどましだとはいえないか？　人間にとって、そのほうがより人間らしい生活が送れるのではないか？

やるのだ。

男のいったとおり、朝倉にとってはこれが最後のチャンスなのかも知れなかった。

産業将校を追い出すのだ。ロボット化された人間によって守られなければならないような社会は打ち破るのだ。そのためには非常手段をとってでも勝利をおさめなければならない。大衆はやがてわかってくれるだろう。

やるのだ。

証拠をあつめあたらしいかたちのキャンペーンを展開し、かれらに対決を迫り万人の前でどちらが正しいかを訴え、かれらに退陣してもらうのだ。

朝倉が再び男のほうに目をむけたとき、もう相手のシートは床に沈んでいた。

10　黄昏

産業士官学校の近くに車を駐めた三津田昇助は、うそ寒い夕風の中、まっすぐに学校へ近づいて行った。

将校会合がはじまるまでにあと五分と三十五秒。

きょうの会合には、いま外部で仕事をしている人間も含めて、全将校があつまることになっている。

議題はわかっていた。

士官学校の運営委員からの干渉である。

そして、結論もわかっていた。

昇助の頭の中で整頓され、必要に応じて動く公式によっても、そんな干渉は低効率な結果を招致し、将校全体のエネルギーの損耗に終るだけだということは——わかりきっている。

問題は、そんなふうな干渉をする勢力を、どういう具合に排除するかなのだ。

ふつうの人間が考えていることに従うなどという行為は、論外だった。はじめから考慮に入れる必要もなかった。かれらの目的達成のための行動を、鈍い思考と散漫な判断で規制させることはできない。

消さなければならない結果が出れば、消してしまう――もちろん、それはストレートな行為であってはならない。大局的に判断した上で、もっとも有利な形でおこなわれるのであるが、そのことに対して、かれらは、別に何の感情も抱いてはいなかった。行く手のドアが閉じていたら開ける――その程度の気持でやってのけるだけなのだ。

財閥首脳部も含めて――一般の人間には何もわかっていないのである。いま、海外ビッグ・ビジネスの猛攻をどうやら支えているのは、産業将校どうしが相互に緊密な連絡をとりあい情報を交換して各産業間を調整し、生産量や販売量やその品目別の推進放棄の決定をおこない、消費者集団と呼応して動きながら、折を見て新製品を売り出してシェアをひろげ確保するという複雑な総合作戦がおこなわれているからにすぎないのである。それもなるだけ表面に出ないように気をつけてやっているのだが、財閥の指導者たちは現況はむしろ自然な形であり、産業将校はただその情勢を効率的にバックアップしているのだというぐらいにしか解釈していないらしい。もしもいまこの作戦を放棄すれば日本企業は各個撃破されて木っ端微塵になってしまう。いや、少しでも手を抜けばもう回復は不可能なのである。

要するに、この会合は、かれらをさえぎろうとした意志を持った連中を、消すために過ぎない。そして、それは産業将校たちにとっては、赤ん坊の手をねじるようなものなのであった。

小規模な企業訓練所に見せかけるため、建坪三万平方メートル以上ある産業士官学校の地上部分は、二階建てのこじんまりとしたビルになっている。

暮れかかったその門の近くの茂みまで来た三津田昇助は、ふと足をとめた。

視野を、何かが動いたのだ。それも、動物のものではなく、人間のような形状をしていたのだ。と気がついた瞬間、昇助は三千五百サイクルで二度、みじかく口笛を吹いた。動いたものが士官学校に関係あるものか産業将校なのだったら、ただちに応答するはずであった。

が、何もない。

気がついてから一秒とたたないうちに昇助は、その影の動いた方向へ、腕にはめていた交話器を飛ばしていた。つづいて昇助自身の身体が、ばねのように跳躍していた。

黒いものが、飛び出した。

人間だった。

走った。

追った。

相手は速かったが、それはふつうの人間としての速さである。昇助はたちまち追いついて、相手の背をむこうへ突いた。完全武道の初歩である。

相手が、倒れた。倒れながら、くるりと身をまわして足を昇助のほうへ突き出し、はずみをつけて起きあがると、するどい突きを入れてきた。

昇助はからだをひねり、相手の腕をわきの下へかかえこんで、自分から地面へ倒れこんだ。

腕の骨の折れる音が残った。

「何?」

声がしたので、昇助は首をおこした。

恵利良子だった。

「逃亡」

「調べは?」

「まだ」

「わたしが適任」

いうと、良子は、苦痛に顔をしかめているその若い男に当身をくわせた。覚醒のときを利用して、催眠術で何もかもしゃべらせてしまうのだ。

「開会に四十秒。先報」

昇助はいうと、良子と男をそこに残して学校のほうへ走りだした。

三津田の連絡によって会合を遅らせた産業将校たちの前へ、恵利良子は二分三十秒おくれてひとりで入って来た。

「調べ終了」

良子はいった。「士官学校内偵者。派遣朝倉遼一」

「スパーク」

「朝倉＝外資。産業将校告発キャンペーン準備。証拠収集。以上。記憶消去・解放」

「作業平行要請」

三津田昇助が他の将校たちのほうに向き直った。「将校非難・影響」

「報告」

恵利良子がつけくわえた。「山科紀美子不明」

「不明？」

「確定十六時」

「減式推論・朝倉陣営八十二パーセント」

「加式推論・おなじ・七十五パーセント」

「蓋然——催眠効果消去——証拠用」恵利良子はやはり顔色ひとつ変えずに応じた。

「有意」

「排除提唱」

ひとりがいう。「優先度V本議題」

「検討」

「可」

同時に、ベルが鳴りひびき、「開会」の叫び声があがった。

産業将校たちのこの次の目標が、予定を変更し、朝倉を中心とする勢力に向けられることは、確実であった。

その頃、ワールドホーム提供の全国ネットワーク番組に乗った朝倉遼一は、産業将校のすべてをすっぱぬき、はげしい非難をはじめていた。

第四部

'87

1　夜明け

一九八七年の一月一日。

安城の東海道万国博会場である。

まだ地平は暗い。

大小遠近無数の灯が怪物の目に似て明滅する中、肌に痛い寒風が唸りを立てて旋回し、合流しては散乱しながら吹きあげてゆく。

働いているのは、吠える自動トラクターであり、叫ぶスプレー・マシンであり、重さを曳いて滑るクレーンであり、白い息で連絡をとりあう人間であった。突貫工事はついに最終段階にかかったのだ。夜も昼もなく、休日もウイークデイの区別もない。あと七十三日――三月十五日の開幕をめざして、ただもう凶暴に突進する猛獣であった。

四百万平方メートルの敷地を縫う自動管制ワゴンウェイ。群立するパビリオン――日本政府館や各国館約五十。海外・日本の企業または企業連合体および諸団体のものほぼ百五十。アイデアと技術の粋をつくしたサークランドその他の附属施設のすべての建設がラストスパートに入っていた。

そこには、一八五一年パックストンの水晶宮とともに幕をあげ、時代とともに発展をつづけながらパリで二十世紀を招き寄せ、ゲルニカや窓なし建築やプラスチックでセンセーションを巻きおこし、やがてブリュッセル、シアトル、ニューヨーク、モントリオール、大阪、メルボルンと移って来た世界的な博覧会の、その準備すべてに共通していた奇妙な熱狂と計算と猛進があった。一年半か二年ぐらい前まではまだお互いにライバルのようすを探りあい、自分のところに思いがけないミスや恥のたねはないかどうかを確認するために血眼になっていた各企業でさえ、今ではもう引かれたレールの上を全速力で走るほかはなくなっていた。

もういっさいの変更は不可能なのだ。

時間との競争が残っているだけなのだ。

そのためか、去年から今年にかけて、しだいにそれぞれのお国ぶりが顕著になって来ていた。正確なスケジュールを守って着実に工事を進めるイギリス館やイギリスの企業、はじめは悠々とのち圧倒的な機材人員をもって加速度的に建設して行くアメリカ系、目をみはるようなスピードで進捗していながら完工直前になって念を入れはじめたフランス……各国館はもとよりのこと、ワールド・エンタープライズと呼ばれる大企業でさえ、やはり本来的な国籍に由来する性格は決して失われることがないことをそれは示していた。

異様なのは日本のパビリオンであった。

政府の手になる展示館、公共施設はむろんであるが、各企業単位団体単位の建物（そのうちいくつかは、倒産あるいは経営悪化によって出品を中止していた）の工事が、総合的に連関されて進められだしたのである。ふつう、機材の搬入や建設要員の配分、共同設備の使用などについてはトラブルがつきものなのだが、それがほとんど見られなくなったのである。というのも、日本関係の工事の責任者たちが絶えず相互に連絡をとって時間と場所を計算し配分し調整して、決して衝突やロスがおこらぬように手を打っていたからであった。

それをリードしているのは三十名か四十名の若い男女でかれらはまた忙しげに走りまわりながら自分と関係のあるいくつかの会社や団体の建設現場にあらわれ、工程を監視しチェックしていささかでも不合理なものがあれば即座に手直しを責任者に求めるのである。そのため、最初は万博反対運動やぞろぞろ歩く監視員などではたして工期に間に合うかどうかと危まれた日本のパビリオンが、どうやら三月十五日までには全部仕上がるであろうという見通しが立ちはじめていた。

人々はこの若い連中が産業将校という名の、特別に訓練を受けた人間であるということを、もう朝倉遼一を中心とする一群のキャンペーンによって熟知していた。熟知しながらも、コンピューターを使って結論を出しお互いに緊密な連絡をとりあって出されるかれらの指示に従うことが、当面の自分たちにとってもっとも有利であるがゆえに、誰ひとり抗議もしなければ反抗もしなかった。

「交代！」

区域監督の声がかかると同時、暁の冷え切った空気の中、巨大な機械から飛び降り手を休め椅子を立つ中下級技術者や作業員たちの表情には、ふと、仕事に一段落ついた安堵とともに、自分たちはこれでいいのだろうか、このままで自分たちがどこへ行くことになるのだろう、あの産業将校たちはいったい何をしようとしているのだろうという色が浮かびあがる。が、それは一瞬のことで、たちまちぞんぶんに活用しなければならぬ休憩時間のことが脳裏をかすめるのか、無表情にかえってしまう。それだけのことであった。

しかし。

それは安城の、万博建設工事に直接従事している人々だけのことである。

万博とそれほどつながりを持たない——ことに都市においては、しだいに昨年の終り近くから、不穏な空気が生まれはじめていた。

一抹の疑惑は抱きながらも、信頼し、役に立ちそうに思えた一群の青年男女が実は財閥の手によって人間ロボットに仕立てられたものだったのだ。

深刻なショックを受けた人々はまず不安を、ついで恐怖をおぼえはじめていた。

こうした気運を作り出し、あおり立てたのは、むろん朝倉遼一を中心とする一群の人々のキャンペーンである。

朝倉遼一はワールドホームやAAR、B&TやSDCなどの外資の全面的なバックアップのもとに、激越な調子で世間に訴えつづけた。彼はまず産業将校のリストを発表し配布し、産業士官学校の実態を印刷してひろめた上で、かれらによって何がおこなわれているかを明示した。かれらが有能であると認めた上で、その有能さは現体制におけるロボットの有能さに過ぎないこと、かれらがどんな手段で今のポストを手に入れたかということを世の人々に告げた。このまま行けばおそらく世の中は産業将校の思い通りに動かされるであろうことを指摘し、それが一見日本民族のための社会であるようではあっても、実は体制維持のためにしかはたらかないものであることを、叫びつづけた。文学も音楽も美術も知らず、人間の心のよろこびも悲しみもわからぬ産業将校、組織力学や科学技術だけにこり固まった産業将校によって築きあげられる世の中がどんなものかを暗示した。

「かれらにそんな力があるのかとお疑いのかたは、万博の日本関係工事の進行状況を凝視して下さい」朝倉はスクリーンで絶叫した。「国民みんながこぞって反対したのをらくらくとはねのけて急ピッチで進められる建設の中心となっているのは、産業将校なのです。しかも私の調査では、万博にタッチしている産業将校はせいぜい三十人そこそこに過ぎません。三十人でそれだけのことをやってのけるかれらが、今の日本には二百人近くいるばかりか、この二月にはさらに第三期の卒業生が、奥多摩の産業士官学校――そこは、関係者以外は決して出入りできないように警備されています――から送り出されるのです。怪物が、また百名ちかく増えるのです。

かれらを放っておいていいでしょうか？　かれらが何をしようとしているのか、かれらをこのまま社会の中で動きまわらせるつもりなのか——私は、それを財閥のトップでもいい産業将校自身でもいい、知っている人間の口から解答されることを望むものです。私たちの質問に対し、公開の場所で釈明してくれることを求めるものです。その返答があり全国民が納得しない限り、産業将校などという存在は、一刻も早く消え去らなければならないと信じるものです。

かれらの存在は国民にとって害悪以外の何物でもありません。それを否定しようというのなら、私は国民の名において産業将校を生み出した者と産業将校自身が正式に釈明し、私たちを納得させる対決のチャンスを設けることを要請します。この呼びかけに対して沈黙を守る限り、産業将校に関する私の意見は事実であり、肯定されていると見做さざるを得ないではありませんか！」


一九八六年の秋から年末にかけて、朝倉たちはそれまでの、事実上絶望的になっていた万国博反対運動を、産業将校非難に巧妙に切りかえながら叫びつづけた。

やがて、朝倉たちの意見に賛同する中立的な団体が、いくつかあらわれはじめた。人間を非人間化するといういまわしいイメージ、その非人間によって自分たちがコントロールされているらしいという猜疑《さいぎ》が、昔ながらの資本家不信と結びついて、これからの世の中に対する恐怖を形成しはじめたのである。

だが。

それはムードとして盛りあがって来たものの、全国民的な運動としては、いま動きだす、いま怒濤となる——という風に見えながら、なかなか本物にはならなかった。いくつかの団体、いくつかの組織が決起して産業将校たちに対する反対運動をはじめていたが、決して、それが導火線になり暴走するまでには到らなかった。

それは、朝倉遼一が、外資のバックアップによって支えられているらしいこともマイナス要因として働いていた。さらには、かつて朝倉らの万博反対運動に積極的に参加し、結果としてひどい目にあった人が多いせいもあった。

しかし、一番大きな理由は、朝倉らが対案を示さないことにあったろう。

たしかに、産業将校を排除すべきだということは判っている人でも、それでは産業将校がなくなれば、今後の日本はどうなってしまうのか、自分たちの生活はどうなってしまうのかについて、はっきりした回答が与えられない限り、そう易々と朝倉たちの煽動に乗るわけには行かないのだ。

もはや、朝倉たちにとって、とるべき道はひとつだった。

産業将校そのものを舞台にひきずり出し、その仮面をひっぺがすことによって、国民の目をさまさせるほかはない。

朝倉たちは、折さえあれば、産業将校たちに、自分たちと公開の席で対決するように呼びかけた。かれらの本性を暴露し、どんなにかれらがあくどい手段をとり、いったい何を狙っているのか――それを国民の目にさらさなければならない。

まず朝倉は、産業将校を生み出した財閥に呼びかけた。かれらの走狗《そうく》である産業将校を出せ――というわけである。それが、国民の期待に応える道であるということを、朝倉たちは何十回、何百回となく繰り返した。

財閥側は、沈黙を守っていた。回答らしい回答は、何ひとつとして出なかった。

「かれらは、自己の欺瞞を指摘されて、何の回答も出せないのです!」

朝倉たちは、登場の機会のすくなくなったマスコミ媒体を通じて、今度は直接産業将校を非難しはじめた。「私たちは、産業将校その人たちの良心と責任感に訴えるほかはありません! あなたがたが真に日本のためになろうとしている存在なら、私たちに対して釈明するのが、義務ではありませんか!」

だが、この強引な呼びかけにも、反応らしい反応は出ないのだ。産業将校たちは平然としていつもの仕事をつづけているだけなのである。

しかしながら、このことは、ようやく人々に、もう失われていたのではないかと思われていた疑念を呼びおこすことになった。朝倉たちの呼びかけに、産業将校が答えないとするならば、やはりかれらは、朝倉らのいうように、自分たちの生活をしめつけにかかっているロボットなのではないだろうか——という不安が、じりじりと育ちはじめたのだった。

朝倉たちは、久しぶりの世間の反応に力を得て、努力をつづけた。

世の人々の、ついこの間までこんな問題に無関心だった連中も、しだいにこのことに目を向けはじめた。もちろんこれは朝倉らの作戦であり、すべての問題が、産業将校によって象徴されるものと、朝倉にひきいられる勢力の対決ではっきりする——そう人々が信じ込むように持って行ったのである。

作戦は、図にあたった。

呼びかけと、沈黙がつづくうちに、疑惑はいよいよ大きくなって来た。人々は知らず知らずのうちに、考えるようになって行った。——ひょっとすると自分たちはあの朝倉遼一のいうとおり、すぐにでも非難のための行動に移るべきなのか。かれらはいったい何をやるつもりなのだ？　かれらはやっぱり怪物なのか？

そうした風潮がひろがるにつれて、資本のすさまじい攻防をつづけながら万国博開催を眼前に控えている日本のこうした情勢に、いつか世界の目があつまりはじめた。もともとバットの中央経営学校の例をひくまでもなく、産業士官学校とか産業将校に似たものは海外ではめずらしくはないが、それがこれほど徹底的なやりかたで育てられ、業種を問わず日本の主要団体に食い込んで実績をあげ、さらにビッグ・タレントたちに対決を迫られているということになると、いやでも関心を呼びおこさずにはおかなかった。

朝倉たちの強引な呼びかけはつづいた。

世間が少し、少しずつさわがしくなって来た。

回答は出なかった。

沈黙だけだった。

だが、沈黙が、実は本来の釈明者であるべき財閥幹部たちが外資決戦の膠着化にともなってかつての系列意識をむきだしにし、さらに士官学校の詳細な内容が洩れたことから来るお互いの疑心暗鬼や、思いもかけぬ手違いによる失脚、下部からの突きあげなどによって結束が乱れて意見が一致せず、とどのつまりはいったん分解させるつもりだった産業将校団に対策を一任せざるを得なかったせいだということを知っている者は、ほとんどいなかった。

さらに、そうした足並みの乱れが、自分たちに与えられた使命を達成するための産業士官学校側の工作であったこと、かれら自身が独得の計算によってみずから産業将校非難をあおるようにはたらき、対決が必然的なものとなり効果的なものとなる時点までじっと待っていたのだということを知っていたのは、誰ひとりとしていなかった。

事態は、いつか、ビッグ・タレントである朝倉にひきいられる勢力と、産業将校たちの問題にしぼられて行った。社会のアウトサイダーの旗手としてふるまう朝倉遼一と、インサイダーの中核として解釈されている産業将校たちが、それぞれ両陣営の代表のような印象を与えるようになってしまったのである。いつとは知らず、多くの人々が、心理的にも、この二者択一を迫られるようになっていた。

朝倉にとっては、思う壺であった。が……実はそれさえも、産業将校の計算の範囲内にあったことも、誰ひとりとして、気がつきはしなかったのである。

暁の寒さが絶頂に達するころ、金属と発泡材で固められたプレス・ハウスの中で、交代のために服を着け終った技師たちが、ふと手をとめた。つけっぱなしになっていたテレビのフラッシュ・メモが、耳にとび込んで来たのである。

「……産業将校団はきょう四時朝倉遼一の申し出を受諾、公開会談は十日……財閥関係筋はノーコメント」

声もなく技師たちは陽に焼けた顔を見あわせた。

むろん、かれらは、去年の秋から年末にかけての騒ぎは知っている。しかし、仕事の性質上、かれらは何度も産業将校たちと話しあっているのだ。第一線の技術者であるかれらはそれだけに、ビッグ・タレントなどよりもずっとくわしく産業将校のことを知っていた。かれらにはほとんど不可能なことをらくらくとやってのける抜群の能力も、キャンペーンによって自分の名前が指され攻撃されながら顔色ひとつ変えずに仕事をつづける態度も、革新的な新製品を、箱の中からものを取り出すような手軽さで案出する実力も、おそいかかる数名のあらくれ男を冷酷に叩き伏せる体力もすべて目で見て知っているのだ。なかでもコンピュータさばきのあざやかさと、大局的判断の的確さが、産業将校の特質ではなかったか？　その産業将校が会談とはいえ事実上は対決を意味する会合に出ることを承諾したとすれば、それは最初から勝利が百パーセント疑いないと考えているからではないのか？

産業将校は勝つのだ。

勝つとしか思えないのだ。

だが……そのあとは？

そのあとにはいったい何がやってくるというのだろう。もはや産業将校が何をやろうとストップをかけるものはなくなるのではないか……そんな不安が、誰の面上にも濃くあらわれていた。

が。

「行こうぜ。仕事だ」

ひとりがあごをしゃくり、技師たちはまだ不安を残しながら、それでも夢からさめたようにドアを押して外へ飛び出した。どのみちかれらに許されているのは、事態を傍観するか、でなければせいぜいひとつの流れの一滴になることしかないのだ。世の中の動きひとつひとつは、それほど巨大なものになって来ているのだ。そんなことにかかわりをもつよりかれらにとっては、目の前の仕事が大切なのであった。

吹きすさぶ風に逆らって急ぐかれらの目に、ごうごうと唸りをあげる工事場群のかなた、遠く細い一条の朝焼けが映っていた。元旦のその朝焼けは、やがて到来しようとしている時代を象徴するかのように、重く、暗紅色を帯びていた。

2 戦術

一月七日。

東京の大手町にある第四GEビルの大ホールで、第四回目の産業将校排撃大会がひらかれた。お祭り化した正月の休みももう終っていて、勤めを終って参集する人々は、みな真剣な表情であった。開会時間が近づくにつれて、満員の場内には異様な熱気が立ちこめはじめた。

二十時。

ファンファーレとともに、今夜の司会をつとめる若手のビッグ・タレントがステージに姿をあらわした。

「同志のみなさん、今夜はよくお集まり下さいました」

若手のビッグ・タレントは、歯切れのいい興奮会話形でしゃべりだした。「あと三日でいよいよ私たちは、日本をおびやかす黒い影の象徴——そう、産業将校のイメージを叩き潰すことになります。私たちの生活をしめつけ個人を画一化するその元凶である産業将校の仮面をはがし、国民の前にその本質を見せてやるときが、あと三日ののちに迫ったのです。もうご存じでしょうが、産業将校団との交渉によって、対決の時間、場所、方法、人員は決まっております。すなわち――時間は一月十日十三時より四時間。これは、全国ネットワークによって、日本の隅から隅まで放映されます。場所は千駄ケ谷の国立競技場。方法は、拡大立体像による自由討論で、司会者はありません。この方式によって私たちは、完膚なきまでに敵を粉砕し、強力な世論を爆発させることができるはずです。すべて、みなさまのバックアップのおかげです」

拍手がわきおこった。

ビッグ・タレントはしばらく言葉を切り、あたりが静まるのを待って、いった。

「人員は三名。これもすでにご承知のことでしょう。が――今夜は、産業将校に対決を迫ることにきまったその選手をここでご紹介いたします」

はげしい拍手と叫び声があがった。集まった人々はそこまでの発表がおこなわれるということは聞いていなかったのだ。

「まず、ながく第三大学で論陣を張られ、現在は革新党の議員をしておられる伊達健治郎氏!」

ステージに、椅子がせりあがって来た。どっと拍手。

「つづいて、文筆家でもあり、家庭党の万国博監視員でもある山科紀美子氏!」

聴衆がどよめいた。山科紀美子は、産業将校がわの人間ではないか。しかも、この二カ月ほど、病気ということで姿をかくしていたのだ。

「つけくわえますが」

若手のビッグ・タレントは、そうした反応を見さだめてからいった。「山科紀美子は家庭党の中核に位置する産業将校によって、おそるべき催眠術にかけられ行動していたのであります。山科氏はこの事実を全国に訴え産業将校を告発されるつもりなのです」

一瞬、わけがわからぬという気配が流れ過ぎた。

「そうなのです！」

若手ビッグ・タレントは叫んだ。「産業将校の一見筋の通った、しかし、聞くには耐えない非道な手段を説明できるのは、直接被害を受けた山科紀美子氏にまさるものはないのです。みなさん！　山科紀美子氏の告発に期待しましょう！」

再び、前にも増して、はげしい拍子が湧きあがった。

「最後のひとりはいうまでもなく、われらの朝倉遼一氏です！」

嵐のような歓呼があがった。

「では、この三人の選手に対して、同志代表から激励があります」

ステージに出て来たのは、純学連や、家庭党転向のさいに分れた知女連などの行動的団体のリーダーたちであった。かれらは烈しい口調で産業将校をののしり、われわれは必ず勝利をかちとるという決まり文句を並べはじめた。

朝倉遼一は他のふたりと並んで椅子にすわったまま、激励者たちに目を向けていた。向けてはいたが、その内容は聞いていなかった。

一月十日の対決が、本当は疑似イベントに過ぎないことを、朝倉は百も承知していたからこそ、そこでの可能性を最大にすべく作戦を練ったのだった。

本来ならば、この朝倉たちと産業将校との〝対決〟は、きわめて私的な会談に過ぎないのだ。それをいかに公的なものに印象づけるか、いかに効果の大きなものにするか、そのために彼は考えられる限りの演出をおこなったものである。すぐ満員になるような小さな会場をえらんで何度も産業将校排撃大会をひらいたことも、最近こちらの陣営に戻ったビッグ・タレントを司会者に使ったことも、あえてナマ放送に踏み切ってそれを全国中継し、通信衛星による海外への放送を申し出たワールドホームに承諾を与えたのも、さらに純学連や知女連あたりから選手を起用せずかわりに激励者としての座を与え、実際の選手には公的な肩書きを有する人物を起用したことも、これはすべて、朝倉の演出によるものなのであった。

そして山科紀美子。

朝倉は、ふっと、山科紀美子を監視員グループから奪い去った日のことを思い出した。彼女が、どう考えても、家庭党の——おそらく恵利良子にたぶらかされているとしか推測できなかったので、人を使って、非常手段に訴えたのである。もしもそれが朝倉の錯覚だったのなら、そのまま誘拐された記憶を奪って送り返せば済むことだった。

だが、やはり推測はまちがってはいなかったのだ。

紀美子ははじめ抵抗したが、麻酔薬をかがされ、気がつく折に専門家の手によって覚醒をおこなわせた結果、やはり催眠術にかけられていたことが判ったのである。

紀美子は泣いた。

泣くのが当然だったろう。気がついてみると、自分の意思とは反対に、家庭党転向のお先棒をかついでいたことを知らされたのだから……。

ビッグ・タレントとしての、高度な催眠術を駆使して、朝倉は、紀美子の意識に残存している、産業将校の術を解いた。産業将校たちがかけた術がどの程度のものか判らなかったが、すくなくとも、入手できる限りの資料から推しても、たしかに完全に解いたはずである。

どうせ今度の対決の結果は、観客や聴視者の感情的な判断に負うところが多いはずである。

〝現実の記録〟の山科紀美子が、催眠術によって転向を強いられ万博監視員にされたという事実は、他の百万言よりも強い筈だった。

実のところ、朝倉は、紀美子がそうした役目に耐え切れないかもわからないことを知っている。産業将校によって、ポテンシャルのぎりぎりまで酷使されていた彼女には、本当なら一年以上の休養が必要なのだ。今度のこの対決に引っぱり出せば、おそらく過労で倒れ、寿命をちぢめてしまうことは確実である。

だが、それでもやらねばならないと、朝倉は心を決めていた。むしろそのくらいの——場合によっては紀美子が産業将校を詰問している瞬間に倒れるほうが、効果的なのだ。ビッグ・タレントである朝倉は、その程度のことは、自分のやろうとしている仕事とはかりにかけて無視するぐらい、何とも考えていなかった。

とはいえ、朝倉は、この山科紀美子による効果は、それほど期待してはいなかった。山科紀美子は、要するに、真相を暴露し、かつ、かつての仲間に攻撃を仕掛けるという場面を作り出すための道具なのだ。産業将校自体に打撃を与えることはないとしても、対決を見ている人々の心になにがしかの影を落せばいい。要するに、それだけのことができれば充分なのである。むしろ朝倉は、伊達健治郎のほうを、戦力としては高く評価していた。伊達健治郎は直情径行で知られた学者だし、その著作は、あたらしい社会学の専門家を志す人の必読書といわれているのだ。この力を、産業将校の手前勝手な考えかたにぶっつけるつもりだった。

この左右両翼の味方のはたらき以上に、朝倉は、自分自身でも、やれる限りの準備を進めていた。産業将校の素顔に関する資料や、かれらがやったことについてのいろんなデーターなどのほか、役に立ちそうなものを、ルームの力を総動員して、集めつづけていたのである。そう。計算は充分なのだ、今の自分にやれそうなことはことごとくやり、実際に手をつけて行っているのだ。そしてそれらの作戦は、いまのところすべて図に当っていた。

「それでは朝倉遼一氏のほうから、同志のみなさんにご挨拶があります」

若いビッグ・タレントの声と拍手に応じて立ちあがりながら、朝倉は思った。

(勝てる)

3　戦略

自分自身でプログラミングした自己の体験と新知識を共同記憶に叩き込むと、三津田昇助は階段を駈けのぼり、総合集会室の横を過ぎた。

改造された総合集会室ではちょうど、卒業まぢかな第三期生たちが、自分の配属に必須の特殊知識のリストを受けとっているところだった。

この半年のあいだに、産業士官学校の組織も設備も大きくかわっている。というのも、加速度的に複雑になる産業将校の仕事をいかにからみあわせて配分しコントロールするかという業務は、もはや一般人の手におえなくなって、産業将校自身がやらなければならなくなっていたのだ。産業将校たちは与えられた自治権を持前の能力でフルに活用し、今までの組織や設備で至らなかったものを、どんどん変えはじめていたのである。もちろんそのためには巨額の費用が必要だったが、産業将校たちは、それを仮借なく財閥から請求し、それでも足らない部分は、自己の能力と責任において設立した法人の利益を投入し、自分の所属する団体の巨額の報酬のほとんどを投げ出すことによって埋めた。仕事に最低限必要なもののほかには何ひとつ消費しようとしない産業将校にして、それははじめて可能なことであったし、事実、自分の家やぜいたくな乗り物を持っている産業将校はひとりもいなかった。かれらにとっては要するに使命感にもとづく仕事が生甲斐であり、それ以外のものは決して受け付けなかったのである。

すでに、あたらしい候補生さがしや、教育課程の大部分は、産業将校の手でおこなわれていた。実験的に遺伝子分析の結果による人工交配・人工子宮の研究も行われており、初期の卒業生たちは、そのための自己の精子や卵子を、何の心理的抵抗もなく、提出し、仲間の手による受精・培養にまかせていた。学習のための機器類も、産業将校自身で改善がつづけられている。要するにいまや産業将校は、ほとんど再生産の能力を持ちはじめていたのだ。いや、共同記憶や反復学習、再入所訓練などがある以上、それはただの再生産というより、自己改造をつづける一個の有機体であった。


総合集会室を抜けた三津田昇助は、その足で士官学校の一階へ出た。一階の、かつて産業将校のことが知れ渡る前にカモフラージュ用として作られた粗末なロビーには、昇助とともに朝倉逶一らと話しあうことになる恵利良子と室井精造が待っていた。

「指令受?」

良子が訊ねた。「残五十時間・急」

「受」

間髪を置かず答えた昇助は、おもてに待たせてある車を指した。

「途中」

「アイデア4S—5、4M—5」走りだしながら、室井精造がいう。「附加。感情計算」

昇助が応じた。

「4S—5にF・ショック」良子がふっと微笑をうかべた。「種目打合せ提唱」

「スパーク」

「可」

車は動きはじめた。動きはじめた車に揺られながら、しかし、三人は他の産業将校たちと同様、自分のやろうとしている仕事が全体的に見てどんな意味を持っているのかを知りつくしていた。網の目のようにからまるさまざまな指令と担当——万博工事促進や日本産業機構の維持や対外資工作、新技術開発や工業組織化作業や、それからあらたにつけくわえられた海外工作や、世論誘導準備などの中にあって、これから打合せにかかる対ビッグ・タレント作戦が、ある程度重要なきっかけではあっても、結局のところ一時的なポイントで、結果ははじめから予定されているということは、知りつくしていたのである。

4 一月十日

底抜けに晴れた寒い日だった。

開け放たれた国立競技場の門には、朝早くからいろんな団体が旗をかかげて流れ込んで来た。

風に鳴るその旗はいずれも朝倉陣営であることを示していたが、歌をうたい音響弾を打ちあげながらスタンドに陣どったかれらは、荒涼とした国立競技場のなかでは、いかにも小人数に見えた。

そうした団体の繰り込みが終り、しばらくするとようやく一般の人々がぽつりぽつりと入場して来た。それは、しばらく続いてはまたとぎれ、という調子で、お昼まえには一時急速に増えるかと見えたが再びとだえ、会談のはじまる二十分前になっても、ようやく四分の入りであった。

無理もないのだ。すでに人々は実物よりもマスコミ媒体を通じてものごとを見ようとする、いわゆるコピー文明に入っていた。現場にでかけても立体テレビで見る以上のものに接し得ないのならば、自分の家で画面を眺めているほうがいいと考えているのだ。平面テレビの時代には、テレビで見馴れたものの実物を見ようとする傾向があったが、今では本物も放映されたものもかわりはしない。というより、そうなってしまうとテレビを通じてのほうが、より見やすい位置に来られるというあの原理だけが残ってしまうことになる。朝倉は自分のルームのマーケティングによって十万人は充分あつまると判断して国立競技場に固執し、さらにショー的要素を持たせるため拡大立体像を使うことを申し入れたのだが、それはやはり大がかりな組織動員力を持たずマスコミ媒体に馴れたビッグ・タレントの誤算であり、ひとつの運動の中心部に位置する者がしばしばおかすあやまち——大衆の正義への欲求はかならず行動と結びついてくるはずだという錯覚——であった。いや、この寒い休日に、それも（偶然とは思えないが）家庭党やその他の消費者団体があちこちで大会や集会をやっていること、直接ここへ来ないにしても多くの人々がテレビを見ていることを勘定に入れれば、これで立派なものだと考えるべきであろう。

だがそれでも、立体テレビカメラが動きはじめ、グラウンドのまんなかにセットされた拡大装置のライトがともると、人々はにわかにざわつき、場内はようやく、過去に何回か大がかりな大会をひらいたときの、あの雰囲気を生みはじめた。

定刻の十分前、グラウンドのインスタントウェイに一台の、真白なオープンカーがあらわれた。場内を見まわしかすかに眉をひそめてから、すぐ手をあげて会釈しているのは、いかにもビッグ・タレントにふさわしいセンスの利いた服装の朝倉遼一。その両側のシートにもたれているのは、盛装した山科紀美子と伊達健治郎だった。旗を突っ立てている一群から、猛烈な歓呼と拍手がわきあがった。

朝倉たちが拡大装置の階段をのぼり席についで数分すると、もう一台の車がはいって来た。それも、ついさっきの朝倉たちの車とは対照的な、どこにでもある中型の——しかもトラックだった。観客が毒気を抜かれてしんとなり、幾人かが耐えきれずに失笑を洩らす中、きわめて地味なスーツをまとった産業将校たちは、無表情に装置の椅子に腰をおろした。

むかいあった両者には、表面的にはそれほど緊迫した雰囲気はないようだった。どちらかといえば、テレビなどでよくおこなわれる公開討論のムードである。

いいかえれば、それだけ両方とも臆していなかったのだといっていい。朝倉方は、場馴れした者ばかりだったし、産業将校は産業将校で、観客というものを、自分たちが利用すべき小道具以上には考えていなかったのだ。

しかし——時間が迫るにつれて、わずかずつ、張りつめた気分が増えて行った。形の上ではおだやかなムードであるが、討論をおこなう、ことに朝倉方にとっては、自分たちの存亡を賭けた対決なのであり、片側がノックアウトされるまで行なわれる性質のものであるという本質が、表面に出て来たのであった。

十三時。

拡大装置のスイッチが入り、むかいあった六名の男女の頭上に、その十倍もの高さの立体像が出現した。かすかに螢光を帯びてときどききらりと一部分が光るその立体像は、もともと薄暮や夜間のショーなどのためについ最近開発され、流行しているものなのだが、昼間の光の中でもどうやら表情や上半身の動きがわかる程度の鮮明さはそなえていた。ベルがみじかく鳴り、放送関係者が用意ヨシの合図を送った。

朝倉は、澄んだ頭の中で、もう一度作戦を反復した。

彼は、世の説得技術者のように、説得技術そのものにふりまわされているような連中を軽蔑していた。大切なのは自分の信念と、内容なのだ。それを開陳するには、説得技術の基礎だけ知っていればいい。それをビッグ・タレントにしか出来ないレベルで応用し展開すればいいのだと信じていた。

とにかく、まず理窟で押し、感情で攻め立てねばならない。

もちろん、それは、まず観客を味方にひき込むためのものである。観客の気分がこちらへ傾いたところで、はじめて本格的な論戦に入るのだ。そうでなければ、気まぐれな観客は、決してこちらのいっていることを理解しようと努めないのである。

おそらく、その段階でも、まだ勝負はつかないだろう。

朝倉は、そこに至って、産業将校の仮面をひきはがし、その本質をあきらかにするつもりだった。場合によっては、相手を直接攻撃することも辞さない覚悟だった。こうして産業将校というもののいやらしさをついた上で、今度は、万博工事やその他の仕事における産業将校のぬけめなさを指摘する。ここで有利な立場を確保した上で、つづいてかれらには不得手な人間の生の意義というものの問題をぶっつけて混乱させる。それから一挙に中門に突入して、人間にとって大切なものはいったい何か、どう考えているのかを詰問し、反省をうながすのだ。この問いに対して答えなければ、産業将校とはペテン師でエゴイストということになるし、もし反省するといえば、それはそれでやはりこちらの論拠が証明されたことになる。いずれにせよこのコースを着実に踏めば、勝利をおさめることは、むつかしくないはずだ。

そのはずだった。

「宮廷ふうの挨拶は抜きにしましょう」

いいはじめたのは朝倉遼一であった。「きょうはあなたがたが何者か、それを万人に知ってもらいたいのですよ」

「それはこちらも望んでいたことです」三津田昇助が応じた。「私たちはいろいろとひどいことをいわれて迷惑しているのですから」

「そんな風におっしゃると、まるで人間のようですね」

「あら、わたしたちは人間ですわ」

恵利良子が、目のさめるような微笑をうかべた。

「いや、あなたがたはロボットですよ。それもきわめて危険なロボットだ」

「それは比喩ですね？」

室井精造が受けた。「あなたのいわれるロボットというのが、自分の意思にかかわりなくコントロールされる存在を指すのなら、私たちはロボットではありません。私たちは自分の意思を持っております」

「そうですかな？」

伊達健治郎が、皮肉たっぷりにいった。「どうもそうは思えませんが」

「そうでしょうか」

恵利良子が、またほほえんだ。「このわたしたちがロボット？　まあ、いやですわ」

朝倉遼一は、山科紀美子を見た。これは最初の小当りなのだ。本来の作戦に入る前に、お互い口をききあっておく――といった程度の偵察戦なのである。はじめの打合せによれば、次に紀美子が一言、相手にしんらつなことをいっておくはずであった。

だが、紀美子は黙っている。

どうしたのだ？

目をやった朝倉は、彼女の顔色がまっさおなのに気がついた。気分が悪いのか、ときどき、額に手をやっている。家庭党時代にすっかり弱っていた上に、ここ二週間ばかり排撃大会に出たり、打合せをしたりで無理を重ねていたせいだろう。

困る。

今倒れられては困るのだ。もう少し効果的なときでなければ……。

「おからだの具合が悪いんじゃありませんか？」

三津田昇助が、しんじつ心配そうな声でたずねた。

「大丈夫ですよ」

朝倉は、伊達健治郎に合図を送りながらいった。「あなたがたのように、人間ばなれはしていませんのでね」

「どうも、私どもに対して、固定観念をお持ちのようですね」

室井精造がいう。

「遠まわしな問答はやめようじゃありませんか！」

伊達健治郎が荒々しくさえぎった。「いつまでもそんな調子でやっていてはらちがあかん。卒直に聞きますが、あなたがたは産業将校ですね？」

「その通りです」

「産業将校というのは何です？」

「産業社会を効率的に維持させる役割を持つ人間です」

三津田昇助が即座に答えた。

「なぜそんな人間が必要なのですか？」

「現代は産業社会でありますが」室井精造だった。「その産業社会を大局的に分析し具体的に手を打てる者が、今までにはいなかったのです。でも、世の中の構造が複雑になってくるにつれ、そうした人間が必然的に必要になって来ます」

「まるで政治家気どりだ」

「違います」

恵利良子が否定した。「現在の政治技術というものは、傾向推進と相互連関にもとづくかなり不正確なコントロールしか出来ません。過去の、わりあいに単純な社会ではそれは通用したでしょうが、現代においてはせいぜい頂部チェック程度のことしかできず、底流をえぐることは不可能です。このことはここ十年か二十年をごらんになればよくお判りのはずですわ」

「それは、政治家の良心の問題でしょう」

「いいえ」

恵利良子はいい張った。「いかに良心と呼ばれるものを持っていたとしても、社会構造をそのままにしておくのでは、根本的なコントロールはできません」

「ほう、社会構造ね」

伊達健治郎はにやりとした。「では構造なり体制なりを変えればいいではありませんか」

「それはむしろあなたがたの問題ではなかったのですか?」三津田昇助は朝倉たちをゆびさし、観客席を見まわした。「あなたや、あなたが、それをおこなうべきではなかったのですか?」

「わしは、おこなうべきだと望んだ」伊達健治郎が吠えた。「しかし、無自覚な民衆たちはなまぬるい現状維持しか望まなかったのだ」

「それは無自覚、それだけでしょうか」

室井精造が眸を澄ませた。「ひょっとしたらあなたのいわれる〝民衆〟は本能的にそうしたことが困難であることを知っていたのではありませんか?」

「何?」

「いまの、もちろん広い意味でのですが、政治技術では、社会構造の変化はそのまま破壊を意味するのではありませんか?」

「古いものは当然打破すべきだ」

「その古いものの中にともすれば自分たちの生きてゆく根拠も含まれがちだということを〝民衆〟は知っています」

「だが、当然犠牲は出る」

「それはそうですわ」

恵利良子がうなずいた。「でも……その犠牲と、そのあとにくるものをはかりにかけるのが〝民衆〟なんじゃないでしょうか。それだけの強いイメージを与えない限り、かれらは犠牲を求めることはありませんわ。ところがあなたがたは、現在のかなり高度の産業構造のマイナス面を指摘しそれを否定することからはじめようとされたのでしょう? 今の体系化された産業構造では、マイナスとプラスは表裏一体なんですから、それはプラス面も否定——いいかえれば、現在の産業構造全体の破壊になる。そう〝民衆〟のほうが考えたのではありませんの?」

「再建すればいいことだ」

「地球には日本しかないのではありませんよ」三津田昇助がいった。「今の世界情勢では後進国であることは、きわめて不利な条件になります。あなたのいわれる再建ですが、それは世界全体がまだそれほど進まなかった時代なら、わりあいに早く可能だったでしょう。たとえば、百年前なら三十年で、五十年前なら五十年で、何とか他の国のレベルと並べたでしょう。でも今は——それも一日ごとに高度化している今では、ほとんど回復不可能と考えなければなりません。産業構造は石器や手づくりの玩具とは違います。それを〝民衆〟が知っていて今の道を選んで来たということは、むしろあなたがたの責任ではないのですか？　いろんな意味で」

伊達健治郎は唇をへの字に結んだ。「保守反動のいいぶんだ」

「そういうふうな二者択一的なきめつけはおやめになるべきです」室井精造が肩をすくめた。

「いまの世の中は複雑にからみあった有機体です。その細胞、その部分体をキメこまかくコントロールして、全体の維持発展をおこなわなければなりません」

「そんなことを空想した人間はたくさんいるが誰にも出来なかった」伊達健治郎は呆れたようにいった。「それをあなたがたはやろうというのか？」

「そうです」

「やれるというのか？」

「もうやっていますわ」

「なぜそんなことができる？」

「組織力学というのをご存じですか？」三津田昇助がやわらかく応じた。「人間の集団には、理論上の完全組織から群衆に至るまでのいろんなタイプがあります。その規模もさまざまで上部下部の関係があり、形態としても大きく分けて規範型、強制型、功利型とその混合がありますが、これらのタイプの機能と発達段階に応じて、どういう刺激にどう反応し、どう内部構造が変化するか、ということを定式化し、それを全体との関連を計算しながらコントロールして行くものです。それをフルに活用する人々が大勢いれば、何でもないことですよ」

「厄介な仕事だ」伊達健治郎は唸った。

「そうです」室井精造が答えた。「そのためにはたしかに今までの社会科学から応用心理学そのほかの関連学問をひととおりやらなければなりません。でも、私たちはその組織力学の公式化されたものを身につけています。この公式は基礎さえあれば誰にでも活用できるものですし、私たちはいつでも世の中に発表できる用意をしております」

伊達健治郎は好奇心をそそられたらしかった。

「そんなに簡単に使えるものなのか？」

「簡単とはいえませんけど、でも、一応の知能を持ち、やる気がある人なら組織力学だけぐらいは……」恵利良子が微笑した。「だって、女のわたしが身につけたんですもの」

「——ふむ」

「ね、伊達さん」三津田昇助が親しげな調子で身をのりだした。「ちょっとお考えになっていただけませんか？　誰もかれもがかりに組織力学を身につけたとき、そのときは世の中が大きく変化する可能性もあるのですよ。いろんな社会現象の原因、わたしたちはそれを構造的現象、流動的現象、表面的現象にわけていますが、その相互の関係を知悉《ちしつ》した人なら、自分の生活がなぜ圧迫されているかを見通し対策を立てることが出来るのです。そこではもはやかつての形における恐怖政治も独裁もあり得ませんし、被害妄想にもとづく叫びやわがままな主張などが正当化されることもありません。あなたがもし、かりに現状の改革を考えられるのならば、まずそういう立場ではじめられるのが本当であり、有利ではないでしょうか」

「ちょっと待って下さい」

朝倉がさえぎった。伊達健治郎がすっかり相手のペースに引き込まれようとしているのを、止めなければならなかった。

予想はしていたものの今さらながら朝倉は、相手のレベルの高さを思い知らされた恰好だった。かれらは伊達健治郎の、学者としての興味をかきたてて、自分のグラウンドにひっぱってくるという方法に出たのである。

それに、これ以上、伊達健治郎に話させておくわけには行かなかった。

紀美子のようすが、どうもよくないのである。ひや汗をにじませ、とにかくやっとすわっているという感じなのだ。

もしも彼女を利用するのなら、今のうちにしておかなければならなかった。

「あなたがたは、いろいろと結構なことを並べられました」

朝倉はいいだした。「でも、そのためにはどんなきたない手段でも、正当化されるというのですか？」

「それは、どういうことですか？」

室井精造が、表情ひとつ変えずに訊ね返した。

「われわれは、いろんな証拠を持っているのですよ」

朝倉は、資料をとりだし、それを、手のうちで弄びながらいった。「あなたがたが、いろんな組織にもぐり込んで、それを自分のものにして行ったことに関するデーターが、たくさんあるのです。ごらんになりたいですか？」

「おっしゃることが、よくわかりませんね」

三津田昇助が、即座に答えた。「ある組織に籍を置いて、そこで能力に応じた待遇をしてもらい、自分の責任をはたすことを、あなたがたの世界では、そういうふうにいうのでしょうか」

朝倉の目が光った。かっと怒りがこみあげて来たからである。ビッグ・タレントとして朝倉は、久しくそんな傲岸ないいかたをされることがなかったのだ。

いや――ひっかかってはいけない。敵はそれがこちらの弱点だと見抜いているのだ。怒らせて、平常心を失わせようとしているのだ。「なるほど、そういうふうに、産業将校は表現するんですね？」

相手の口吻をそのまま返しながら、朝倉はポケットから、強力な短時間活力剤をとりだしていた。この調子では、一件一件あげつらったところで、平行線をたどることであろう。それでは観客が退屈するし、朝倉自身にとってもマイナスなのだ。予定よりは早いが、紀美子によるポイントを得ておいたほうがいい。

「それでは、ひとつ弁明していただきましょうか」

朝倉はいった。

隣りの席に手を伸ばして、紀美子に活力剤を渡した。

紀美子はかすかにうなずくと、気丈に、そのカプセルを飲みくだした。

「ここにいらっしゃる皆さんにも、聞いていただきたいのです」

朝倉は、スタンドを見まわし、紀美子を示しながらいった。

「皆さんはこの山科紀美子さんをご存じですね？」あからさまな態度で産業将校たちを無視して観客に呼びかけた。「かつて〝現実の記録〟を書き、のち、人々の不審をよそに家庭党の転向とともに万国博の監視員になった山科紀美子さんのことはご存じですね？　問題は、なぜ山科紀美子さんがそうなったかということです。これには実は、産業将校側の陰謀がはたらいていたのです！」

それまでの、割合単調な話しあいに退屈していた観客が、すこし静かになった。

「山科さんは」

超速効性カプセルだから、もう効きはじめているはずだ。「信じられないようなことですが、家庭党の幹部になっている、ある産業将校に催眠術にかけられて、自分で自分をうしなっていたのです」

手をあげて、恵利良子を指した。「その産業将校とは——この人です！」

観客がどよめくのを見定めて、朝倉は紀美子に、目顔でうながした。

「ええ。そのとおりです」

紀美子は、細いが、しっかりした声でいいだした。「わたしは、家庭党が万国博の監視員選出を受諾した日、党本部で、そこの恵利良子さんに、催眠術をかけられてしまったのです……」

紀美子が話しつづけるあいだ、朝倉は、恵利良子を、じっとみつめていた。

恵利良子は、眉毛一本動かしていなかった。

そのあいだにも紀美子は、自分の身におこったことを喋りつづける。

観客が、いつか、しんとなって、紀美子の話に耳を傾けていた。

「いかがですかな？」

紀美子が話し終ると同時に、朝倉は呼びかけた。「この事実に対して、何か釈明できますか？」

全員の視線が、恵利良子に集まった。

「——ひどいこと」

恵利良子が、ポツンと呟いた。

「まったく、ひどいことですね」朝倉は追い打ちをかけた。「しかも、それをやったのは、あなた自身なんですから」

「あきれたわ」

恵利良子は、またいった。「わたしと山科紀美子さんがいつでも一緒に仕事をしていたのは、あなただってご存じでしょう。それをよくもそれだけひどい作り話をでっちあげられるものね」

「作り話じゃありません！」

紀美子が叫んだ。

「そう、作り話ではない」と、朝倉。「事実なんです。被害者が自分で語っているんですから」

良子の唇から、低い声が洩れた。それは段々高くなった。笑っているのだった。

「だって、作り話にきまっているじゃありませんか！」

もうこらえ切れなくなったように笑いながら、良子はいった。「本当にあきれたわ！　そんなことが実際にあると思っているんですか？」

「開き直るつもりですか？」

「いい加減にしてよ！」

おかしくて、おかしくてたまらないという風に、良子は叫んだ。「そんなこと、不可能じゃありませんか。その変なお話によれば、わたしが家庭党の幹部全員に催眠術をかけたというわけでしょう？　それも、その時以来今までずっと……。そんなことのできる人がいたら、お目にかかりたいわ！」

「あなたはそれをやったのだ。そうじゃありませんか？　あなたならやれるのです。あなたは産業将校ですからね」

良子は、憤然としていった。「そんないいかたをするのなら、わたしたちは、何だってやれることになるじゃありませんか！　あなたがビッグ・タレントだという理由で、似たようないいがかりをつけられたら、どうするんですか？　そんなやりかたを使ってまで、わたしたちをおとしめようとするのには、何かこんたんがあるのですか？　あなたはわたしたちを非難しますが、それは、あなたがいうように、世のため人のためにではなくて、あ、あなたご自身、わたしたちが存在していると困る理由をお持ちなんじゃありませんか？」

朝倉は啞然としたが、はげしくいい返した。

「へんないいがかりはよしたまえ！」

「へんないいがかりは、そちらですわ」

「口先で真実はかくせませんよ。そうでしょう、山科さん」

「ええ……そう」

わずか一～二分しか効かない活力剤の力はもう失われようとしていた。紀美子はまたぐったりとなりながら、それでも、目をあげて相手側をみつめた。「あの人たち……ひどい嘘つきですわ……わたしはちゃんと……」

「恥知らず！」

恵利良子が絶叫した。それは、紀美子に向けられたのではない。朝倉に叫んだのである。

もう一度活力剤をとりだそうとしていた朝倉は、顔をあげた。

「わたしははじめからおかしいと思っていたんですわ！」

良子は泣き声を出した。「わたしの尊敬する友人が、なぜ朝倉さん側の選手として出て来たのか判らなかった……でも、今やっとはっきりしました。山科さん。あなたはそこの、その指導者意識ばかり強い人に、脅迫されているんでしょう？　強制されて、こんな妙な役目をつとめさせられているんでしょう？」

「なにを馬鹿な！」

朝倉は思わずどなっていた。どなりながら、相手の強引さに、頭の中が燃えさかるのを感じていた。

恵利良子は、最後までしらを切りとおすつもりなのだ。知らぬ存ぜぬで突っぱね、おまけに隙があれば、それを逆に武器にして逆襲する腹なのだ。

しかも。

良子の演技があまりにも完璧なために、観客にはどちらが本当なのか、判断がつかないのだ。

「朝倉さん！」

恵利良子は、燃えるような目になった。

「お訊ねしますが、山科紀美子さんは、家庭党の監視員としてお仕事をしているときに、行方不明になってしまい、いくら警察に調べてもらっても、発見できませんでした。その山科さんを、あなたは仲間の形でつれてここへ出て来ましたね。山科さんがいろんな会合のためあなたに引きまわされているという噂は聞いていましたが、まさかと思っていました。はっきりお答えいただきたいのですが、あなたは、山科さんをどうして連れて行ったのですか？　力づくで誘拐したんじゃないんですか？」

朝倉は、ほんの一瞬、つまった。山科紀美子をつれだした理由をかたり、人々に当否を問うためには、誘拐の事実を認めなければならないのだ。

だからいった。

「冗談じゃありません。山科さんは、私たちの運動に賛同して、仕事をほうり出して来たんです」

「いい加減なことをいわないで」

良子はそれだけしかいわなかった。

が。

それが、観客の疑惑を誘発したかも知れない。

朝倉は唇を噛んだ。

思わぬマイナスだった。プラスにすべきところで点を失った恰好だった。

そのとき。

ついに耐えかねたのか、山科紀美子が、椅子からころがり落ちたのである。

話のやりとりに耳目を奪われていた観客たちがどっと腰を浮かしたときには、すでに恵利良子が、紀美子のそばに走り寄っていた。

「鬼だわ！」

良子が朝倉をにらんで叫んだ。「病気の上、あなたに拘禁されて弱っている山科さんに、何ということをするの！　鬼よ！　あなたはヒロイズムにとりつかれた鬼だわ！」

朝倉は茫然としてとっさには口をきけなかった。

「可哀想に！」

良子は紀美子を抱きあげながら鼻をすすった。「もう朝倉遼一のとりこになっておどかされ、いいなりになる必要はないのよ！　わたしがあなたを取り返したのよ！」あざやかにセンチメンタルなしぐさと声を人々に印象づけると、ほかの人がとめるひまもないうちに、紀美子を肩にかけて、台を降りて行った。

「どうするつもりだ！」

朝倉が大声を出した。

「これでいいのです」

三津田昇助が、向い側から静かな声でいった。「あなたがたがふたりになった以上、こちらもふたりでお相手いたします。山科さんのことは、友人の恵利良子さんにまかせておけばいいでしょう？……それとも、もうこのお話しあいは、おしまいですか？」

再び、ポイントを奪われたのであった。産業将校たちは、観客の心を、うまくとらえかけているのだ。いや、朝倉の横の伊達健治郎さえ、今のやりとりで真相がどうなのか疑っている気配だった。

「続けませんか？」

三津田昇助がまたうながした。「どうでしょうか、伊達さん」

伊達健治郎は、われに返ったような目をした。

「もう、お話はないのですか？」

室井だ。「お呼び出しになったのは、そちらですよ」

伊達健治郎は、たちまちこの挑発にひっかかった。

「あなたがたの話しぶりには、どうも厳密でないところがあるようだ」

「そうですか？」

「たとえば、産業社会という用語だ」興奮しているので、講義口調になっていた。「それが工業化社会としての状態を意味するのかどうか、それに離陸期をどのあたりに設定するかということについての説明がまったくない」

「……」

奇妙なことに、産業将校たちは、沈黙を守っていた。

「社会の発達に関する諸説をここで引用している時間はないが、現在、一般的に多くの学説を、経済発達史としての観点でとらえようとしているのは、周知の事実だ。しかしだね、こうした把握の方法が、真に社会の発達をとらえているかどうか、誰にも断定はできん。従って、きみたちの仮説はまだ証明されたとはいえず、あくまでも仮説だとしなければならん」

「……」

「そうした意味あいで、かけねなくいわせて頂くと、用語の選定、論理の組みあげかたに関して、私は落第点をつけたいね」

「……」

「どうだ？」

「どうでしょう」

やっと、三津田昇助が口を開いた。「それは空論か、でなければ、自分では何もやらないで済む人のお説のように思われます」

「なに？」

「だいたい――」

三津田昇助は首を振り、観客席を見わたした。「みなさんは、今のようないいかたで、この人が何を述べたかったのか、判りましたか？」

伊達健治郎に視線を戻した。「ここで私たちの話を聞いているのはあなたの生徒ではないのです。誰にも判るように、ふつうの言葉を使うことは、できないのですか？」

「き、きみたちは」

伊達健治郎は真赤になった。「きみたちには判っているはずだ！　理解できているはずだ！」

「困りますね」

室井精造が、薄笑いをうかべた。「そんなふうに、自分のやりかたについてくる人にしか知識を与えないのですか？　それが、あなたがたの時代の教養なんですか？」

伊達健治郎は、腕を組んで横を向いてしまった。完全に愚弄されていることに、やっと気がついたのであった。

もう、朝倉自身が乗り出すほかはなかった。はじめは、ここに到るまでに相手を圧倒しているはずだったのだが……こうなれば、形勢不利なままで攻撃にかかるほかはない。とにかく、本当の意味での論争は、まだはじまっていないといっていい。それにもかかわらず時間のほうは、容赦なく過ぎて行こうとしているのだ。

やむを得ない。すでに作戦は狂いに狂っていたが、このままたたかうほかはないのだ。

そのとき。

朝倉は、三津田昇助と室井精造が、ちらっと目くばせをかわしたのを認めた。それはまるで、獲物をさんざんもてあそんでいた猛獣が一気に息の根をとめにかかってくるあの感じに似ていた。

負けてはならない。

その焦りが、彼の思考を鈍らせていることも否定できなかった。

まず……朝倉は、血ののぼった意識のまま考えた。まず、どんなことがあっても、産業将校の仮面をひっぺがさねばならない。それがまず第一なのだ。そこで巻き返してからでなければ、その次もさらにその次の論点も、力を発揮しないのだ。ここで相手の怪物性をあきらかにし、人々に不安を抱かせておかなければ、話は単なる平行線に終ってしまうだろう。引分けでは困るのだ。勝たなければならないのだ。


「話を、はじめに戻しましょう」

自分でも偏執狂じみていると感じながら、やはり朝倉はそこからいいださざるを得なかった。

「くり返すようですが、あなたがたは産業将校がまるでふつうの人間であるかのような印象を与えようとしているのじゃありませんか？」

「私たちはふつうの人間ですよ」室井精造が応じた。

「どういたしまして。あり得べき人間の姿ではありませんな」朝倉はいった。「あなたがたはいまの組織力学のほかにさまざまな知識を身につけた——いわば、特殊な人間でしょう？」

「特殊というのはどういうことです？」室井精造が訊ねた。「あり得べき人間、というものを想定して、それにあてはまらないものを人間扱いしないならば、誰だって人間ではないということになってしまうではありませんか。今の世の中ではみなそれぞれ職業を持っています。職業は分化しています。職業に忠実であれば、それぞれに差異ができ生きかたや能力にちがいができて分化してゆくのは当然ではありませんか。社会において個人がその役割をつとめるのは、社会の成員である以上当然ではありませんか」

「それは牽強附会では――」

「待って下さい」

室井精造は強引につづけた。「私は、昨年の十一月以来、あなたが産業将校排撃をおこなって来たのを知っています。その趣旨もおぼえています。そのうち、一応もっともであると世間が考えそうなものも記憶しています。このさい、はっきりその誤解をといておきたいと思います。あなたはまず、産業将校は非人間化された存在だといわれました。しかしそれは考えかたの違いです。極端なことをいえば世の中の人はみな非人間だということになってしまいます。早い話が朝倉さん、あなたはいったい何者ですか？　見方によればひとつのジャンルにしばられないスーパーマンといえるでしょうが、ふつうの人間が一生かかってもものにならないものをいくつもマスターしたあなたは非人間なのですか？　とんでもないとあなたはいわれるでしょう、これにはちゃんとコースがあり、才能と努力でそれを克服したとおっしゃるでしょう。産業将校だって同じことです。それのコースというものが世の中に知られていなかったために気味悪がられただけなのです。次に、これに関連することですが、あなたは産業士官学校の閉鎖性、秘密性を攻撃されました。しかし、私たちの社会、私たちの日本が外資によって突き崩されて自主性をうしない、多少とも残っていた社会コントロールの可能性を失いそうになっているとき、衆人環視の中、外資に何もかも知られた中で、産業将校を育てることができますか？一般の人々に産業士官学校のことを知らせなかったのは単なる手段であって、目的ではなかったのです。つづいてあなたは産業将校は組織力学や科学技術だけしか知らず文学や音楽や絵画などの人間に不可欠のものを持たないと非難されました。でも残念ながら私たちは組織力学や科学技術を学ぶだけで精一杯だったと——そうお考えになることはできませんか？お訊ねしますが朝倉さん、あなたは世の中のすべての学問、すべての分野に通暁していらっしゃいますか？どの分野をえらぶかは個人の自由なんでしょう」

「狡猾ですよ」

朝倉は手をあげた。「それは逐条的反駁です。本質的な反論じゃない」

「一応おしまいまでいわせていただけませんか？　あなたは二カ月間ご自由にキャンペーンを展開された。私たちにも二十分や三十分ぐらいは与えてくれてもいいではありませんか」

室井精造はつづけた。「さらにあなたは——先程も同じ比喩を使われましたが、産業将校の有能さはロボットの有能さと同じだといわれました。その意味はふたつあるようです。一つは特定の団体の特定の目的の走狗となっていること、もうひとつはそのやりかたがあまりにも着実で機械のように無感情だということです。が、最初に関しては、このようにいえます。たとえ特定の団体の特定の目的のために動いたとしても、それが日本なら日本というものの全員にとって可能性を持つもののうち最大の利益になることなら走狗であっても差し支えないのではないか。それが全員の利益にならなくなって来たときに離脱すればそれでいいのではないか、ということです。もうひとつに関しては、今更申しあげることもありませんが、ひとつの仕事を遂行するにあたって一番ブレーキになるのは、不正確で、感情に動かされやすいということではありませんか？」

「やめたまえ！」

「あとひとつです」室井精造は落着いていった。「そうしたキャンペーンの中でももっとも中心に位置していた非難は、産業将校が体制維持のためにしかはたらかないということでした。しかし、あなたは体制というものに反逆することがそのまま尊いことのように考えていらっしゃるのではありませんか？　もちろん自我の欲求を満たしてくれぬ社会を破壊し理想的社会を求めようとするのは当然のことでしょう。でもその自我は現存の、その個人をとりまく環境によって生れたものですから、そこには、環境によってすでに満足されている部分に対する計算が出て来ないのも当然のことです。従って現状の破壊は別の欲求不満を生み、具体的な理想社会が呈示されぬ限り永久に遍歴を続けなければなりません。しかも、かりにその理想社会像が出来たとしてもそれは個人の主観であり普遍的なものではありません。普遍的なものにするにはその理想社会像を漠然としたものにとどめるほかはなく、それでは目標にはなっても具体的な形にはなりません。それでもあなたはやるべきだとおっしゃるでしょうが、ここ数千年人類はそれをやって来たのです。私たちにいわせればそれはひっきょう個人的な微視的な立場です。もともと人間は集団化することによって確立された生物です。現実に文明とは集団化によって成立して来たのだと考えます。巨視的な見方が必要なのです。いまの私たちの世界は、成員が集団化し組織化することによって成立し、みんながその成果を享受しているのです。もしも別の形の社会が出来たとしても、やはりそこには体制が必要でしょう。どんな形をとるにしてもその社会が高度化して行くにつれて社会の構成要素と変動要因はからみあい複雑化し、コントロールは困難になって来ます。その場合、あなたの望む体制の中に、もしも産業将校のような存在があらわれて来たとしたら、あなたはそれを否定しますか?」

朝倉は、大声で叫び返したい気持を、必死で抑えていた。

いまのいいあいで、彼は決していい負かされたとは思っていない。相手のいいぐさは要するに相手の考えに過ぎないのだ。

だが、その口数を比較すれば——やはり観客には、こちらが劣勢と映るのではないか?

攻撃だ。

攻撃のほかはないのだ。

「きわめて饒舌かつ能弁ですな」

朝倉はつめたい口調でいいはじめた。「しかも実にみごとに虚実をおりまぜて、三流歴史学者のエピゴーネンを気取っていらっしゃる。でも、あなたのいわれたことでひとつ、抜けているものがありますね」

「そうでしょうか」

今度は三津田昇助の答える番らしかった。

「華麗なる脱落ですね」

「おっしゃって下さい」

「それは」

朝倉は端正な顔をほころばせた。「あなたがたがマクベスの同類だということです」

「わかるようにおっしゃって頂けませんか」

「あなたがたはまず権力機構に奉仕するために、産業士官学校に身を売り組織の一員となった。あなたがたはパンのみにて生きることを選んだのです」

「私たちにとっては、まず必要なのは生きて行く手段でした」室井精造が答えた。「あなたのように世に時めくための教育ばかり受けているわけには行かなかったのですよ」

「その次にあなたがたは秘密のうちに特殊教育を受け、社会へ出現した」

「その理由はさきほど説明しました」

「あなたがたの最初の仕事は万国博を推進し外資と対抗することだった」

「万国博反対論者のあなたがそれをいうのは公正を欠きます。外資と対抗することは別としても」

「なぜ外資に対抗しなければならないのです？」

「あなたは自分の身体と他人の身体のどちらが大切ですか？」

「あなたがたは着々と自己の勢力をひろげて行った。やがては日本のすべてを乗っ取るつもりなのだ、つまり――あなたがたは権力者に臣従して、やがてみずから権力者になろうとしているのだ」

「なるほど、そういう意味ですか」

室井精造はうなずいた。「でも、それは違いますよ。私たちは産業社会を効率的に維持し発展させるだけです」

「言いのがれがお上手ですね」

朝倉の目が光った。

「でも、逃がしはしませんよ。あなたがたの正体を白日のもとにさらすまではね」

「いま、私たちは、ここにいるではありませんか」

三津田昇助が笑った。「どんなことにもお答えしているではありませんか」

「それは答ではない」

「答ですよ」

「違う！」

朝倉は相手をにらんだ。「本物の答ではない」

「いつでも、ちゃんと、ひとつの質問には、ひとつの答を出しますよ。いつの答も同じです」

「嘘だ！」

三津田と室井は、また目くばせをかわしあった。

「堂々めぐりはよしましょう」

三津田がいった。「あなたがこれから理論的に攻勢をしかけて来られるおつもりなら、その順序は、大体推察できるような気がします。それを――まちがっていたらごめんなさい――列挙し、どういう風にお答えするかを申しあげたほうが、時間の節約になるのではないでしょうか」

「何だと？」

「あなたはどうやら、私たちの怪物性なるものを論証しようとしていらっしゃる。これに対しては、そうではないとお答えするほかはありません。明治時代の洋行帰りの人が、ふつうの日本人と違った思考や行動を示しても怪物とは呼ばれなかったのと同じで、私たちもただの――勉学によって私たちなりの能力を身につけた――人間にすぎません」

「違う！」

「次です」

三津田昇助は落着いていた。「今のことをまず論争のはじめに持って来たのなら、次は私たちのその怪物性を強調するために、いろいろな私たちの実績をあげることになるでしょうが……これに対しては、現在の日本が、外資に占領されているかどうかという点からご判断下さい」

「……」

「ここへ、あなたは当然、万博工事に関する私たちの仕事も加えるに違いありません。が……万博工事を推進していけないのだったら、日本中の人がそういえばいいのです。反対しているのは多いようでも、実はたいした比率ではありません」

「それは、おまえたちの妨害のせいだ!」

「動があれば反動があるのは自然の法則ですよ。本当に国民が全体として望んでいることは、どう押えようとしても、押え切れないものですよ」

「馬鹿な」朝倉はうなった。「全然わかっていない」

「その次」

三津田昇助はおだやかにつづけた。「作戦としては、そうですね。わたしたちと観点のことなること、つまり、人間の生きていることの意義について、あなたのグラウンドで論争しようとするでしょうが……これは主観の問題ですから、あなたと私たちの考えかたが違うのだと、そうはっきりお答えするでしょう。そこから先の論争については、今までの効果しだいで可変性を持っていますから、わかりませんが……とにかくそういうところじゃありませんか? 私はこれで、手の内を全部あかしたことになるんですよ。誠意を認めていただけませんか?」

スタンドの何人かが失笑し、あわてて手で口をおおった。

「……」

朝倉は、はげしい息をついていた。かつてこんなに侮辱を受けたことはないし、ここまで胸中を見すかされたことはなかった。

いつか、敗北の感情が湧きあがってくるのを――それでも彼ははね返そうとした。

「このくらいで、この話しあいを終らせてはいかがでしょう」

室井精造が、ぐるりとスタンドを見渡した。「ひょっとしたら皆さんの中には、ここでもっとすさまじいあらそい――なぐりあいとか、撃ち合いがあるのではないかと期待された方もいらっしゃるでしょうが……それは無責任な話です」

スタンドが湧いた。

「私たちは、そんな野蛮なことはしません。何事でも平和的に、納得ずくでなければやらないのです。この話しあいでも……それから私たち自身の仕事でも」

スタンドにむかって、会釈をした。とてもおどけた表情で――観客は自分でも知らないうちに微笑していた。ばらばらと拍手する者もあった。どちらかといえば、好意的な拍手だった。

敗北だった。

どうしようもない敗北だった。

（いや）

朝倉はぐいと顔をあげた。

まだ負けるわけにはいかない。

負けてはならないのだ。

「みんなをごま化しても、私はそうはいかないぞ！」

朝倉は目を据えた。表情は歪んでいた。もはや、ビッグ・タレントの顔とはいえなかった。

「こんなことまでして、あなたがたはいったいどんな世の中を作るつもりなんだ？　何のためにこんなことをしなければならないのだ？」

「今の状態は産業社会としては、まだ可能性をきわめているとはいえません」

待ち構えていたように三津田昇助が静かに答えた。「やりかたさえよければ、まだまだ高度なものになり得るのです。みんなが、もっと文明を享受できるようになる――そのための推力になるのが私たちの仕事です」

「まだこれ以上高度のものにだと？」

「そうです」

「どうやって？」

「今までばらばらに用いられ、重複の多かった全社会のエネルギーを――これにはもちろんいわゆるエネルギーのみならず、機械の力や人間の発揮できる力も含まれますが――ロスのないように集約すれば、頂上部のレベルはぐんと高くなります。そして、その頂上部のレベルが、結局は全体をうるおすことになるのですよ」

「それは物質屋の考えだ！」朝倉は大声を出した。「芸術の世界では例外もある」

「芸術のことはわかりかねます」

三津田昇助は、室井精造に指で何かを合図し、精造が席を立つのを見届けると、朝倉に向き直った。「でも芸術のことなどどうでもいいのです。もともと芸術が万人のものであるというわけではなし、現代は、そんなことにかまってはおられません。芸術などは社会の発展が一段落ついたときに花を咲かせてくれればいいのです」

「あなたは、人間の精神を冒瀆するのか！」

「どう呼ばれてもかまいません」

三津田昇助は白い歯を見せた。「でも、今のままでも世の中のコントロールはむつかしいといわれています。ことに、科学技術の分野ではそうです。それでも科学技術の進歩がとまらないのは、みんなが結局のところそれを欲し、産業構造のほうもそうなっているからです」

「……」

朝倉は目を血走らせたまま、一言もいわなかった。

「これからの時代は、ですから、ひとりひとりは一流の科学者や技術者でなくても、すべての分野における仕事が何であるかを知り、あわせて、その成果をバランスをとりながら社会のものにして行く人間がどうしても必要です。もちろんその人間は、社会構造についても熟知していなければなりません。私たちはその仕事をやることになるのですよ」

「——思いあがりだ」

「実例をお見せしましょう」

三津田昇助は顔をあげた。「その、台の下を見ていただけませんか？」

拡大装置のそばに、先程、産業将校たちを乗せて来たトラックが駐車していた。そこから太いコードを曳いた、直径一メートルぐらいの分厚い円盤に複雑な形状の機械を据えたものが出され、広い金属板の上に置かれていた。

「朝倉さんやここにおいでの皆さんの中には、昨年の中頃に発表された信濃田博士の論文をお読みになった方もいられるでしょう」

三津田昇助は立ちあがって説明をはじめていた。「それは、近年ファイ波の分析にもとづく重力場生成の可能性について述べたものでした。わかりやすくいえば、引力をあやつるにはどうしたらいいかという仮説です。産業将校たちは科学者との総合的な検討ののちにその可能性を認め、ついでその実験に着手することにしました。それには、どの部門、どの部品についても現代工業水準の超一級のものを集め、全国の第一流の技術者をそろえねばなりません。通常の、いろんな研究機関やいろんな企業が独自に開発しようとしても不可能なほどの材料と技術が必要でした。でも、産業将校によって編成された今の産業体制のもとでは可能なのです」

合図を送った。

トラックのそばにいた室井精造がスイッチを入れた。

奇妙な円盤ははじめ微光を発していたが、やがて周囲の空気がかげろうのように揺れ不意にねじまがったようになると同時に、音もなく浮かびあがったのである。それは二メートルほどの高さに浮かんでいたが、やがてゆっくりと降下して、金属板の上に安着した。

「まだ今のところ、この装置の効力は短時間で、しかも入力のわりに力が弱いのです。でも、いずれ、もっと完全なものになるでしょう」

期せずしておこった拍手にこたえて、三津田昇助は、いまはスタンドにむかって話しかけていた。

「これでこの四時間、私たちが出来もしないことをしゃべっていたのではないことが判っていただけたと思います。私たちはこのほかにも天候管理や超小型の燃料電池などをも、近く実現させるはずです。資本や人員を全くのロスなく配置すれば、これだけのことができるのです」

三津田昇助はスタンドに向って両手をひろげた。「しかし、私たちは、そうした新技術が社会に与える影響をも計算して予防措置をとった上で、バランスを保ちながら登場させるはずです。私たちの未来はやっと管理可能になったのです」

次の言葉を待つ沈黙にこたえて、三津田昇助はあかるくいった。「こんな時代が、今までにあったでしょうか。いえ、決して存在しませんでした。昔をなつかしむ人々は、あのころはよかったといいがちですが、そのころは実際にはたくさんの苦しみや悩みがあったのを、忘れているのです。私たちの希望は未来にむかってこそ託されねばなりません。ついこの間まで、未来とは、希望と同時に、どんなものが出てくるかわからないという予測不可能な不安をも併せ持っていました。それが、不安だけを除いて、あすを迎えることのできる時代に入ったのです。もう、へんに考え込むことはありません。技術革新によって、突然、一生をかけた仕事がだめになるということも、もうないのです。そうしたことがおこる前に、みんなで手を打って、あらかじめ調整しておくのです。こうした時代への実のある希望と――それから、昔のような生活への無意味な追憶と――皆さんはどちらをお選びになりますか？　いや、お返事を聞くまでもありませんね」

三津田昇助は、スタンドを見まわしてうなずいてみせると、もとの席についた。

拍手が湧きおこった。

朝倉遼一は、しばらくスタンドのありさまを眺めていた。人々の信頼は、もう産業将校にしか向けられていないことは、疑いようがない。

ビッグ・タレントは、伊達健治郎を残したまま、黙って席を立つと、階段を降りはじめた。

それは、完全な降伏を意味していた。

5　終末

深夜であった。

散乱した備品が影をばらまく自室で、朝倉遼一はじっと机の灯をみつめていた。

すでに、気力は尽き果てている。

きょうのあの対決の結果が何をもたらすか、彼にはよく判っていた。

朝倉自身は敗残者の烙印を押されることだろう。

朝倉ルームは、後援者たちが手を引くことで潰滅するだろう。

多くの人々が、朝倉遼一に見切りをつけて去って行くだろう。

その結果、産業将校排撃運動は地を払うことだろう。

そして、産業将校はますます力をつけ勢力を固めて行き、世の中はかれらのあやつるままにコントロールをされることだろう。

きょうの、産業将校たちの巧妙な作戦を、彼はまた思い出した。ひとり、またひとりと追い込んで行き、朝倉自身を道化に仕立てあげ、かれら自身の実力を印象づけ、すばらしい未来がやってくるように人々に思い込ませたやりかたを思い出した。たくみに観客やテレビ視聴者の心をつかんだキメのこまかい演技や演出を思い出した。

かれらがやがて作りあげる世界、誰もかれもが世の中全体のことには無関心に、自分だけの仕事、自分たちだけの家庭のことに熱中し、全体化された社会の一分子に飼育されて行く世の中、物質面のことしか価値を持たない世の中を、朝倉は目の前に浮かんでいる灯の中に見ることができるような気がした。人々がだまされていたことに気がついたときにはもう遅いのだ。

人間の自由はなく、自由な思考もなく、思考は社会全体のためのものしか許されない時代になっているのだ。

そんな世界には、もはや朝倉のような人間の席はない。そして、席を得ようとしてもどうにもならないし、得る気もない。

いや、そんな世界に敗残者として生きる気もない。

朝倉遼一はビッグ・タレントであった。

英雄であった。

その朝倉遼一が敗残者として生きて行けるだろうか。

出来るわけがない。

（今しか決行のときはないのだ）朝倉はこれでもう何十度目かの決意を、心の中に燃えあがらせた。（今が、私が私として定着できる最後の機会なのだ）

朝倉遼一は古いすずりと墨を出し、特注の和紙をひろげた。

ゆっくりと墨をすって筆を持つ。ビッグ・タレントの中でも彼の文字は抜群だった。

書き終ると、彼は戸棚から睡眠薬の瓶をとりだした。最近は熟眠装置だけでは眠れなくなっていた彼がとり寄せて常用しているものである。

その錠剤を致死量だけ出して手のひらに載せる。

ほろにがい思いが湧きあがって来た。（私の一生は所詮、ヒロイズムに憑かれただけのものかれていた。

だったのかも知れない）

思い切りよく飲むと、ベッドに横たわった。机の上に残された紙には〝周粟《しゅうぞく》ヲ食《は》マズ〟と書かれていた。

6　奔流

朝倉の死をきっかけのようにして、世の中はぐんぐん変りはじめていた。それまでにも変貌は、かなりのスピードでつづいていたのだが、今やそれが、目に見えるような、加速度的なものとなったのである。

誰もかれもが、自分たちが歴史の転換点にさしかかっているのを、悟らないわけには行かなかった。

産業将校排撃の運動は、事実上終熄した。中心リーダーの朝倉遼一がいない上に、あとに残された連中もちりぢりばらばらになってしまったのである。なおごく少数の人間が叫び立てているとはいえ、マスコミにもほとんど扱われないそんなものは、世の中全体から見ても、もう存在しないも同然だった。

所詮、産業将校排撃運動は、一時はかなり盛りあがったものの、万国博反対運動のあとを受けた、狂い咲きに過ぎなかったのだ。

それは、世間一般の情勢を反映していたともいえる。

二月中旬から下旬にかけて、それまで日本を占拠しようと猛烈な攻勢を仕掛けていた海外ビッグ・ビジネスの力が、ぐっと弱くなって来たのだ。

むろん、全面的に手を引いたわけではない。今までの販売網は一応存続させているし、一部の会社はなおも激戦をつづけているのだ。

はっきりいえることは、あの、史上空前といわれた猛烈な作戦が、一応取りやめになったということである。一挙に叩き潰せるはずの総攻撃が意外に手間どり、その原因が産業将校にあることに気づき、といって、かれら自身が育成している産業将校に似た存在をすぐにこちらに投入することができないまま、さまざまな手でかれらを追い落そうと図ったのだが、ついに目的を遂げるには至らず、方針の転換を余儀なくされたのである。

むろん、海外のそうした大企業が何もつかまずに転進するわけはない。かれらはちゃんとそれに代るものを手に入れにかかっていた。

それは、産業将校体制下から生れてくる技術である。あの産業将校と朝倉の対決に注目していた海外ビッグ・ビジネスは、今まで誰も作り出すことのできなかった重力場生成装置の存在を知っても、ただ驚いてはいなかった。そんなものが出来るということは、技術レベルがそれだけあがり、ほかにもいろんな革新的なものが作られているはずだと推測したのだ。

その推測は当っていた。

産業将校の統制のもとで、日本の企業群はひとつ、またひとつと、あたらしい文明の利器を実現しはじめていたのだ。

ただ、それらは以前のように、すぐに世間に発表したり、各企業単位の判断で生産販売されたりはしなかった。どういうものを出せば社会にどんなショックや影響があるかを知悉している産業将校が、あらかじめ手を打ち、本来の効率を発揮するような形とタイミングで登場させるのだ。

海外ビッグ・ビジネスは、こうした日本企業群と勝負をつづけるより、むしろ既存のメリットを確保し、あわせて、そうした技術をいち早く導入したほうが利益になると考え、それぞれ日本企業群相手に、交渉をはじめていたのである。

万博工事は最後の、その最終の段階にさしかかっていた。

産業将校排撃運動でしばらく万博から目をそらされていた形の人々は、再び、しかも前にも増して熱中しはじめていた。みんなが万博に期待し、監視員のレポートにもとづいてまだ見ぬパビリオンを空想したり比較論評しあったり、入場者数についての賭がおこなわれたりした。

日本中の目がひとつのイベントにあつまるという、あの伝統的な現象がおこりはじめていた。

奇妙な噂が流れていた。

財閥のトップクラスの人々が、産業将校たちに追い落されたというのである。

たしかにまだ、三財閥やその他のコンツェルン——つまり日本を動かしていた組織のトップたちはその座を保っていた。が、それはもはや形骸にすぎず、実権はもうかれらの手にはないというのである。

真偽のほどはわからなかった。

わからなかったが、もともとトップクラスと何の利害関係もない下部民衆は、それをありそうなことだと考え、そうにちがいないと思いたがった。

かれらが、今までの為政者よりは産業将校というものが、比較的公正であると信じていたせいだともいえるが、どのみち、いつの時代でも、人間というものは、自分たちの上に立つ者が無能なよりは、有能なほうを好むものである。

すでに、産業士官学校は、第三期の卒業生を送り出していた。これらの卒業生たちははじめて、正々堂々と自分のポストにつくことができた。かれらは、第一期生第二期生が作りあげた伝説と期待を裏切らなかった。

同時に、はじめて産業士官学校の候補生が公募された。実のところこれは、産業将校側の周到な計算によるもので、正規のかれらの後継者――人工交配人間までのつなぎとして、あるいは、補助将校としての需要に過ぎないのだが、産業将校そのものが、閉鎖的なものではないように、人々に印象づける目的で、ごく少数ではあるが、募集したのである。

これが半年前なら、ほとんど応募するものはいなかっただろうが、募集の発表がごくささやかに行われるや否や、どっと志願者が殺到した。産業将校たちは自分たちは権力者でないと表明し世の中の支え骨になるだけだといい、つつましい生活を送っているにもかかわらず、また、産業将校になるということがやはり人間ばなれした存在になるということがわかっていながら、やはり人々はそこにエリートの像をえがき、そのエリートになろうと考えたのであった。

二月下旬から三月のはじめにかけて、おかしな唄と踊りがひろがりはじめた。誰が作詞し作曲したのか誰が振り付けをやったのかわからぬその〝万博リズム〟は、たちまち都市から地方へと、疫病のようにひろがって行った。

町や村や、あるいは店内や道路や、水耕農園や公園で、汗をながし狂ったように、男も女も子供たちも踊り狂い、列を組んでは移動するのが流行した。

それは、一種自暴自棄的な、そのくせ妙に解放的な風景であった。これには誰か裏で糸を引いているのではないか、産業将校あたりがあやつっているのではないかという推測をおこなうものもいたが、人々はそんなことには気もとめなかった。ただ今を、この瞬間をエネルギーを放散して踊ればいいではないかといい、何もかも忘れて、至るところで手を打ち足を踏み鳴らした。

その様相は、あの幕末から明治維新にかけての歴史の転換点を象徴する〝ええじゃないか〟と、あまりにも酷似していた。


三月五日。

東京の本郷で、日本東海道万国博覧会監視員会の解散式がおこなわれた。今はタレント化し、あるいは別の方面で人気を得、あるいは時流に乗れずかすんでしまった人々が、ひとりひとり協会役員の手から感謝状を受けとった。その中にはふと、不意に気がついたように会場の中を見まわしたり、考えに耽ったりする者もいたが、行事のほうは正確に、形どおりに進行した。監視員を選出した団体は客席にあふれ、自分たちの代表が感謝状を受けとるたびに、どっと拍手と歓呼を送った。

しかし、その会場には、かつての最大の人気者である家庭党選出監視員――恵利良子と山科紀美子の姿は見えなかった。


同じとき。

家庭党員によって警護された目黒エレクトローポの一室で、外の〝万博リズム〟のひびきを聞きながら、山科紀美子は死の床についていた。その頬はこけ、目ばかりが異様に大きくなっていた。酷使された精神も肉体ももはや回復は不可能で、その生命の灯が消えるのは時間の問題であることが、誰の目にもあきらかだった。

部屋の外には十数人の家庭党員と、枕頭には恵利良子も含めた家庭党の幹部がすわっていた。

「鏡を」

痩せおとろえた腕をあげて、山科紀美子は細い声で頼んだ。「鏡を貸して……わたしがまだ美しいかどうか見たいの」

ひとりが座を立とうとするのを恵利良子が目顔で押しとどめ、かすかに首を振ってみせた。

力の尽きた紀美子は腕をばたりと落し、目を閉じたが、それでも呟いていた。「お願い……鏡を」

窓の下、〝万博リズム〟を踊る群衆の叫び声が通り過ぎて行った。

7　党葬

重く曇った空の下、家庭党本部の巨大な三角屋根に、黒い垂れ幕がかかっている。

広場には、打ち沈んだ党員たちが、声をひそめてむらがっていた。

三月十二日。

本部にはなおも、あとからあとから車や、男女が集まって来る。

党葬であった。

家庭党のためにその持てる力を惜しみなく提供して〝現実の記録〟をあらわし、転じては万博監視員として活躍し、朝倉遼一の手に落ちて迫害され脅迫され痛めつけられたものの、結局は朝倉を敗北に帰せしめた薄倖のヒロイン、山科紀美子の党葬であった。

葬儀は、荘重かつ厳粛に、純日本的な伝統的形式をもって行なわれることになっている。すでに保守の典型となっている家庭党としては、当然の措置であった。

「通してくれ」

山科信也はわめいた。「ぼくは山科紀美子の夫なんだぞ！　別居はしていたが、配偶者にまちがいはないんだ。信じてくれ。本当なんだ！」

「それはできません」

受付の前にピケを張った党員は、頑強であった。「あなたは家庭党員証も持っていないし、党員外参列名簿にも入っておりません」

「馬鹿な！」

山科はどなった。あちこちでかたまりあった人々が咎めるようにこちらを見るのにもかまわず叫んだ。「そんな馬鹿な話があるものか！　いくら党葬か知らないが、参列しようというものを拒む権利はないはずだ！」

「家庭党では拒んでいるのです」

「山科信也だわ！」

突然、声があった。喪服を着ているがまちがいなく家庭党の反省促進員であった。「あいつ、今ごろになってまたやって来たわよ！　あんな見込みのない男、実力で追い出してしまいましょうよ！」

「頼む」

山科はまたいった。「通してくれ」

「駄目です」

党員はにべもなかった。「それではなぜあなたはお通夜と、内輪の告別式にいらっしゃらなかったんです？　あの時なら、誰でも入れたのに」

「知らなかったんだ」

山科はくり返した。「万博工事の仕上げに没頭していたんで、ニュースを見るひまもなかったんだ。ついさっきシンクロ・ニュースで見て、安城から飛んで来たんだ」

党員はとりあわなかった。

「追い出しましょう！」

反省促進員が走って来た。

山科はきびすを返した。

「あかなんだらしいな」

車の中で、未知と並んでこちらを見ていた豪田がいった。「昔はこんな阿呆なことはなかった。故人に少しでも関係のあった人間なら、誰でも焼香ぐらいさせたもんや」

「お葬式まで、一種のショーになろうとしているのね。ショーなら、参加しなくても諦めがつくのじゃない？」

シートに腰をおろす山科に未知がいった。

山科は答えなかった。

やはり、本当に死なれてみると、どこか空虚なのだ。忘れたつもりでいたが、こうなってみるとどこかぽっかりと穴があいたような気がするのだ。ともすれば紀美子の――それも作家となってからのではなく、それ以前の時代の紀美子の顔や動作がうかびあがってくるのだった。

「ちょっと廻り道して行かんか？」

豪田がいった。「どうせ葬式に出られへんのやったら、思い切り酒でも飲んで忘れるほうがええかも知れん。そのへんに、わしの知ってるとこがあるんや」

「でも専務さん、大阪の本社へお帰りになるのじゃありませんの？」

未知が訊ねた。

「いや、工事が少し早う仕上がったしな、大阪へは今夜帰るというてある。長い間いっしょに仕事をした仲やし、これが最後の機会になるかも知れん。どや？」

「――そうですね」

「ええやないか。わしもちょっと面白うないとこやし」

山科はこの豪田が、今日、産業将校団から、大川律子と広野鉄夫の口を通じて、新設の北海道支社長として赴任してほしいという申し入れ（事実は命令なのだが）を受けたことを聞いていた。おそらく豪田は荒れ狂ったことであろうが、大阪レジャー産業にとってそれが最適の配置であると産業将校が判断した上は、どうにもならなかったに違いない。第一、今の大阪レジャー産業そのものが、産業将校の作りあげた体制に保護されることで成り立っているのだ。産業将校たちはその大がかりな体系の中で、大阪レジャー産業に実感装置の中軸メーカーとしての役割を与えていた。それを奪われてしまい、よそのメーカーに分担を振りかえられてしまっては、もうやって行けないのである。

豪田自身にしても、専務取締役という肩書きはそのままである以上、株主としての発言をしても文句はつけられないし、またそれを強行したりすれば、産業将校独特の手で、大阪レジャー産業を追い出されるばかりか、へたをすると株まで奪われる羽目におちいるかも知れないのだ。

豪田自身が飲みたいのに違いない。

「そうしましょうか」

山科は投げやりに答えた。

「ここは十年ほど前に、接待でよう使うたところでな」

およそ時代おくれの日本式料亭の、床の間のついた座敷に通されると、豪田はどっかりとあぐらをかいて、いった。「その頃でもえらい古めかしいところですなといわれたけど、今はもうこんなとこ、ほとんど残ってないはずや」

「そうですわね。こんなにぜいたくにスペースをとっていては、採算がとれませんもの」部屋の中をめずらしそうに見まわしていた未知がいった。「それに……発光板壁や、変色灯もありませんのね」

「そんなもんあらへん。ないほうが気が休まるわ」

豪田は鼻を鳴らした。「わしは日本酒にするけど、山科さん、あんたもそれでええな？」

山科はうなずいた。

「お嬢さんは？」

「そうですわね」未知はちらっと山科を見た。「それではわたしも古風に、ジンフィズを」

酒が出はじめると豪田は、未知がつぐままに、ぐいぐいと杯をあおりはじめた。

豪快な飲みぶりだった。

「さあ飲め」豪田は山科の杯を指し、徳利をかかげて唸った。「あんたにはいろいろ働いて貰うたんやし、さ」

「いただきます」

「飲んで忘れるんや」豪田は自分にいうようにいった。「うんと飲んで……けったくその悪いことは忘れるんや」

未知がグラスをあけた。

「もう一杯、いただけます?」

「ああ、ええで。何ぼでも飲みなはれ」豪田は大きくうなずいた。「福井の奴はあんばい産業将校にとり入ってうまくポストをみつけよったけど……あんたはずっと山科さんを助けとる。山科さんを好きなんやろけど……立派や。ほんまに立派や」

もうかなり酔いがまわっていた。

山科も飲んだ、はじめはためらいがちに、やがて急ピッチで杯をほした。

「何もかもがおかしゅうなって行きよる」

豪田は目を据えた。「一生懸命やって来た会社は、もうわしのもんやない。産業将校というへんな連中が乗っとりよった。いや、日本全体があの成りあがりに乗っとられようとしてるんや」

「かれらがおそらくこれからの時代を作って行くんでしょうな」

山科はぐらぐらする頭を支えて呟いた。「かれらに不必要な人間は、みんな死んでしまうか、追い出されるかしてしまうんだ。追い出されるのはかつての自由業者や自由人ばかりじゃない。本当は有能だったはずの人間だってそうなんだ」

「そういえば、産業将校が沖の奴を追い出しよったときは傑作やったな」豪田が急に笑いだした。「あっちこっちに気脈を通じるタイプの人間は必要ない、ちゅうわけやな、あれだけは、わしのやりたいことのひとつやった。土屋や浅川が飛ばされたのは可哀そうやけど、あのときだけはおもろかったな」

「これからは産業将校の時代に入るんだ」

山科は虚空に目を向けた。「産業将校にがっちりと固められた、われわれのような中途半端な専門家のいらない時代が来るんだ。五年か……十年か……あるいは五十年か……今までの文化とことなる、あたらしい中世がはじまるんだ」

「もう一杯」未知がまたいった。「ねえチーフ、もう奥さんのことは忘れて。……奥さんは、なくなったの……三年前に自殺したのよ。……そう思って……」

「日本国中、産業将校でいっぱいや!」豪田がわめいた。「もうどないもならん。どないもすることはでけん」

「いっぱいになった産業将校の時代がつづく」山科はうなずいた。「そのはてにもう一度それがくつがえされる」突然低く笑いはじめた。

「だが……そのときには、もう紀美子はいないんだ」

立ちあがった。

「きょうは紀美子の葬式なんだ。……行かなきゃならない」

「チーフはもう行って来たわ」未知がいう。「行って、もうお別れして来たじゃないの、そうでしょ」

「――そうだったか」山科はすわった。「可哀そうな奴だ」

「可哀そうなのはチーフだわ」

「どこもかしこも、可哀そうな人間だらけやないか」豪田が徳利を握った。「わしがどんなに可哀そうか……わしが一番良う知っとる……飲め！」

「うん飲む」

山科はうなずいて杯を差し出した。

「もう一杯」

机に突っ伏していた未知が顔をあげてグラスをさしあげた。

「な、山科はん」酒をつぎながら豪田はいった。「わしはな、ひそかに決心したんや」

「何を？」

山科はあごをあげた。

「秘密や」

豪田は目を見開いた。「秘密やけど、あんたにだけ話したる」

「話してくれ」

「わしはな」豪田はひざを乗り出した。巨体が傾くのを支えて、いった。「わしは、うちの息子を産業将校にさせる。入学させる」

「面白い」

「産業将校にしてな」豪田はろれつのまわらぬ口調でいった。「もういっぺん、大阪レジャー産業を取り戻させるんや。どや?」目がぎらぎらと光っている。「うちの息子にわしのあとをつがせる」

「うん」

「産業将校はふつうの人間やない……その……そや、超人類や。わしの息子を超人類にするんや」

山科はもうろうとした頭で考えていた。産業将校が超人類? いやそんなことはない。超人類というのは、たしか、突然変異によるミュータントのことではなかったか? ミュータントはおそらくふつうの人間に迫害されて……。

何かが鈍く閃いたような気がした。

そう。

ミュータントはこれからの、ますます発達する人間文明に、科学文明に耐え、らくらくと適応して行ける存在なのだ。だがふつうの、今の社会では、生れて来ても多分消されてしまうだろう。産業将校によって作られる完全に能力本位の社会は、そのミュータントを保護する、培養器の役割をするかも知れない。

すばらしい思いつきだ。

それを口にしようとした山科の頭は、しかし次の瞬間、もう濁っていた。何かいい考えが浮かんだのだが……という記憶だけが残っているばかりであった。

豪田はまだひとりで飲んでいる。

山科は、意識にかかった霧がますます濃くなるのを感じながら、ぼんやりと壁にもたれていた。酔い潰れた未知が、彼の膝を枕にして眠っているのにも、気がつかなかった。


その頃。

家庭党本部での、山科紀美子の党葬は、クライマックスに達していた。党首の読みあげる弔辞につれて、広場や、大ホールに集まった一万人以上の人々の間からは、低いすすり泣きの声があがっていた。

大ホールの正面には、山科紀美子のカラー写真がかかげられていた。写真の紀美子はひどくあどけなく、ほのかに微笑を含んで群衆を見おろしているようだった。

と。

群衆をわけて、十数台の黒塗りの車が入って来た。

車は本部の前でストップし、乗っていた人々が、次々と群衆の前にあらわれた。

人々のあいだに、電光のようなささやきが走る。

降り立ったのは、ことごとく真黒なスーツをまとった産業将校たちであった。

声のないどよめきの中、三津田昇助を先頭にして隊伍を組んだ産業将校たちは、ゆっくりと本部の中に入って行く。その整然とした参列ぶりは、かれら自身は気づいていなくとも、まわりの群衆に畏怖の念をおこさせるのに充分であった。

8　EXPO'87

淡い雲がいくつかひろがっているが、風もなく、あたたかい。

安城のゆるやかな起伏を見せる会場をおおってひしめく、色も形も大きさもさまざまなパビリオン約二百。

そして、サークランド。

公共施設の類。

いくつかのパビリオンがまだ工事音をひびかせているだけで、会場全体は前日とくらべると異様に静かだった。待ちかまえるもののみが持つ、あの押し殺した雰囲気が充満している。それは、会場の上空を舞うヘリコプターや、会場の周囲、ぞくぞくと詰めかけてくる人々のざわめきから来るものだった。静かなのは会場だけで、それを包むものは、はやくも期待にみちた興奮を帯びているのだ。

会場のまわりだけではない。

万国博専用線は満員の客を載せて、もうピストン往復をはじめていた。ハイウェイではガス・タービン車や、団体客を乗せた超大型バスが、会場へ会場へとむかっていたし、東海道・山陽・北陸新幹線や、ようやく完工にこぎつけたマグネット列車やジェット機が、名古屋への客を乗せて急いでいた。

全国の、あらゆる家庭や、至るところの街頭では、万国博のニュースにあふれたシンクロ・ニュースが吐き出されていた。立体テレビ局は安城のようすを映し出すために、全機構を動員していた。

日本中のみならず、世界各地からの注目があつまっていた。

時間が近づくにつれて、人々の興奮はますます高まって行き、ついには、もう支えきれなくなるのではないかという感じにさえなって来た。

やがて。

開幕の年を意味する八十七発の、大型音響弾がひびき渡った。

七つのゲートでいっせいにテープが切られた。

同時に。

スイッチを入れられた会場の全施設が生命を得た。ゲートの彫刻が動き、サークランドは極彩色をひらめかせ、ベルトコンベアーがすべり、自動管制ワゴンウェイが走りはじめた。

待ちかねていた人々はどっと会場へ入って行った。

一九八七年。

三月十五日。

日曜日。

九時。

日本東海道万国博覧会、ＥＸＰＯ'87の幕は切って落されたのである。

怒濤のように会場に流れ込んだ人々は、いくつかにまたいくつかに分れながら、あるいはサークランドに、あるいはパビリオンの群に殺到した。

硬質プラスチックとステンレス・スチールで作られたフォークダンス・カップや、高速トンネルウェイ、立体画像を活用したゴースト・ルームや、声、口笛などに応じ自動的にそれにあわせたコーラスが湧きあがる合唱館など、三十四種類の最新式の遊戯施設を詰め込んだサークランドは、子供づれでたちまち一杯となり、十時すぎには早くも長い行列が出来かかっていた。

それと呼応するように、パビリオン群はアイデアと技術の結晶で、入場者を次々と引き入れていた。

ＧＥ館のブレノイド・ロボットの、実は厳密に計算されている超人的なサーカスや体操のショー。デュポンの、風さえ流れてくる本物そっくりの森林。それは、一定時間ごとに夏と冬とを繰り返し、そのたびに陽が照って気温があがり、寒くなれば雪がちらつきはじめるのだった。

ＧＭ館では、やがて建設されることになっている人類最初の月面都市や火星基地の、一部実物大のセット。

アメリカのレジャー機器メーカー合同館では、自動体育機の大がかりな改良型を中心にして、未来の人間のレジャーの方向を訴えている。

これら海外ビッグ・ビジネス、あるいはその連合館は、日本からその主力を撤退中だとはいいながら、さすがに世界第一級の仕事をなしとげていた。

ついで。

それぞれの伝統と国威をぞんぶんに発揮しようとしながら、その中にショーの要素を盛り込んだ各国館。

さらに。

着実にテーマを追って構成されているのが日本政府の手になるパビリオン群である。

会場にあふれ沸き返る人々の大群は、いつか、すべての主な建物の前に行列をつくり、まだ満員ではなさそうなパビリオンを探しては移動してまわっていた。自動管制ワゴンウェイはフル運転をつづけ、レストラン、案内所、そのほかの施設は、詰めかける人のために、足の踏み場もないくらいであった。

日本企業のパビリオン群は地の利も手伝って、もともと小さいところへ押し寄せる入場者を必死でさばいていた。さばきながらも、その係員、出展会社の社員たちの頭には、押えてもかくしきれない表情があらわれてくる。すでに外資に対する直接の不安もない今、これだけの入場者をＥＸＰＯ'87が集め、なおも集めつづけるとすれば、かれらにとって、これ以上の成果はなかったのであった。

成功だった。

ＥＸＰＯ'87はまちがいなく大成功をおさめそうであった。

だが。

それは、産業将校たちの手によって達成された成功ではなかったか？　万博反対に対する施策や、万博自体への強力な推進や、さらにそれをカバーした日本の産業構造の組み直しがなかったとしたら、事態はどうなっていたかわからないのだ。というより十中八、九は、工期までに全く仕上がらず世界に恥をさらすか、出品会社の大部分が消滅して、万博自体が成立しなかったに違いないのだ。

その代償は大きかった。

はじめて東海道メガロポリスに万国博が開かれることが決定したそのときの、抱負に顔をかがやかせた人々のほとんどは、もはや万博の中心部にはいなかった。産業将校にすべてを委ねたかわりに、万博を動かし得ない立場に押しやられただけでなく、自分自身の地位や力までも失わなければならなかったのだ。

つまり、万博は産業将校による、産業将校の万博であった。EXPO'87は産業将校の、その時代の到来を象徴する巨大なモニュメントなのだ。

会場を歩きまわり、行列をつくり、騒ぎ、笑い、はしゃいでいる人々の大部分はむろんまだそこまでは考えてはいない。

そのことを知っているのは、あるいは、かつて万博のために何もかもなげうって仕事を進めようとした人たちだけなのかもしれなかった。そうした人々は、自分が世の中の舞台で、いつの間にか傍役にされているのを、この万国博が確認することになるだけだということを悟っていた。

全身にひびくのは、音。こまかく分割された音。

リズミカルに、しかし着実に、ひとつ、またひとつ、そして——。

時なのだ。

時間。

流れている。

流されている。

大きな旋回へ。

――渦。渦。渦。渦。渦。渦。ぐるぐると渦。

いくつも――。

ささやきかける声。「はじめもなく終りもない時間の中での、ほんの一瞬のきらめき……。それが証拠なのよ。生きていた証拠なのよ」


ファンファーレ。


かがやいている。

いっぱいにかがやいている。空気も空も、そして――港も。

朝日とともに乗り出した船は純白で、へさきにつけた金の龍の首が眩しかった。帆はいっぱいに風をはらみ、波に揺れる感覚と潮風の中、ひたすらに夢を追う冒険が胸をふくらませる。

雲は移り。

日が昇り、沈んだ。妖精の国が生んだ幻夢の毎日のその終りには、かならず夕焼が翼をひろげ、ささやく満天の星が与えられた。

倦怠がしのび寄りはじめた茫洋とした海原に、神の怒りが登場する。

嵐だ。

逆巻いて吠え、帽子みな白い三角の大波が寄せて、拡散。

船は揺れた。船は疲れた。船は絶望し、あえぎながらその力を、ひとつひとつ奪われて行く。

走っている。

傾いた甲板の上を。ボートにむかってのめくるめく落下と、水しぶき。

まだ死なない。

ただよい、寒く暗い海と無言の太陽が交互に現われては。

眠る。

倒れていたのは、砂だ。力をこめて立ちあがる背後を、小粒の泡を残して引いてゆく波。

＊

逃げていた。禿鷹《はげたか》の影がかすめる荒土の上を駈けていた。

記憶は重なる。あれはカリプソだったのか巨大な蝶だったのか——笑っていたことしか残ってはいない。

自分は豚だったのか？

自分は一つ眼の巨人を殺したのか？　そう、この手に、まだあの焼けた重い棒の感触が残っているではないか。

歌っていたこともあった。
ふたたび漂流していたこともあった。
踏み迷ったのは、はたして黄泉の国だったのか?
耳もとにささやいたのはサイレンだったのか?
もう飛べないのだ。翼は老い眸はうしなわれた自分は人間に還るしかないのだ。
壺から出た影はささやく《まだだ。まだ扉をあけてはならない。おまえはまだ蛇なのだ》
砂漠の落日、スロープいっぱいの忍びやかな影。
彷徨はひとり。

＊

いま船は故郷にむかっている。あの港あの町あの雑踏あの灯にむかって、うたがいもなく波をかきわけ白い航跡を残して放浪から遠ざかっている。

はるかな思い出。甘い思い出。砂利を含んだ思い出も、いま意識の奥へ奥へとしりぞいて行く。

どこかで舞っているのは音楽。それが全身を包み——。

闇。

実感装置がとまり場内があかるくなった。頭の中は、いま見聞きし、感じたばかりの記憶が渦を巻いている。

山科はゆっくりと立ちあがった。急激に動くと心の中に溜められているすべてのものがこぼれ落ちそうだった。

「夢だったのね」

横の席で身体をおこして、未知がささやいた。「こうなってみると、こちらのほうが本物のように思えるわ」

山科は顔をあげた。劇場に充満していた一千名の観客が、しきりに感嘆の声をあげながら流れ出てゆくのが見え、いつもの、日常感覚が戻って来た。

そのときになってやっと、未知の言葉が生き返った。

夢？

そうなのだ。実際にテープを作り編集した山科にしてこれだけの残存感があるとするならば、ふつうの入場者には、もっと強い刺激だったに違いない。おそらく入場者たちはいまだに夢の世界のほうに現実感を持っていることだろう。

「よかったな」

太い声に目を向けると、前の席に居た豪田の顔があった。「ほんまによう出来とる。ようやった」山科の肩に手を置いて、豪田はゆっくりといった。「な、そやろ。ここにあるこの実感装置やそのほかの全部は、わしらでやったんや。わしらが創りあげたんや」

そうであった。それだけは本当であった。

この、夢を作る装置を万博に出品しようと考え、それを製作しテープに吹き込んだのは間違いなく、豪田忍にひきいられた大阪レジャー産業のメンバーと、山科たちのグループであった。

だが、それがどうしたというのだ？

不意に山科は、この数年間のこと全部が、まるで夢ではなかったのだろうかという気分に襲われていた。シン・プラニング・センターの経営悪化も、未知や福井の登場も、目黒エレクトローポでの紀美子の自殺未遂も、大阪レジャー産業への接近も……そして、それにひきつづくめまぐるしい事件と紀美子の死も……何もかもが一場の夢ではなかったのか……それらは本質的にはこの実感装置によって与えられるものと何ひとつかわりはないのではないか……そんな錯覚におちいったのである。

そうではないか。

これから山科の前にあらわれてくる世界、産業将校によって作られてゆく時代から見れば、夢だったとしても差支えがないくらいのものではないか。いうなれば、あの日本の情勢下では、産業将校かそれに似た存在は、必然的に登場すべきだったのだ。そのときに夢が終る。それが今だったのだ。そう考えて生きて行くほかはないのではないか。

「さあ」

だしぬけに豪田が、腕の時計に目を落して大声を出した。「一応はうちの実感装置の検分も終ったことやし、わしは北海道へ帰らんとあかん。仕事がある」

大股で外へ出る豪田につづいて、山科と未知は劇場を出た。

「あんたらはひととおり見るんやろ」

豪田はいった。「わしは急ぐんで先に行くわ。そのうちに折があったら会おうやないか」

それから、むしろ傲岸な感じで、階段をくだって行った。

山科と未知は階段の上に並んでしばらく立ち、豪田のうしろ姿を見送っていた。胸を張り肩を振って遠ざかる豪田の影は、しかしたちまちのうちに、どよめき色彩の乱舞するパビリオンと群衆にまぎれこんで行った。

〔初出：「SFマガジン」1967（昭和42）年8月号～1968（昭和43）年1月号
底本：1973（昭和48）年ハヤカワJA文庫『EXPO'87』〕

あとがき（早川書房版）

この作品は、SFマガジンに、一九六七年八月号から、翌年一月号にかけて、連載したものです。その後、書き足らなかったところや、不備な部分を加筆修正したため、連載したものよりは、かなり長くなってしまいました。

題名が、'87などという中途半端な年になっているのも、じつは、この話を書きだしたときからかぞえて、二十年後を想定したためで——もともと、ある新技術なり新原理なりが登場してから、一般に普及するには、経験的にほぼ二十年かかるとされているようで、それ以上先になれば、予測不可能な要因がやたらに出てくるおそれがあったせいです。この作品のテーマの性質上、舞台は、信仰や、計画の対象としてではなく、現在の延長としての未来にしぼらなければならないとすれば、そのあたりが精一杯ではなかろうか、と考えたわけです。

この作品には、SFというより、経済的物語といったムードがあるようです。たしかにここに頻出する用語、扱う問題の多くが、ふつうの小説とことなって、いわば、ビジネス書に近いものであることは否定できません。

(とはいっても、もちろん、それぞれが厳密な経済学的検討にたえるだけのものだというつもりはなく、また、そこまでやってしまえば、収拾がつかなくなってしまいそうです)

さらに、ここには、いわゆるSFらしい単語や概念も、それほどしばしば出てくるわけではありません。

では、これはいったい何か――ということになりますが、ぼくはそれを性急に決める必要はないんじゃないかと思うのです。これがふつうの小説の世界とちがう、ビジネスの世界により近いものであり、従来のSFや、その他のジャンルの小説の読者以外にも読者が出てくるかも知れないというふうな見方が、かりにあるとしても、ぼくには直接関係はありません。本当のところ、ぼくは、ぼく自身が興味をおぼえたものを、ぼく自身のことばで描いてみた、ということしか、いえないのです。

ぼくは、世のあらゆる人々が、それぞれ自分なりに判断し、自分なりに世界観をきずきあげ、自分なりに仕事をして行く、その総和の構造というものに――偏執的といっていいほどの――強い関心を抱いています。それも、他人に既存のものを教え込まれたり、指導されたりというのは、当然ながらまっぴらごめんで、たとえ不可能でも、自分自身で確認したいのです。従ってそれは、観念的であるとともにきわめて体験的であり、ひとつの視野ではなく、複合し交錯した視野になって来ます。

もちろん、そんなことをしても、誰も、自分の位置を離れて思考することはできないかも判りません。判らないからこそ、ぼくは逆に、SFというあたらしいスケールを使って、この狂気に似た混淆の中の共通分母をさぐる努力をつづけたいのです。SFには、それだけの可能性があると信じています。

従って、この作品は、そうしたものをつらぬいたという意味で、ぼくにとってはSFであるわけですが、客観的にはどういうことになるのか知らないし、それほど切実に知りたいとも思わない、ということになります。

だが、そんなことは、このへんで打ち切りましょう。

だいたい、ぼくたちはすぐに、自分なりの尺度を作ってしまい、文学とはこういうものである、さらには、SFとは、ミステリーとは、こういうものである、と規定した上で、さて、この作品は――というところがあるようです。でも、そのためにかえって、その作品の本来の面白さというものに気づかなくなる場合も、ないとはいえないのではないでしょうか。先入主がなければ、もっとたのしめたものを、自分で閉め出してしまうことはないような気がします。

この作品の場合、ぼくは、毎日の、日常生活感覚あるいはその周辺の気分そのままで読みはじめてほしい――そこから、もし、おのずからインタレストが生じ、それがさらにこの中の問題意識につながって行くとすれば、それでいいのではないか、と思います。

この話を書きだしたころ、多くの方から、「所詮、そいつは不毛の作業ではないのかね。どんなにやったところで、どこかに大きな穴があくはずだよ。書きたい気持はわかるが、はじめから失敗を約束されているんじゃないのかな」

という意味の予言をいただきました。

まこと――結構資料も集め、アイデアもそろえたつもりでとりかかったのですが、予想以上にやっかいな仕事になってしまいました。このまま行くと、こうなるであろう近い将来をいきいきと描きながら、そうした中に、いつか出現してくるものを垣間みせる……それも、きわめて蓋然性の高そうな条件の、その集積の結果として提示しなければならないのですから、途中で、何度投げ出そうと思ったかわかりません。こうして一冊の本になってしまっても、まだまだ不満だらけで、おまけに仕上げの美しさなどには、ほど遠い感じです。しかも、もしまたその手入れにかかれば、今度はかんじんのテーマが吹っ飛んでしまいそうな予感があるのですから、始末におえません。

でも――それはそれで、仕方がないことかも知れません。ぼくの力の及ばなかったことを割り引いても、こうしたテーマに取り組んだ、必然的な結果かも判らないのです。

ともあれ、こうしたものを書いたために、ぼくは、自分でやらなければならないことをむやみにひろげてしまったような気がしています。この作品では突っ込めなかったこと、このテーマにひきつづくことなど――近未来というぬかるみに、直接足を踏み入れたような気分で――

仕事は、やっとはじまったばかりということなのでしょう。
終りに、この作品の連載からずっと、おそるべき的確さでご助言くださり、かつ、きびしく励まして下さった福島正実氏はじめ、早川書房の方々、および、顔を合わせるたびに卒直なご意見を賜わった豊田有恒氏、ならびに、種々有益なアドバイスで折につけ啓蒙下さった柴野拓美氏、有田一男氏、板谷和雄氏そのほかの皆様に、厚くお礼申し上げます。

眉村　卓

〔1968（昭和43）年　早川書房『EXPO'87』より〕

P+D BOOKS ラインアップ

マカオ幻想
新田次郎
●
抒情性あふれる表題作を含む遺作短篇集

緑色のバス
小沼 丹
●
日常を愉しむ短篇の名手が描く珠玉の11篇

虚構のクレーン
井上光晴
●
戦争が生んだ矛盾や理不尽をあぶり出した名作

浮草
川崎長太郎
●
私小説作家自身の若き日の愛憎劇を描く

塵の中
和田芳恵
●
女の業を描いた4つの話。直木賞受賞作品集

鉄塔家族（上下）
佐伯一麦
●
それぞれの家族が抱える喜びと哀しみの物語

P+D BOOKS ラインアップ

散るを別れと　野口冨士男　●伝記と小説の融合を試みた意欲作3篇収録

白い手袋の秘密　瀬戸内晴美　●「女子大生・曲愛玲」を含むデビュー作品集

ゆきてかえらぬ　瀬戸内晴美　●5人の著名人を描いた珠玉の伝記文学集

愛にはじまる　瀬戸内晴美　●男女の愛欲と旅をテーマにした短篇集

お守り・軍国歌謡集　山川方夫　●「短篇の名手」が都会的作風で描く11篇

演技の果て・その一年　山川方夫　●芥川賞候補作3作品に4篇の秀作短篇を同梱

P+D BOOKS ラインアップ

断作戦 古山高麗雄 ● 騰越守備隊の生き残りが明かす戦いの真実

龍陵会戦 古山高麗雄 ● 勇兵団の生き残りに絶望的な戦闘を取材

フーコン戦記 古山高麗雄 ● 旧ビルマでの戦いから生還した男の怒り

地下室の女神 武田泰淳 ● バリエーションに富んだ9作品を収録

裏声で歌へ君が代（上下） 丸谷才一 ● 国旗や国歌について縦横無尽に語る渾身の長編

手記・空色のアルバム 太田治子 ● 〝斜陽の子〟と呼ばれた著者の青春の記録

（お断り）

本書は1973年に早川書房より発刊されたハヤカワJA文庫を底本としております。

あきらかに間違いと思われるものについては訂正いたしましたが、基本的には底本にしたがっております。また、一部の固有名詞や難読漢字には編集部で振り仮名を振っています。

本文中には毛唐、二号、気違い、奇形児、老婆、人夫、後進国、狂人などの言葉や人種・身分・職業・身体等に関する表現で、現在からみれば、不当、不適切と思われる箇所がありますが、著者に差別的意図のないこと、時代背景と作品価値とを鑑み、著者が故人でもあるため、原文のままにしております。

差別や侮蔑の助長、温存を意図するものでないことをご理解ください。

眉村 卓（まゆむら たく）

1934（昭和９）年10月20日―2019（令和元）年11月３日、享年85。大阪府出身。大阪大学経済学部卒業。会社勤めの傍らSF同人誌に参加。『燃える傾斜』などの長編のほか、ショートショートやジュブナイル小説を多数手がける。1979年、『消滅の光輪』で第７回泉鏡花文学賞および第10回星雲賞を受賞。代表作に『司政官シリーズ』『時空の旅人』などがある。

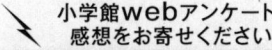

EXPO'87

2025年1月14日　初版第1刷発行

著者　眉村 卓
発行人　石川和男
発行所　株式会社 小学館
〒101-8001
東京都千代田区一ツ橋2-3-1
電話 編集 03-3230-9355
販売 03-5281-3555
印刷所　大日本印刷株式会社
製本所　大日本印刷株式会社
装丁　おおうちおさむ 山田彩純
（ナノナノグラフィックス）

ISBN978-4-09-352503-9

P+D BOOKS